PIRAYE
爱在伊斯坦布尔

［土耳其］典南·桑恩 著　　贾雪 译

人民文学出版社

著作权合同登记：图字 01-2012-3598 号

Canan Tan
PIRAYE

Copyright © 2003 by Canan Tan
Simplified Chinese language edition published in agreement with Istanbul Santral Sesli Kitaplar Ltd., through The Grayhawk Agency.
All rights reserved.

图书在版编目(CIP)数据

爱在伊斯坦布尔/(土)桑恩著；贾雪译. —北京：
人民文学出版社，2012
ISBN 978-7-02-009451-6

Ⅰ. ①爱… Ⅱ. ①桑… ②贾… Ⅲ. ①长篇小说-土耳其-现代　Ⅳ. ①I374.45

中国版本图书馆 CIP 数据核字(2012)第 192606 号

特约策划：潘丽萍
责任编辑：吴继珍
封面设计：汪佳诗

出版发行	人民文学出版社
社　　址	北京市朝内大街 166 号
邮政编码	100705
网　　址	http://www.rw-cn.com
印　　制	宁波市大港印务有限公司
经　　销	全国新华书店等
字　　数	200 千字
开　　本	890×1240 毫米　1/32
印　　张	11.5
版　　次	2012 年 9 月北京第 1 版
印　　次	2012 年 9 月第 1 次印刷
书　　号	978-7-02-009451-6
定　　价	32.00 元

感谢

在迪亚巴克尔期间,

当地可爱的人民给予我的

热情与友好……

"……一座遥远之城,一首古老之歌

……尼翰温特①之歌"

---

① 最古老的木卡姆的一种。木卡姆是穆斯林诸民族的一种音乐形式。

第一部

一

站在这条人生道路的起点上,我即将迈出第一步,虽泰然自若,却难掩眼中深深的黯淡与空洞,为什么这种预感会爬上心头?

我试着忽略自己的内心,在黑暗隐蔽的一角,它用一种愈加颤抖的声音向我保证,如果沿着自己选择的道路走下去,伴随这种预感的将是最奇妙的情感。

是的,我明白,然而如今却太迟了!

今天是我上大学的日子。马尔马拉大学牙科学院。

这条道路与我所有的感受与想法背道而驰,它不属于我。

虽然公平地说,最终的决定权掌握在我手中。然而当我出于各种原因,排除所有选项时,我的双手被紧紧束缚,决定已然形成。

我真想任性地提出一系列令家人彻底无法接受的要求,他们固守特定的标准,在某些方面甚至称得上保守……

爸爸是一位行医二十五年的牙医、一位模范市民、备受尊重的社会一员,如今他的女儿放弃音乐学院的戏剧专业,进入医学院深造,可想而知,他该是何其心满意足!

哦,爸爸啊!但愿您了解戏剧是另一个世界……但愿您明白,我究竟放弃了什么,只能无奈地坐在台下,远离聚光灯,安静地做一名观众。

但是不管您怎么想,我的世界在舞台上!

有时您会说:"琵瑞雅,你的心思飘到哪儿去了?"……我飘游到自己那个禁忌的小世界,短暂停留,突然又披上现实的外衣,扮演真实世界中的角色。站在您面前的我是一位中世纪的公主、一个安纳托利亚的寻常女子、一个固执任性的女孩。但是对此您了解什么呢?

您是否到过我们的图书馆,翻看过我的书?当我的同龄人畅游书海,沉浸在浪漫的情节中时,莫非您真的从未好奇过究竟是什么深深地吸引了您的女儿?

如果我告诉您,我对莎士比亚作品《暴风雨》的每句台词倒背如流,您相信吗?每次我高呼"为什么那时他们不杀害我们呢?"[①],您怎会没有发觉那分明是米兰达[②]的声音呀。

无所谓了,一切为时晚矣。

但是我想让您知道,我想让所有人知道,您眼中的琵瑞雅将继续做一个复杂的多面人,扮演多重身份……

我清楚地明白,在众人眼中,戏剧以及戏剧代表的一切处于社会边缘,这一点深深刺痛了我。然而令我困惑不已的是,为什么面对文学、新闻、广电专业,我也应该坚决地统统拒之门外呢?

也许是因为姐姐高中毕业后立刻迈入婚姻殿堂,所以我肩负起了全家人的期望。

"诊所已经准备好了,"爸爸说道,"我们将一起工作。有朝一日我会退休,一切都将是你的。到那时,你会有足够的时间读书、写作。"

很久以后我才明白,继承父业的背后其实隐藏着一丝明显的自

---

① 《暴风雨》中的台词。
② 《暴风雨》的女主角。

私,对于爸爸无忧无虑的退休计划而言,我只不过是一枚任其摆布的小卒而已。

然而在当时,这个想法可谓大不敬。像我这般家教良好的女孩怎能生出诸如此类的想法……

从某种意义上说,向我的心灵与大脑灌输对于文学的热情,甚至对于戏剧的酷爱的,不是别人,正是您,我的爸爸。

因为是您给了我这个名字:琵瑞雅……

我先问了妈妈。姐姐叫哈蒂斯,我叫琵瑞雅,其中是否有某种特殊的原因?

"名字是你爸爸取的,"妈妈耸了耸肩,"你们尚未出世,他就想好了名字。他或许跟你说起过名字的故事,不过我想这个名字源自他的一个旧念。"

妈妈的解释太普通、太简单,叫人如何接受。我必须找爸爸问个究竟。

我怎会知道,正是我的坚持,使我穿越到了另一个世界,那是一个永远无阻的入口,通往令人炫目的智慧。

自呱呱坠地那天起,我的心中便埋下了文学与诗歌的种子,多年来一直沉睡,等待萌芽,直至被爸爸点燃了生机。

我的第一反应是惊讶。

爸爸总是手不释卷,修养不俗。但是直至今日我才发觉,他对文学的热情竟如此高涨,甚至以一个被禁诗人之妻的名字为女儿命名。

"如果你想欣赏真正的诗歌,不妨读读纳齐姆·希克梅特[①]的作品!我的书架随时向你开放。"

[①] 土耳其最著名的诗人、剧作家、小说家、传记作者。

一个疑惑终于解开了,我又坠入另一个谜团。纳齐姆·希克梅特的作品在当时依然是禁忌,爸爸却为何鼓励我阅读?

我们的谈话结束了,站在你面前的是一个崭新的琵瑞雅①。名字的故事赋予了这个少女莫大的勇气,然而她对同名者却一无所知……

事情不止如此:爸爸不但送我踏上纳齐姆·希克梅特玫瑰红色的诗歌大地,还为影响我日后性格的左翼思想打下了基础。

在高中的写作课上,我总是兴奋地等待着发回批改的作业,不管何种题目,在我那华丽的文风中,永远难以抑制地体现着自由与平等的思想……

我总是惴惴不安,担心被纪律委员会召唤,然而每次这种恐惧都会化为自诩"无名女英雄"的雀跃之情……是它带给了我特殊、疯狂的快乐……

一切源于那次谈话!

爱妻:

    迈入第十二个年头,我依然渴望与你重聚。

    心中激情澎湃,汇成千言万语。

    口中唤着你,心中念着伊斯坦布尔,

    口中唤着伊斯坦布尔,心中念着你。

    你与我的城同样美丽,

    我的城与你同样忧郁。

纳齐姆·希克梅特锒铛入狱。守候在高墙外的琵瑞雅对他的爱

---

① 海蒂斯·琵瑞雅与纳齐姆·希克梅特于一九三五年结婚,他在狱中为妻子创作了大量诗歌。

却不减半分。春去秋来,她等了他整整十二载,她如何能辜负诗中的爱意,她渴望他为她拿起手中的钢笔……

琵瑞雅拥有一头红发。

有多少次我衷心渴望自己也是红发飘飘……

当我走进诗人的世界,沉醉在字里行间时,我与琵瑞雅合二为一。

人生舞台的下一个角色在前方等待着我。我将扮演纳齐姆·希克梅特之妻,他的琵瑞雅……

但是谁与我演对手戏?多么愚蠢的念头:毕竟,我拥有纳齐姆……

> 春天来了,我的爱,
> 地球上、空气中、水面下
> 处处都有春天与快乐的足迹。
> 我的爱,
> 一切准备就绪。
> 一切遍布各地。

即使最爱我的人们也察觉不出我身上翻天覆地的变化。

对于我的未来,妈妈的指导意见自然被永远排除在我内心世界的高墙之外……

即使她与爸爸之间没有如火般轰轰烈烈的爱情,毫无疑问,两人的情感中也包含了爱慕、尊重,足以维系多年的热情。显然,她相信我也会满足于拥有同样的情感。

"你的人生即将掀开新的一页……我们接受现代思想。当然,你将自己选择人生伴侣。你的智慧将是你前进方向的重要指明灯……大学是一个截然不同的环境。图书馆、食堂,学习、与朋友闲聊……你会遇见心仪的对象,自认能够与之融洽相处。如果这个人与我们家门当户对,符合我们的生活方式,那又有何不可呢?"

　　姐姐的婚姻没有得到家人的祝福,她变成了疲于操持家务的主妇,并且生下了两个孩子。她婚后的模样着实吓坏了妈妈。但是我才刚刚踏上人生的道路,对于阻挡前进步伐的话语,我一句话也听不进去。

　　我直直地看着妈妈的眼睛,她在等待我肯定的回答,等待我同意的表情,那样她才能放下心来。

　　"我可有一大堆条件与要求呢,"我说道,"那个人必须为我写诗!必须将情感融入字里行间,化作美丽的诗篇。"

　　"你这个疯狂的孩子。"妈妈不禁笑了,她如何知道,被她当作笑话一笑而过的事实已然渗入了我的每一个细胞……

　　缝纫女工娜曼为我制作了一套深玫瑰色的衣服。套装下是一件印有粉红色花朵的黑衬衫,衣领下翻。

　　这是我第一套定做的正装。虽然我觉得毫无必要,妈妈却坚持如此。我必须衣着端庄,才能与开学的严肃气氛相符。

　　我实在穿不惯薄长袜,低跟的黑色绒面革皮鞋鞋带系在脚踝,相配的绒面革手提包挂在肩上,皮革包边的记事本上插着一支考究的钢笔,那是爸爸送我的礼物,用来记笔记……

　　如果允许我随心所欲,我会匆匆梳几下清汤挂面的头发便出门,把妈妈劝我薄施脂粉、淡扫蛾眉的话抛在脑后……

　　我准备好了。

　　面对全新的琵瑞雅,爸爸从头到脚地打量了一番,眼里满溢惊讶与赞叹的神色,然后朝我走来。

　　"如果你愿意,我送你……"

　　不必了。我们住在尼桑塔斯,而牙科学院就位于马尔马拉大学尼桑塔斯校区。

妈妈给了我一个大大的拥抱,眼中饱含着千言万语。

"一切顺利,我的孩子。"

走出家门,等待我的是无奈之下被迫接受的一种生活,然而我却惊讶地发现,对于新生活的期待竟如气球般渐渐膨胀。天啊,我居然有些跃跃欲试。

我在心里默念妈妈的最后一句话……

"一切顺利,琵瑞雅!"

二

对于孩子第一天上学时的忐忑与眼泪,我有了更深的体会。进入一个全然陌生的环境中,无论男女老少,内心都是同样的惴惴不安,一如此刻的我。

老学生们个个气定神闲……他们在操场上闲逛,坐在从停车场通往教学楼的台阶上,旁若无人地聊着,讨论得热火朝天。

从行政楼拿到课程表后,我也坐在台阶的最上面一级。手上拿的不仅是接下来两学期的课程表大纲,也是大学整整五年的课程安排。

我从头到尾地看了一遍。前两年以基础科学的课程为主:生物物理学、生物学、遗传学、生物统计学、生物化学……此外还有数小时的修复术课程,或许是为牙医学打基础。第二、三学年增加了临床学习,最后两年几乎全是……每周十至十二小时的口腔外科学、儿童牙科、牙周病学、牙髓学、正牙学。

我正专心致志地研究着术语,突然身后的一个尖叫声吓得我蹦了起来,"琵瑞雅!"

原来是伊森!是私立中学的伊森。

虽然我们不同班,只在照面时打过招呼,此刻两人却突然拥抱在一起。

实在太棒了!这下我不再是孤家寡人了。

伊森和我绕着校园匆匆地转了一圈。

演讲厅、实验室、门诊部……这是我曾经极力抗拒的地方,然而如今站在这里的我却满心欢喜,竟有一种热血沸腾的感觉。

只是,每次瞥见位于同一校园的广电新闻系教学楼,心中都会生出一阵熟悉的刺痛……

最后我们走进了学校食堂,各自要了一杯茶,找了张空桌子坐下来。

伊森东张西望,环顾四周。

"你注意到了没?"她神秘兮兮地说道,"全是帅哥哦……"

我"扑哧"一声笑了。没错,这就是伊森,中学里的那个伊森!

还在念中学时,她就开始修眉;偷偷化妆,只有靠近了才能发觉;裙子也比众人的短两指;永远穿小一号的衬衣,以凸显曲线……还交了一大把男朋友。这样的她实在与我格格不入。不过此时此刻,我必须承认,我喜欢她的一时冲动和口无遮拦。

我们很快喝完了茶,起身离开,准备去上第一节生物物理课……

虽然我们并没有迟到,可是大教室里已经密密麻麻地坐满了人……从此以后,我们要么早到,要么提前占座。伊森和我走上宽阔的台阶,总算在最后一排找到了座位。

我们安静地坐着,瞧了瞧周围的同学,希望以后能成为朋友。

伊森先扫了一眼整间大教室,然后捏了捏我的胳膊。

"看那边。"她压低声音说道,指着坐在我们前面两排右边的一个小伙子。

"他怎么了?"我漫不经心地回答。

"你没发现他很帅吗?"

我又看了看,不就是一个平常人而已吗?

"他是很不错。"我匆匆结束了这个话题。

下课后,我去食堂誊抄笔记。实在没必要呼吸图书馆那沉闷的空气,还是等到功课紧张时再光临图书馆吧,例如考前突击。

伊森没有跟来。她嘲笑我的一丝不苟,甚至还把自己没做笔记的事也怪在我头上。

"两人行,一人必懒,"她解释道,"继续记笔记吧,琵瑞雅,我好抄你的。"

伊森走进食堂时我刚好抄完。瞧她一副兴高采烈的模样……

"我遇见他了!"

"谁?"

"还有谁?他啊!就是我指给你看的那个帅哥呗。"

"你实在太厉害了。"我笑道。

"听着,"她拉过一把椅子,继续说道,"他叫阿瑞夫,来自巴勒克埃西尔,住学校宿舍。他在这儿一个人也不认识,真是可怜的家伙……"

"等等,深呼吸,"我打断她的话,"你从哪儿打听到这么多消息?你该不会连珠炮似的向他发问吧……"

伊森仰头大笑,笑我的天真,笑我的不谙世事。

"当然不是了。我逮住机会接近他,就像对待一个普通人一样……我问他:'你知道附近有复印机吗?'又补了一句,'我要复印朋友的笔记……'当然还奉上了我那超级甜美的笑容。他说自己是新生,初来乍到,对伊斯坦布尔不熟悉,就这样,我们一步步聊下去,谈话也越来越深入了……"

"真有你的。"我把笔记本放进文件夹里。

她起身追了上来,继续刚才的话题。

"你肯定不会相信,乌黑的眼睛,刀刻般的脸庞……性感的嘴唇,可爱的小鼻子。"

好了,就此打住吧。我听够了。

"我可不喜欢娃娃脸的男孩,一点儿也不喜欢。"我不想再聊下去了。

伊森停了下来,意味深长地凝视着我。

"你从来没交过男朋友,对吧?"她问道,脸上写满了好奇与惊讶。

"怎么没有,"我答道,"但不是你说的那种交往。是一帮朋友在一起,大家都保持一定的距离……"

"这么说你从没谈过恋爱咯?"

"在我看来,这可不是一个普通的字眼,哪能随随便便说出口。"

"可是你得谈几次普通的恋爱,只有这样,当真爱降临时,你才能认出它来,不至于擦肩而过。"

她的话或许有几分道理。不过眼下我没有心思考虑这些事。

在我眼中,爱情无需追逐;顺其自然吧,真爱迈着自己的步伐,或许下个转角就能遇见它……

伊森肯定不会同意我的看法,还是藏在自己的心里吧。

我们正在上生物化学课……大教室里鸦雀无声,大家都忙着抄教授——也是系主任——写在黑板上的公式。

今天，伊森竟然破天荒地在记笔记！

就在这时，一阵脚步声打破了平静，大家齐刷刷地盯着教室后面，只见一个学生走了进来，左顾右盼地寻找座位：是阿瑞夫！

"是他，"伊森低声说道，"他迟到了……"

下课了，我们正要起身离开，阿瑞夫却走了过来。

"我迟到了，"他对伊森说道，"我得先填申请表，才能拿到助学金。对了，我能借一下你的笔记吗？"

"不行，"伊森笑了，"你不能借我的笔记，因为记笔记专家就坐在我旁边……"

她语带揶揄地解释着，说我连一个逗号或句号也从不漏掉，甚至还会誊抄笔记，将其整理成册，一边说着，一边不忘向我示意。

我似乎成了多余的人，于是打算开溜。

"啊，"伊森说道，"我忘了介绍了。阿瑞夫……这是琵瑞雅……"

"结识他人时，直视对方的眼睛，"父亲一向如此教导我，"是点头之交，还是会有更深的发展，对对方眼睛的第一反应就能告诉你答案。"

我抬头，目光与他相遇。

他的眼睛……果然是乌黑黝亮！他的眼神好似磁铁，将我深深吸引，让我深陷其中……

我们三人走进食堂，坐在常坐的位置上。

"等等，我去买茶。"伊森边说边站起来。

我马上拿出笔记，或许是本能地回避与他的再一次对视。

糟了，我来不及遮住本子上的一首诗。

我期待这一天

这一天也期待我

> 但是
> 这一天
> 将一去不复返
> 我能做什么,只有放弃

他的嘴角泛起温暖的微笑。
"原来你喜欢诗啊……"
我笑着低下头,被抓到现行,浑身不自在。
他也拿出笔记本。令我惊讶的是,扉页上也写着一首诗。

> 昨日,他们也枪击了梅梅德
> 明日,枪口可能对准我们
> 如果是这样,我们将死去,
> 但愿……

我看到了开头几行。
这下被抓现行的人换他了。
"原来你是革命者啊……"我笑了起来。
"没错!"他的语气中透出一丝挑战的意味。
"干脆直接承认好了,我们志趣相投,就这样吧。"我脱口而出,究竟是为什么,连我自己也不明白。
那双如黑玉般的眼睛瞬间被点亮了,温柔的眼神好似一只手,轻轻抚上我的脸庞,再紧紧地锁定我的目光。

伊森端着茶回来了,我躲闪着她的眼睛,胃也一阵阵难受。
可是我看到了什么?她的旁边站着身材高大、相貌英俊的年轻人。

"我来介绍,"她开口道,"沃尔坎……我们是避暑屋的邻居。他是新闻系大三的学生。"

听到新闻系三个字,我居然不像以前那么心痛了,没想到短短的时间内,我已经接受了新专业。

伊森和沃尔坎喝完茶就离开了。他们打算去佩尤卢看电影。两人谁也没开口邀请我们,不过我不在乎。

阿瑞夫和我有说不完的话,越聊越投机,没错,我们的确志同道合……

那天晚上,妈妈走进我的卧室,看见我正在用厚厚的日历纸包书皮。

"你在做什么呢?"她问道,"你不会还在包书皮吧?不是只有高中生才会这么做吗……"

她把一个盘子放在书桌上,里面是削好皮、切成片的水果,然后转身离开了。

她怎会知道,我包的是一本纳齐姆·希克梅特的诗集……这是我答应第二天带给阿瑞夫的诗集……

这些日子,我们一直交换诗集。

我有一个习惯:每当读到心仪的诗句,总会用红笔画线。我打算让阿瑞夫也用黑笔或蓝笔在他喜欢的诗句下面画线。我倒要看看,我们俩是否有同样喜欢的诗句。

虽然学业愈加沉重,阿瑞夫和我还是忙里偷闲,大谈诗歌。

然而,单纯的日子却在不知不觉中变味了。在写革命诗时,阿瑞夫开始加入带有爱意的语句。

······
沦陷，
被你的双眸放逐。
被囚禁，
被囚禁，你以眸为牢。
眼眸下藏着什么？

······
啜饮，
啜饮你眼波中的湖水。
寻找，
在你的眼眸中寻找永生。
眼眸下藏着什么？

如此诗句的惟一读者应该拥有一双被深深爱慕的美目。他似乎忐忑不安，担心会将我吓跑。

当我读完这些诗句时，他漫不经心地说道："这是阿姆德·阿瑞夫①的诗《难以忘记》。"

有时当我们在大教室里等待强制点名时，阿瑞夫和我会选择坐在最后一排。其他同学趁没事时找乐子，他们玩"战舰游戏"，我们则交换诗歌。

这种游戏与交换问候、信件、电话相似，连名字我们都取好了：以诗换诗。

---

① 土耳其诗人，二十世纪五十年代因政治观点入狱。

我写几行,他写几行……

回家后我悄悄拿出阿瑞夫夹在我笔记本里的诗,反复品读,再放进一个大盒子里,盖上闪闪发亮的红纸,贴上"诗歌园"的标签。

今天的我格外开心,比假装纳齐姆·希克梅特的琵瑞雅的时候更开心。必须承认,有人为我写诗,就像他的琵瑞雅一样,这令我心中涌起几分骄傲……

与阿瑞夫的关系就这样一直维持到期中放假,他返回了巴勒克埃西尔的家。

我们之间有一种莫名的情愫,不可言说,只能以诗达意,尽在字里行间。两人都心知肚明。如今,我们都准备面对第一次别离。

阿瑞夫……

乌黑双眸的诗人……革命者。

他或许不是纳齐姆,但是在我眼中,他是我的小纳齐姆·希克梅特。

我想,我会想念他的。

接下来是一段纷乱的日子,一天比一天忙。终于放假了,然而期待中的平静却没有随着假期降临,取而代之的是阵阵的不安与烦躁。这个性情乖戾、脾气火爆的琵瑞雅,甚至连我自己都讨厌。

我依然与诗相伴……却少了阿瑞夫的身影!他的离别对我的影响居然如此之大,这是我始料未及的。

这一天,姐姐站在家门口,一手牵着一个孩子,眼泪像粒粒珍珠一样滑过脸颊。"一切都结束了!"她大叫道。

从姐姐口中,我们了解到事情的来龙去脉。原来姐夫阿莫特与秘书纠缠不清,已经有段日子了。

妈妈不知如何是好,徒劳地安慰女儿,怒斥女婿,担心两个外孙,她在房间里慌乱地走来走去。

听了姐姐的话,我怒火中烧。她怎能落到如此地步,还有戈克斯和克塞斯,他们可是世界上最可爱的孩子啊。

妈妈和爸爸百般安抚,绝口不敢提此刻脑海中浮现的一句话:"不听老人言……"面对一个陷入深深自责中的人,怎忍心落井下石。

整整三天三夜(连晚上也没有合眼!),我听姐姐喋喋不休,说她如何怀疑猜测,如何在孩子面前强颜欢笑,竭力隐瞒,如何再三权衡,做出最佳选择。

"我要和他离婚,"她斩钉截铁地说道,"无论如何,非离不可!"

愤怒之下的话往往是清醒的。她打算回到怎样的生活?妈妈和爸爸自然会不遗余力地帮助她和她的孩子。但是他们能做的又有多少呢?

哭累了,姐姐停下来喘口气,以一副过来人的口吻对我说道:

"不管你做什么,一定要学习!瞧瞧我的下场……如果我念完大学,如果我有工作、有事业,还会沦落到今天这个地步吗?"

第三天晚上,姐夫突然登门,手里还捧着一大束鲜花和一盒巧克力。

姐姐给他开了门,然后瘫坐在客厅的扶手椅上,似乎整整三天的哭泣与叫喊让她筋疲力尽,此刻她只是静静地掉了几滴眼泪。

姐夫先是抱了抱戈克斯和克塞斯,又亲了亲。接着他走到姐姐面前,轻轻地抚摸她的头发。

所有人都屏声静气。忍受了海蒂斯三天的大哭大闹,我们都静静地等待着,看她究竟如何面对丈夫的到来。

谁知,结果却让我们大跌眼镜!

姐夫牵起姐姐的手,将她从椅子上拉起来,给了她一个温柔的拥抱。她则靠在丈夫的肩上，洒了几滴眼泪，宣告为期三天的离家出走就此结束。

晚饭后不久，两人不仅相安无事，甚至还有几分小别胜新婚的味道，就这样我们挥手送别了克赛尔一家。

这场暴风雨过去了。
谁知第二天，一场因我而起的暴风雨却突然来袭。
假期结束前的第三天。
经过前几天的纷乱，我整个人都懒得不想动。然而妈妈异乎寻常、充满怒气的尖叫声却打破了这份安逸。
只见她站在客厅中间，举着一沓纸冲我摇了摇。
"这是什么，啊，这都是些什么？"
我听得一头雾水，凑近一看，竟然是我诗盒里的东西。
或许是因为怒气有传染性，或许是因为看见自己的私有物居然被别人攥在手中，我不禁提高音量，如果去掉其中的凶狠，我的语气倒是与妈妈的不分上下。
"它们怎么会在这儿？你居然翻我的东西……你怎么能这么做，妈妈？它们是我的……是我的私人物品啊！"
"坐下。"妈妈说道，一副准备长谈的架势。
于是我们面对面而坐。
就在这时，一个念头如闪电一般划过脑海：妈妈肯定细细地搜查过我的诗盒，读过每首诗，并且参透了其中的含义。这下，我最私人的秘密被妈妈一览无余。
叛逆感排山倒海，将我完全占据。我竭力保持冷静，等待她先开口。
妈妈的情绪似乎稳定了不少，正琢磨着该如何开口。一番思考后,她决定回到最初的诘问。

"告诉我,这到底是什么?这个共产主义者是谁?这些语句究竟是什么意思?"

她停了下来,呼吸变得沉重,紧紧盯着我,等待我的回答。

"是一个同学,"我开口说道,"他不是共产主义者之类的人。如果你非要这么说的话,那就叫他'左翼人士'吧。"

接下来这句话,我特意加重了语气。

"就是像我这样的人……相信自由与正义的人。"

"这究竟是些什么?"她挥舞着手中的诗。

"这是我的,我一个人的!"我高呼,"你没有权利看,也无权引用……这些原本只属于我一个人的东西却出现在你手里,感到羞愧的人应该是你,而不是我。"

"我是你妈妈。我不仅要看,还要你给我一个解释。"

握着纸张的手不住地抖动,一如她发颤的声音。

"我不想让海蒂斯的悲剧重演……"

啊,我明白了。妈妈担心我重蹈覆辙,步姐姐的后尘,走上这条悲剧的道路。

或许她是对的。但是我怎能允许自己千辛万苦隐藏的诗被她一把抢走,被她一一细读。

妈妈冷静下来,开始刨根问底。

"这个男孩是谁?"

我从嘴里硬挤出一个最平淡的回答。

"我说过,一个同学,叫阿瑞夫。"

"他是哪里人?"

"巴勒克埃西尔人。"

"他的家人呢?父亲、母亲、兄弟姐妹?"

"他父亲是文职公务员,母亲是家庭主妇。"

"兄弟姐妹呢?"

出于某种原因,我回答得很勉强。

"他有四个弟弟妹妹。"

"哦,哦,哦……"妈妈呻吟着,摇摇头,小心翼翼地挑选词语,组织语言。"听着,"她说道,"一个文职公务员的家。哥哥带着四个弟弟妹妹,这可得整天照看他们。想想,和这样一个人谈恋爱……"

"妈妈,你这话什么意思,谈恋爱?"我惊呼道,"我们只是朋友。"

"可不是。"她扬起一丝嘲弄的微笑,又挥了挥手中的诗。

继续发问。

"这个阿瑞夫住在哪里?"

"学校宿舍。"

"他靠什么生活? 就我看来,他的家庭条件可是相当差啊……"

"他有政府提供的奖学金……他爸爸也时不时地给他寄点钱。"

我的回答无疑火上浇油,暴风雨变成了龙卷风,猛地将我卷入漩涡之中。

"这么说他靠奖学金维持生活……你知道这意味着什么吗?他负债累累,何时才能还清这笔高额的贷款,开始自己的生活?自己开诊所更是痴人说梦……他毕业时能还清债务吗?绝对不可能。如果能的话,他当初就不会接受奖学金了。然后呢?除非还清债务,否则他只能无条件地服从国家安排,毫无选择的余地。"

这些问题我从没考虑过;或许我并不在意。妈妈就是有本事把未知的将来说得如此详细,这着实令我大吃一惊,我抓住她的最后一番话,开始了新一轮的交战。

"难道所有人都盼着发财吗?你可能没有意识到,有数千名学生只有依靠奖学金才能完成大学学业。贫穷有罪吗?可耻吗?政府颁发奖学金,提供平等的机会,以此弥补政策的失败。这也有错吗?"

"收起社会主义的那套陈词滥调,好好听我说。无论如何,讨论到此为止……你知道,你姐姐海蒂斯让我伤透了心。难道我能坐视不管,眼睁睁地看着你浪费人生吗?这个男孩会将你带到安纳托利亚最遥远的角落,他好在那里服义务兵役。我如何能承受再失去你的打击……"

"我不会跟他去任何地方!至少现在不会。还有别忘了,你口中'最遥远的角落'也是这个国家的一部分……也需要国家派遣服务人员。"

"够了,别跟我说左翼分子的口号!我最后说一句:如果你要嫁给左翼分子,除非从我的尸体上踩过去,否则休想!我说到做到!"

投下一枚重磅炸弹后,妈妈满意地走了,只留下站在一堆纸页中的我。

目瞪口呆的我只是愣愣地站着,看着一地散落的诗篇。

晚饭时,妈妈和我彼此目光躲闪。爸爸知道事情不对劲,却一副若无其事的模样。

饭后妈妈习惯和爸爸一起喝咖啡,她选择家中最安静的时分继续施压。

"弗瑞特,我真得和你说说琵瑞雅的事了。"她开口道。

爸爸笑了笑,向我投来温暖的目光。

"说吧,我那美丽的女儿都对你做了什么?"

"不是她对我做了什么,而是她对自己做了什么……我原以为我们可以避开社会主义。我真是大错特错啊。你的女儿变本加厉,如今居然接受了共产主义者的诗歌……更严重的是,她竟然与观点相同的年轻发迹者交换诗歌。"

"他不是共产主义者。"我纠正道。

"共产主义者、社会主义者、左翼分子……随便你怎么说。但是我必须告诉你,孩子的爸爸,你的女儿在招惹麻烦。她正在上大学,如果被打上闹事者的烙印,哪怕只有一次,要想洗清名誉可就难了。"

说到这儿,妈妈停了停,看看爸爸是否有所触动。

"现在你和女儿都在这儿!能做的我都做了。你们俩好好想想该怎么办吧。"

一阵沉默后,爸爸转向我。

"是真的吗?"

"和以前差不多。和你给我看的那些诗一样……我和新朋友分享诗歌,仅此而已。"

爸爸深知,我之所以变成今天的模样,他"难辞其咎"。此刻他正慌乱地寻思着,该如何为我们俩开脱。

看着无动于衷的爸爸,妈妈更是气不打一处来,又发话了。

"十八岁的孩子年轻气盛,信仰共产主义,可是随着年纪增长,观点得以提升,他们会寻找中间立场。有了阅历,才能分辨虚妄的幻想与可以实现的抱负,才能发现中庸之道……恕我直言,我在你女儿身上丝毫看不见成熟的痕迹。"

爸爸终于开口了,语气缓慢而沉稳。

"这一切只是因为年轻人骨子里继承的单纯与敏感,因为他们对独立的渴望,反抗不公的决心。要让热爱文学,尤其是热爱左翼文学的人改变观点,谈何容易……"

看来爸爸说的人也包括他自己,至少是部分的自己。一旦犯下罪行,他十分清楚,教唆并协助作恶者的第一人正是自己。

"别担心,"他告诉妈妈,"她的行为虽然有些偏离正轨,但我看也没有危险。最终一切都会好起来的。"

我一下子蹦了起来。

"你不是决定允许我有一段时间的发展期吗？至少让我充分把握这段时间……我自己会分辨对错。要做什么样的人，是否继续做左翼分子，只有我自己能做主。还有，我实在想不通，为什么坚持平等与自由会令你如此不安呢？"

妈妈眨眨眼睛，直直地盯着我。

事实上，我应该感谢妈妈，她只对爸爸说起了诗的政治色彩，却闭口不谈阿瑞夫为我写的诗，这令我大感意外。

或许她觉得这个话题对于爸爸太敏感。或许在她眼中，社会主义的思想比一段她坚决反对的恋情更危险。

她无法或拒绝承认阿瑞夫是个顶天立地的男子汉，这实在是大错特错！

自由的诗篇，爱的诗句，他是我的、我惟一的诗人……

一卷用红缎带包裹的诗，一盒大大的巧克力……假期结束后，阿瑞夫将这份礼物摆在我面前。

我喜出望外地接过礼物。拆开缎带，迫不及待地读起来。

"先等等，一会儿再看。"他的脸上浮起责备的微笑。

他说得对，此刻应该看的不是诗，而是眼前的人。我略带羞涩地看着他，有些难为情。脑海里却情不自禁地冒出一个疑问，如果脱去了诗歌的外衣，我眼中的他又会是什么模样？

一个诗意全无的阿瑞夫在我心中是否仍然占据重要的位置？我甩甩头，实在不喜欢这个问题的答案。

"我有事情要告诉你，"他说道，丝毫没有察觉我内心的暗涌，"我和家人说起了你，还给他们看了你的照片。"

他的眼神闪耀着兴奋的光芒，不等我回答便继续说道：

"他们都很喜欢你,迫不及待地想见你。"

今天春光灿烂,乌云却渐渐聚拢。我把诗放在兜里,一声叹息。

"没有必要。"我喃喃道。

"你说什么?"他笑了,"是时候让他们了解了。"

"他们?他们究竟是谁?他们为什么要了解?有什么值得了解?"

我明白,这些问题不是问他,而是问我自己。

我应该感到高兴,感到喜悦。可是为什么心却像被蜇了一下,隐隐作痛?

难道是潜意识在提醒我,争取的无拘无束的自由可能会被破坏?是因为阿瑞夫向家人说起了我,我却无法说服家人接纳他?还是因为我对两人之间莫名的情愫很满足,他却擅自将我们的关系推进一步?

不管出于何种原因,我千万般不愿让他撕开这层我躲在后面看世界的薄纱,强迫我面对真实的世界,与现实的种种。

生平第一次,面对最微不足道的求婚暗示,我居然不知所措。不,我还没准备好接受如此亲密的关系,现在还没有……

回想共同度过的美好时光,原来我们从不曾讨论过未来……

我真的错了吗?也许这一切只是异性之间日渐亲密的自然结果。但是我如何知晓?对于这种事,我毫无经验……

必须承认,一连串的事件令我惊讶连连,措手不及。这样的局面与我想象中两人建造的、只属于两人的世界截然相反。至少是眼下,是今天……

"我们周六要去苏丹阿赫迈特,"伊森说道,"不如你和我们一起去吧。"

向来三天一换男友的伊森这次大不相同,依然和沃尔坎打得火热。

"我先问问阿瑞夫吧。"

话音刚落,我立刻被一种难以形容的沮丧感包围。问问阿瑞夫!没有事先与他商量,我竟然连最简单的邀请也无法回应。决定必须由两人做出……

事情怎么会变成这样?

阿瑞夫欣然接受了伊森的邀请。他对伊斯坦布尔几乎一无所知……

沃尔坎说道:"我们就像游客一样四处转转。"

外表上看,我们是欢天喜地的四人组。伊森和沃尔坎是天作之合,我和海瑟姆却是貌合神离,各怀心事,我得承认,这是我一手造成的。

第一站是苏丹阿赫迈特清真寺,又名蓝色清真寺……

虽然来过很多次了,我的目光依然流连在蓝绿色的瓷砖上,尽情地欣赏鬼斧神工一般的技艺,沉浸在蓝色之旅中,不可自拔。阿瑞夫更是看得神魂颠倒,连连咋舌。

走出清真寺,沃尔坎和阿瑞夫比赛谁能拍出最棒的照片。

沃尔坎拿起阿瑞夫的相机,说道:"来吧,给你们俩合个影。"

我对"琵瑞雅与阿瑞夫"的合影兴趣缺缺,却又狠不下心甩开阿瑞夫搭在我肩上的手臂。

按照他们的想法,接下来的时间就是各种各样的摆姿势、拍照片。但是从早晨开始,乌云就渐渐聚拢,黑压压的一片向我们袭来,雨滴开始落下,不一会儿雨越下越大。

一群小贩突然将我们团团围住,兜售劣质廉价的雨伞。

沃尔坎给伊森选了一把红伞,我抓起一把绿格子的雨伞,抢在阿瑞夫前面付了钱。囊中羞涩的他无力承担计划外的开支。

我们两两地撑着新买的伞,肩并肩向前走。此时是拉近距离的绝好机会,我心中却充满了无奈与勉强。

四个人冒着倾盆大雨,跑进著名的苏丹阿赫迈特科菲特希斯餐厅,累得气喘吁吁。

每人叫了一份科菲特①、皮亚斯②、艾伊恩③,又叫了伊米克赫维斯④。

到付账的时候,沃尔坎伸手掏钱包,打算一个人买单。

我知道不管看电影还是看话剧,沃尔坎总是替伊森买单。但是这次不一样。

"大家都还是学生,"我边说边拿出零钱包,"还是 AA 制最好。我这份我自己付。"

阿瑞夫肯定如释重负,这下不用勉为其难地背负永远无力偿还的债务了,他算着自己该付多少钱。

回过神来的伊森向沃尔坎示意,不必为她结账。或许这是她认识沃尔坎以来,第一次自己掏钱。

这样最好。既然我们只是朋友,为什么该让他或其他人为我埋单呢?

中午有一个小时的休息时间,这也是食堂最拥挤的时候……

伊森和我正为下午的生物化学课做准备。今天有两小时的理论课和一小时的实验课。

我们正喝着茶,图瓦走了过来。

---

① 烤肉丸。
② 菜豆沙拉。
③ 稀释酸奶。
④ 由加糖和加香料的粗粒面粉制成的甜点。

"琵瑞雅,能把上节课的笔记借我吗?"他拉开一把椅子坐下。

我把笔记本递了过去。

图瓦是班上的开心果,有他的地方绝对少不了欢乐。这次也不例外。他一边抄笔记,一边讲故事,把我们逗得捧腹大笑,前俯后仰的我笑得下巴都疼了。

就在这时,阿瑞夫的身影出现在食堂门口附近。他先扫了一眼我们这一桌,然后走了过来。

我们的嘴角还留着一丝笑容,阿瑞夫的表情却是从未有过的严肃。他出什么事了吗,我心中暗忖。

"别让我坏了大家的兴致。"他压低声音,别有深意地对我说道,眼睛却直直地盯着图瓦。

这下我才回过神来,原来他对我们的聊天颇有不满。这个小男人是在抱怨我们夸张的大笑……

我看着他,心中燃着一簇怒火,越烧越旺,一发不可收拾,很快便将整个人吞没。

他凭什么横加干涉?

这已不是第一次了!警告灯不是已经闪烁很久了吗?如果是我忽视了黄灯变红灯,那都是我的错……

"琵瑞雅,你是不是长胖了,还是裤子有些紧?"

"琵瑞雅,离西贝尔远点。我要坐在阿莫特旁边。"

"听说你昨晚看电影去了。没有我,你玩得开心吗?开玩笑而已……"

"自从分开后,我无时无刻不在想你。你呢?"

我如何忽视了本能的"占有欲",它已经达到极限?这是公认的所有感情的天然产物。

他在诗中传达的"自由"概念呢?难道他没有意识到,赋予他人自由的能力与赋予自由概念的能力同样重要,都是其真实的表现吗?

不,我决不允许他人宣告对我的所有权,如此严重地"霸占"我,影响我的穿着,影响我的行为举止。

明白了我心中的怒气,他像做错事的孩子一般低垂着头,等待我的原谅。我才不在乎。

收拾好笔记本,准备起身离开前,我对图瓦说道:

"我都不记得上次这么开心是什么时候了。太谢谢你的笑话了。哦……随时欢迎你向我借笔记。"

这下伊森完全了解了状况。此时最好让我们独处,于是她抬脚要走。

"等等,"我一把抓住她的胳膊,"我们一起。"

正向门口走去时,突然食堂里的一声叫喊让我们停下了脚步。

"各位,注意了……好消息!"欧默尔叫道,"下午的生物化学课取消了。本西姆贝伊①来不了了。"

对于这个突如其来的消息,我们和其他生物化学课的学生都开心不已,纷纷鼓掌。

"看来我该去申请奖学金了,"阿瑞夫的声音里流露出一丝受伤的味道,"趁我还有机会。"

"是的。"我喃喃说道,将目光转向别处。

看着他离去的背影,我的眼中不带一丝感情。

"现在你想做什么?"伊森问道。

---

① 贝伊,土耳其语中对男性的一种尊称,意为"先生"、"阁下"。

"我们先出去吧,"我回答,"眼下我最需要的就是走出去,自由呼吸……"

两人坐在大楼与停车场之间的台阶上。

伊森不问缘由,但她知道此刻的我心乱如麻。

"呀,快看啊,"她突然说道,"我们在这些男孩身上浪费时间,有人却抓住了真正的尤物。"

我意兴阑珊地看过去,只见一辆宝马车前站着一对情侣,两人动作激烈,像是在争吵。

"他们是谁?"

"海瑟姆贝伊和他的女朋友。"

压抑的挫败感一扫而光,我忍俊不禁。

"你叫他海瑟姆贝伊?这么说他是'贝伊'?"

伊森一脸严肃。

"是真的,"她说道,"他来自迪亚巴克尔,父亲是阿迦①或塞伊②之类的人物……"

这对情侣身后站着两个穿深色西装的人,和校园格格不入。

"他们是他的保镖。"

"他的什么?保镖!"

"谁知道呢,说不定是土地纷争,或家族血仇。像他这样的人都会到处树敌……你不会懂的。阿迦不好当啊。"

"他大可回家做老爷去。来这儿干吗呢?"

"可别这么说。他拥有整片村庄与大量土地,但并不代表他应该无所事事。他一心求学,开创事业。这有什么错吗?"

---

① 当地的大地主。
② 家族或部落首领。

"这些事情与我何关?"我不在乎地耸耸肩。

哎,那个姑娘肯定是他的囚鸟,实在可怜,我暗自想道。

我们和他们是两个不同世界的人,何必谈论他们呢。海瑟姆贝伊和他美貌的金丝鸟很快就被我抛在了脑后。

(我如何知道,仅仅两年后,海瑟姆贝伊却将我带进了另一个世界?)

"一、二、三……朝塔克辛出发咯……"

不远处一个声音把我们拉了回来。

是欧默尔!"喂,两位美女,"他嚷嚷着,"我们要去看电影。"

边说边在一张小纸条上计算着费用。

"瞧,他来了,他可是负责旅行与娱乐的事务大臣呢。"伊森哈哈大笑。

"直接回答,去还是不去,"欧默尔说道,"我好提前买票。"

伊森从台阶上一跃而起。

"我去。"

她低头看我,眼里闪烁着同情的神色。在她看来,没有阿瑞夫,我肯定不会去。虽然明知沃尔坎在上课,一下课就会给她打电话,她却还是打算去看电影。

就在一瞬间,我做出了决定,也站起身来。

"也算我一个,欧默尔。"

久违的快乐。没有阿瑞夫的陪伴,我却万分开心……

心中的那份雀跃是因为电影,因为与朋友分享观影的乐趣,还是仅仅因为自由的滋味,我问自己,却找不到答案。也许都有吧,抑或是叛逆的快感,虽然只是小打小闹……

我居然满心期待某人的质问。

阿瑞夫没让我等太久。此刻他就坐在我对面,脸色苍白。一开口便直奔主题。

"我们到底怎么了?"他的声音里透着几丝悲伤,"你发现了吗,我们之间的诗意正在消失?"

"这么说你发现了……至少我们之间是有问题!"

"你不像以前那样,和我一起分享。我们最后一次交换诗歌是什么时候?"

"生活中不只有分享诗歌。还可以分享想法、玩笑、欢乐。"

他一脸疑惑地看着我。

"我也想分享那些……"

他的嘴唇微微颤抖,似乎要哭了,又打起精神。

"听着,阿瑞夫,"我放缓语气,"我们曾分享过一些美好的事情,就你和我。但是到此为止吧。你好好想想,就会知道我说得没错。"

"你是说结束了?"他的声音颤抖。

"或许从来就没有开始过……如果继续这样下去,最后我们只会两败俱伤。现在结束的话,说不定还能继续做朋友。"

"朋友……"他喃喃道,挤出一丝微笑。

何其勉强。

"那好吧……"

说完他站起身来,飞快地从我身边走过。骄傲如他,怎会让我分担他脸上的悲伤与痛苦呢。

第一部

三

一只小小的囚鸟,困守在笼中那一方天地……翅膀,只是装饰而已。

鸟笼的门打开了。

鸟儿胆怯懦弱。它早已麻木,如何迈开颤抖的双脚,独自飞翔。

但是血液中流淌着自由的因子。很快,它战胜了怯弱,扑扇翅膀,飞向渴望已久的无际蓝天。

此时此刻,我就像这只小鸟。再次独立自主的感觉让我乐在其中。我开始品尝自由的味道。

独立啊,是一种何其美妙的权利:如今的我深有体会……

渐渐地,我减少了和伊森与沃尔坎一起外出的次数。他们成双成对,我却形只影单,在他们的抗议下,我还给他们二人时光。

现在和我走得近的朋友有西贝尔、图瓦、欧默尔。

西贝尔和家人住在卡蒂考伊的亚洲海滩,周末去住在城里欧洲人区的阿姨家,因此她只能在周末见见家人。

图瓦是所有人的开心果,他的笑话和故事总能让我们开怀大笑。

至于欧默尔,你会觉得他天生喜欢到处游荡,乐此不疲,总也坐不住。拜他所赐,我们根本不用思考如何打发时间。

新生活的每一天都是晴空万里,阿瑞夫是惟一一丝阴霾。我知道远处的他正默默地盯着我。黑玉般的眼眸投射的悲伤仿佛一把利剑,直刺我心。

我们说好做朋友,通过两人之间惟一分享的诗,我们践行着诺言。一天,他给了我一首亲手抄写的阿姆德·阿瑞夫的诗《吾爱》。

> 我对你的爱就在那里,不离不弃
> 渴望的折磨排山倒海,汹涌来袭
> 漆黑一片的夜晚寒风冷厉
> 伤痕满身的灵魂沉默战栗
> 灵魂啊,支离破碎,散落一地……
> 镣铐铐住了双手,我无能为力
> 没有香烟的刺激,双眼不能合闭
> 我对你的爱就在那里,不离不弃
>
> 阿瑞夫

  落款他写的是"阿瑞夫",而非"阿姆德·阿瑞夫",显然这首诗是他心情的真实写照,他是借诗达意。
  这一次,我读着阿瑞夫写下的我心爱的诗句,祈祷他对我的爱能在瞬间将他抛弃。
  遗憾的是,他的最后一搏却事与愿违。
  原因何在?当我读诗时,字里行间流露出的不是我的阿瑞夫的情意,而是诗人阿姆德·阿瑞夫……

  不知不觉来到了五月,明媚的春光唤醒了沉睡的大自然,也给我们的内心注入了活力……
  期中考试开始了,一门接着一门,实验室课程也加大了难度,被学业压得喘不过气的我们都盼着与蓝天白云、青草绿地来一次亲密接触。

第一部

"我们要组织一次春季集体活动。"欧默尔宣布道。

他和图瓦是班里的代表,负责找乐队、安排场地、预订餐饮。虽然忙得马不停蹄,两人却兴致高涨。

自从上次不愉快后,阿瑞夫就从妈妈和我的谈话中彻底消失了。

这一天,和她说起春季集体活动时,我轻描淡写地加了一句:"你知道,我和那个男生已经结束了……"

她的脸色明显放缓了,连连点头。

"走,上街给你买衣服去。"这似乎是她对我的奖励。

妈妈眼中沉闷乏味的购物,在我看来却是乐事一件,逛了整整一天后,我们带着战利品回家了——一条喇叭短裙和一件红色真丝衬衣。

这是我参加的第二次学校活动,第一次是上学期开学时的介绍会,周围全是陌生的面孔。这次可大不相同,一大帮朋友全是找乐高手。

我们的选择没有错。看着镜中的自己,披肩的赤褐色长发,略施粉黛的脸庞,我满意地点点头,准备出门了。

大厅里摆放着两张长长的桌子。图瓦和西贝尔坐在第一张桌子的一头。西贝尔的表妹也来了,她是中学四年级的学生,名叫依塞勒,是个漂亮的小姑娘。

身为负责人的欧默尔和图瓦没有座位,两人一整天都跑来跑去。

人陆陆续续地到了。

我一边和西贝尔、依塞勒闲聊,一边看着进来的人群,突然阿瑞夫的身影跳入眼帘。他向其他人点头致意,偷偷地扫了一眼我的周围,和两个朋友在正对面的座位上坐下。

我被稍稍激怒了,不过好在伊森和沃尔坎在我身边坐下,这下我不用与对面的阿瑞夫和他的朋友们打交道了。

很快音乐响起了。伊森和沃尔坎首先站了起来。

转眼之间,舞池里已经人满为患。

我将眼光从翩翩起舞的同学身上拉回到桌旁,发现阿瑞夫站了起来,满心期待地看着我。他慢慢地绕过桌子,走到我面前。

"想跳支舞吗?"

我迅速恢复了平静,站起身来,两人一起向舞池走去。

这是我们的第一支舞,很可能也是最后一支。

他将一只手轻轻放在我的腰间,另一只手拉起我的手,我分明感到他的手在颤抖。

他的脸色一如我们上次谈话时那样苍白。黑眼珠里满满的全是忧伤。我的心阵阵发痛,可我又能做什么呢?

两人谁也没有说话,只是默默地跳舞。或许他连开口的勇气都没有;而我,不愿赠他一场空欢喜。

一曲终了,我建议回到座位上。

于是他送我回到我坐的椅子跟前,依然一声不吭。

"谢谢。"他俯身在我耳畔轻声说道。

此刻,所有人的视线都投在我们身上。他们都知道我们之间不对劲,正研究着我们的一举一动,看看能不能发现重归于好的蛛丝马迹。

我将椅子转向舞池,背对着桌子坐下。

西贝尔的表妹依塞勒向我倾过身来,眼里闪烁着疑问。

"你为什么这么快就坐下了,琵瑞雅?他看起来不错呀……只是有点心烦意乱。"

我做了个手势,表示在音乐的掩盖下,听不见她的话,又摆了摆手,打发掉她的好奇。

图瓦走过来,大汗淋漓……却还没忘记我。

"来吧,我给你讲个笑话,保准你听了哈哈大笑。"他一边说,一边把我拽进舞池。

他并没有讲笑话,而只是说了几句略微幽默的话,如他保证的那样,我果然笑了。

舞池里人头涌动。我正想回到座位上,这时欧默尔却朝我们走过来。

"回去工作。他们正在门口等你呢!"他一边责备图瓦,一边紧紧地抓住我的手臂,把我拉到舞台后面。

"来吧,"他说道,"舞池都满了……"

我们向乐队背后的一块空地走去。

"这下好了,在这儿可以尽情地跳。"欧默尔嘴边浮起微笑。

他把手放在我腰间,合着节拍迈开舞步。不一会儿,他轻轻地将我推开,目不转睛地盯着我的脸,似乎根本无心跳舞。

"阿瑞夫想干什么?"

他肯定也看见了我和阿瑞夫跳舞。

面对突如其来的问题,我稍稍吃惊。"没什么,只是跳一支舞……"

他顿了顿,又说道:"我有个问题,不过你也可以不回答。你们为什么分手?"

此时此刻,此情此景,实在不适合这样的谈话,可是我却觉得自己应该回答他的问题。

"我们俩一开始就没什么。"

他一脸怀疑。

"我是说,还没开始就结束了。"这个解释深深刺痛了我自己,于是我纠正道:"刚开始就结束了。"

"你这话是什么意思?"

"我想他有些太当真了，"我轻声说道，"我要的只是一个好朋友，一个能分享一切的朋友。"

"这么说，事情变认真之后困扰了你……"

"可以这么说。我想真正的问题在于，我还没准备好开始一段恋情。"

"但是你们俩在一起时看起来很开心，至少在外人眼中是如此。"

"的确很开心。但是当我感觉他对未来有所期望时，快乐的魔咒就被解除了。"

虽然欧默尔和我是好朋友，我却从未像这样向他吐露过自己的感受。为什么会对他敞开心扉，我不禁问自己。

突然之间，他显得神采奕奕。

"我想你最好向所有人说明：我们年轻的女士不考虑任何形式的严肃求婚。即使你正饱受爱情的煎熬，也千万别一时冲动，否则这段恋情只会化为泡影。所有感情都必须是柏拉图式的。你们听着……"

"别拿我开玩笑，欧默尔。"我不满地嘟哝着。

没错，这正是我喜欢他的原因。他从来不会摆出一副正襟危坐的模样。但愿他永远嬉笑言语，即使是最敏感的话题。

我们继续跳舞。原来想要独处的不止我们两人，这里还有一对情侣，在半明半暗中紧紧相拥。不知道他们在这里多久了，也不知道他们何时开始跳舞。

玩世不恭的欧默尔一转身，想看看到底是谁。

"嗨，海瑟姆贝伊，"他说道，"我们可是费了好大力气才组织这次活动，完全有权使用这个私人舞池，外人不得入内。你同意吗？"

居然是海瑟姆贝伊！还有他的女朋友，伊森和我在停车场见到的那个。

海瑟姆贝伊点点头，表示同意。

这时,我发现有些异样:海瑟姆贝伊正目不转睛地盯着我,从头到脚细细打量。至少在我看来是如此。

他或许以为我是欧默尔的女朋友。原来如此,难怪他这么看我……

欧默尔根本没打算介绍我们。沉醉于音乐中的他带着我在舞池里转圈。

"你怎么会认识海瑟姆贝伊?"我好奇地问道。

"谁不认识他呀!瞧,连你都称呼他'贝伊'。"

我抬头又看了看……竟不期然地与海瑟姆贝伊的视线交会。他肯定一直在看着我们。短暂而偶然的四目相对后,我慢慢地转回头。

"海瑟姆阿甲贝①是大三的学生。"欧默尔说道。

"可是他看起来比我们和他的同学年纪都大。"

"他是比我们大……大三时来医学院做交换生。和我们比起来,他的确是大哥哥,还是一个阿迦、一个贝伊……"

"你怎么对他这么了解?"

"学生会呗。我们共事过几次。这次活动还是我们一起辛苦组织的呢。"

关于"海瑟姆贝伊",我们谈得够多了。关于"阿瑞夫"的话题,欧默尔也得到了满意的回答。于是他停下舞步,带着我走到乐队前面,再走进大厅。

我回到座位上,欧默尔则在餐桌边继续忙碌着。

刚一坐下,阿瑞夫就投来炙热的眼神,他肯定明白,自己没有权利质问我和他人共舞。

我对他并不在意,或许是因为另外一双眼睛激起了我的兴趣,在

---

① 阿甲贝,土耳其语,意为"哥哥"。

舞台背后与我神秘对视的那双眼睛。即使我丝毫不愿细想这双眼睛与眼睛的主人……

四

初夏的到来意味着大学第一年即将结束……

热浪一阵赛过一阵，我们也越来越无精打采，凭借最后一丝力气与注意力，强撑着迎接期末考试。

我的理论和实验考试双双拿到了高分，这令爸爸欣喜不已。他虽然话不多，我却明白他对女儿寄予厚望，希望我成为一名经验丰富的牙医，全身心投入他的事业。

牙科修复术考试结束后，我和同学们在校园里庆祝。大家惬意地伸展四肢，躺在草坪上，手里拿着冰爽的饮料，提前享受轻松美妙的暑假。

"我们一起玩吧。"显然，欧默尔打算在暑假里将自己娱乐休闲组织者的工作进行到底。

"我来不了，"我说道，"我整个夏天都在锡纳西科。"

欧默尔的脸上闪过一丝阴影。

"算我一个，"西贝尔说道，"我倒不是想代替琵瑞雅……"

对于她略带责备意味的话，没人回应。

"你偶尔也要回伊斯坦布尔，"图瓦说道，"到时候我们会相应调整计划。"

"可能不行，"经过一年筋疲力尽的学习后，我体内的每一个细胞都呼唤着阳光、大海、沙滩。

"我明白了,"欧默尔说道,"我们的公主不愿降尊纡贵。谁知道在锡纳西科有多少爱慕者对她翘首以盼呢……"

"你说得太对了,"我哈哈大笑,"爱慕者可是成群结队呢。我们共度了多少个夏天,如今就像一个大家庭。"

"如果要经历这么多个夏天,才能被你的家庭接受的话,那我们注定没戏了。"

面对他们的暗讽,我一笑了之,对于他们的暑期计划与提议,我更是无心聆听。真恨不得马上冲回家,收拾避暑度假的行李。

锡纳西科……多年前,在马尔马拉南海滩的一片空地上,爸爸建造了一座两层楼的度假屋。屋里的每件家具、每个装饰、每个角落、每个细节都透露出父母的爱与奉献。这里是属于我们的"避暑庄园"……

当然,这本不是它的真名。这座房屋一直没有名字,直到去年高中毕业后,我问爸爸:"咱们什么时候去避暑庄园?"爸爸大赞这是个好名字,从此我们便这么称呼它了。

要做的事太多了。

首先是整理上学期的书、文件夹、笔记本,为明年需要的物品腾出位置。

然后是为锡纳西科之旅收拾行李,这可就难多了。一方面,我有一大堆小山似的新书——小说、诗歌、短篇故事——都是放假当天我犒劳自己的;另一方面,我必须选择哪些衣服要打包带走,哪些要留下……

最后,我从卧室里吃力地拖出一个巨大的行李箱和两个小包。

"琵瑞雅和她所有的身外之物。"爸爸开玩笑地说道。

对于即将开始的夏日之旅,妈妈显得意兴阑珊。她又发起了那套多年不变的牢骚:

"我可没觉得去锡纳西科是度假。除非你管在两所房子之间来回穿梭叫度假……"

事实上,妈妈的话并非毫无道理。爸爸只能和我们待几天。整个夏天,他的诊所和我们冬天的房子都是开放的。

周一和周二爸爸在伊斯坦布尔上班,每周二晚上去锡纳西科,和我们一起过周三,周四返回,周五晚又赶来和我们过周末。周一一大早再匆匆回到伊斯坦布尔……

偶尔妈妈也得回伊斯坦布尔的家中打扫卫生,洗碗洗衣,为爸爸准备饭菜,好让独自在家的他不至于挨饿。

我和姐姐也帮助妈妈,减轻她夏天的负担……

渡船上密密麻麻全是人。

捱过了伊斯坦布尔多雨多雪、雾气弥漫的冬天后,乘客们都迫不及待地跳上船,启程去到世外桃源放松身心,那里遍布绿色的田野与葱郁的森林,平缓的斜坡下就是碧波荡漾的大海……

从亚罗瓦码头到锡纳西科,一路上每个转弯我都记得清清楚楚。天啊,我想念这里,朝思暮想……

看房人纽瑞和妻子阿瑟勒站在避暑庄园门前,欢迎我们的到来。

"都准备好了,"阿瑟勒向母亲保证,"上上下下、里里外外都是干干净净的。"

空气里弥漫着忍冬的香味,大家不禁深吸一口气,沿着布满鲜花的小径走进避暑庄园。

我拿着自己的包,走向二楼的卧室。

一切都保留原样。好久没有看海了,我径直走向阳台,凭栏眺望那片蓝色。

明知自己应该先打开行李，但此刻我实在提不起精神，算了，等到明天吧。我爬上床，这张让我朝思暮想几个月的床，啊，舒服极了。

姐姐海蒂斯一家周五晚上和爸爸一起到。姐夫阿莫特也会赶来过周末，周一早上再回去工作。姐姐和孩子则会留下来，过完整个夏天。

可怜的姐姐啊！一想起她，我心中便涌起浓浓的同情。她从婚姻中得到的惟一礼物只有孩子。表面上看，她来这儿是度假；事实上，她是想逃离两个月……

面对即将到来的多日离别，姐姐和姐夫没有丝毫的依依不舍。恰恰相反，两人巴不得尽早结束相聚的周末。

阿莫特回到伊斯坦布尔，重新过上了单身汉的日子。留下来的姐姐则回到了结婚前的模样。纵然已经结为夫妻，两人却毫无共同之处，惟一的交集便是两个孩子：戈克斯和克塞斯。

虽然有可怕的前车之鉴，我却没有对婚姻望而却步，因为父母这对恩爱的模范夫妻近在眼前。多年来，相濡以沫的两人给予对方真挚的爱恋与不变的热情，相比之下，我更加理解姐姐婚姻的不幸。

我甚至不问姐姐是否考虑结束这段无爱的婚姻。换作是我，我连一秒钟都无法忍受，更别说是一天了。

如果类似的不幸降临到我身上，毋庸置疑，我会毫不犹豫地拼命挣脱，追求自由。必须承认，在那一刻，我完全没有想过这种做法会带来怎样的后果……

"琵瑞雅……你的电话。"妈妈大叫。

是西贝尔！

周五晚上,所有人都要去小餐馆。大家肯定盼着我能参加。

对于热情的邀请,我缺乏兴趣,不过千万不能流露出兴味索然的语气,不能脱口而出"让我一个人清静清静"。于是,我将真实的情绪隐藏在客套的话语中:"我也很想去……可惜去不了。"

我可不会让任何人打扰平静的快乐时光。虽然日复一日,每天的生活都一样,但令我不可自拔的正是这种相同的感觉。遗忘所有人、所有事,也被所有人、所有事遗忘,这种滋味实在妙不可言。

早餐后的咖啡时间是妈妈、姐姐和我最亲密的几分钟。

兴致高的时候,姐姐会用咖啡渣算命;不然,她则推说自己没心情。然后,我们一起去海滩,有时母亲会留在厨房里准备午餐。

兴趣十足地看着戈克斯和克塞斯在海滩上堆沙城堡、做游戏,我终于也能放松放松了。我一头扎进冰冷的海水中,每天的这个时候都是我品尝自由的时候。

这话一点也不夸张:一连几个小时,我投入到大海闪闪发光的怀抱里,背诵诗歌,感受诗歌的力量。当我肆意戏水时,大海在我耳畔低语美人鱼的传说。伴随每一次轻柔的划水,我在海里徜徉,与大海交换心事,惬意无比。

下午,姐姐带着孩子回房间,我又退回到自己的小世界里。

只有在这时,房里静悄悄的,我终于找到了寻求的安静,午睡吗?不,我选择躺在花园的吊床上,手捧一本书,就这么享受悠闲宁静的时光,直至房间又热闹起来。

晚上,要么客人上门喝茶,要么妈妈和姐姐礼尚往来,拜访附近避暑屋的邻居。通常我会留下来。我更愿意和朋友们待在一起,我们分享了很多夏日的回忆。

大家在卡达克碰面。这是一家露天咖啡馆,绿树环绕,还可以一饱大海的美景。

经过了冬日的分别,我们有说不完的话,个个滔滔不绝,听音乐,下西洋双陆棋,仿佛要将离别的时光统统补回来。

夜色渐深,我又回到屋中,与文字约会。

最近我对写作投入了满腔热情。我将自己融入笔下的人物,自导、自演、自赏。我开始记录生活点滴。即使这些故事只是圆一个业余作家的梦,那也是放松发泄的一种方式。

对于近在眼前的表演,妈妈和姐姐毫无察觉。见证琵瑞雅的成长,她们的内心有多么喜悦,我无从知晓,但是为她们黑白单调的世界增加一抹色彩,我猜也不是一件坏事……

至于那些我自写自读的故事,每当我将它们抄进笔记本,准备上床睡觉时,总是已到万籁俱静的深夜。

周末,爸爸和姐夫阿莫特的出现为冷清的房屋带来了兴奋与喜悦。

每逢周日,爸爸总在厨房里忙得不亦乐乎。他可是不折不扣的烤肉串高手!先把肉切得整整齐齐,再放进由几十种香料熬成的腌汁中腌泡,我看得入了迷,仿佛是第一次看见爸爸大展厨艺。

阿莫特负责为烤架生火。他勉为其难地和我们过周末的惟一乐趣,或许就是这顿烤肉。

草坪上的餐桌也准备妥当了,爸爸亲自端上了烤肉串。至少在这一点上所有人都能分享与赞同:舌尖上的味道妙不可言。

谁都看得出来,姐姐和姐夫正竭力保持距离,即使是围坐在一张小小的餐桌前。

或许姐姐只有在忍无可忍、冲破崩溃边缘时,才和我们倾诉她那岌岌可危的婚姻。那些抱怨的只字片语就像偶尔的爆发,流露出她的真实感受。然而深藏在表面下的痛苦积郁呢？对于被她压抑的情感，我们又了解多少？

这一次，当爸爸和阿莫特周一早上返回伊斯坦布尔后，姐姐似乎打算稍稍吐露心声。

"琵瑞雅，你还记得吗，结婚前的我和你有多相似？这间避暑屋、大海、天空、土地……那时的一切都截然不同。我喜欢游泳，虽然那股子热情赶不上你。可是现在又如何呢？我却连脚趾都不敢沾水。以前每年初夏，我们都会飞奔向避暑庄园；现在我却连一丝想念都没有了。全是为了孩子……"

此时此刻，听着姐姐的话，我仿佛看见了一棵历经几百年沧桑的老树：虽然中空的树干早已干枯，却依旧挣扎着保持笔直，甚至吐出少许新芽。

她点燃烟，深吸一口。

"我为什么要对你说这些……你知道吗？这样你就会珍惜生命中的这段时光。当然，你的人生轨迹和我不同。我衷心希望你的婚姻不要步我的后尘。"

她很快起身，我根本来不及回话。

"我得去看看孩子，"她微微一笑，"她们好久没有跑来偷看了。"

说完她走出房间，肩膀无力地下垂，看起来至少老了十岁，我绝望地看着她的背影，酸楚与叛逆的感觉爬上心头。

脑海中浮现出了一个活泼开朗的年轻女子，那时大约九、十年前的海蒂斯……如今的她判若两人，这样的改变实在触目惊心。

究竟是该厌恶让姐姐沦落到这般境地的人，还是该握紧拳头对抗命运本身，我没了主意。

"琵瑞雅！电话……"

我飞快地冲下楼,不知为何,我希望电话不是锡纳西科的朋友打来的,而是西贝尔。

电话那头的声音传来,是来自伊斯坦布尔的电话,不过不是西贝尔,而是欧默尔!

"嗨,小公主,"他用欢快的语气和我打招呼,"最近过得怎么样?"

"很好,你呢? 希望一切顺利。"

"和想象中一样好,我待在伊斯坦布尔……"

"那么,"我迫不及待地想知道他接下来的话,"你打电话来有什么事吗?"

"听着,这次你可别想推辞,"他说道,"我希望你周一回伊斯坦布尔。我们打算找个地方吃顿饭,再去露天影院坐坐。怎么样?"

"我很想去……不过……"我吞吞吐吐,"姐姐在这儿,我不能丢下她。"

"只要你想,你总能找到借口,"他咬牙切齿地大喊起来,"所有人都会来,除了你。"

"就当我和你们一起吧。我真的去不了,欧默尔。"

电话那头沉默了一会儿。

"如果你不想来,我就去你那儿。别说我没提醒你……"

哼,我可不相信。

"你会来?"我不禁笑道,"那就来好了! 我家的大门永远敞开,尤其是对你这样的好朋友。"

笃定他不会来,这句邀请的话便脱口而出。

欧默尔还没疯狂到这个地步吧?

不会,他没有这个胆量。

游了不短的一段距离后,我躺在芦苇席上晒太阳,席子就铺在从房屋到大海的水泥防波堤的尽头。皮肤上的水滴在阳光下蒸发成咸咸的颗粒。

"琵瑞雅!琵瑞雅!"

是看房人的儿子尼哈特,只见他一阵风似的跑过来,气喘吁吁地喊道。

"有人来看你了,琵瑞雅。你妈妈让你马上过去。"

我不情愿地收拾东西,把毛巾搭在手臂上,拖着沉重的步伐沿着防波堤往回走。

肯定是某个邻居上门拜访。谁是煮土耳其咖啡的最佳人选?当然是琵瑞雅!虽然抱怨分派给我的小小差事显得小题大做,可我还是忍不住嘟哝了几句。

使劲推开从阳台到客厅的滑门,我却被眼前的人吓了一跳,一动不动、愣愣地站着。

竟然是欧默尔!

"你去哪儿了,孩子?让你朋友久等了。"妈妈的话似乎远在天边。

是的,我一直在思念欧默尔,否则为什么会紧紧地抱住他,完全忘记自己还湿漉漉地裸着半身?回过神来,我一把推开他,赶紧用毛巾遮住身体。

欧默尔眨眨眼,上上下下打量我。我把毛巾拉得更紧了。在室外的防波堤上,我可以肆意地伸展四肢,但是此时此地,在欧默尔面前,如此暴露却让我浑身不自在。

我定了定神,找回了自己的声音:"欢迎。"

"谢谢,"他握住我的手,久久没有放开,"我差点认不出你了。你晒得真黑……"

"一点儿也没错,"姐姐附和着,哈哈大笑,"现在的琵瑞雅呀,变成了一个深棕色皮肤的寻常少女。"

"我穿好衣服就回来。"说完我一溜烟地冲上楼。

直奔浴室。

梳梳头发，扎成马尾辫，又套上衣服。

不到五分钟，穿戴整齐的我坐在了欧默尔面前。

此时他已经和妈妈、姐姐成了朋友。我设法让自己冷静下来，可以更加自然而清醒地和他谈话了。

"说说吧，欧默尔……哪阵风把你给刮来了？"

"我有个朋友要来亚莱瓦，所以我想我可以来看看你。"他含糊其辞地解释道。

"真高兴你能来。"说完，妈妈拿起一个盒子，在我回来之前，盒盖已经打开了，她撕下彩纸，映入眼帘的是一幅绣着辟邪眼①的流苏壁毯。

"瞧啊，琵瑞雅，你朋友送的礼物多漂亮啊。"

"你太客气了，"我说道，"谢谢。"

妈妈将欧默尔的礼物举到通往客厅的拱门上。

"怎么样？"

"简直就是完美。"姐姐肯定地对她说。

从妈妈手中接过铁锤和钉子，欧默尔把壁毯固定在指定的位置。

"大家去喝杯咖啡吧。"妈妈提议道，又别有深意地看了看我。

还傻坐着干什么，琵瑞雅！

透过厨房和客厅之间的有色玻璃，只见欧默尔与家人相谈甚欢。

大家都端起小咖啡杯，啜饮泡沫咖啡。姐姐饶有兴趣地用咖啡渣给欧默尔算命。我却在椅子上坐立不安，为受到冷落而有些闷闷

---

① 土耳其以及附近地区一种常见的护身符。

爱在伊斯坦布尔

不乐。

"同学们还好吗,欧默尔?"

"都很好。我有个消息,你听了可能会难过。伊森和沃尔坎分手了。"

怎么可能?

"伊森肯定很痛苦……"

"难道你不觉得沃尔坎也很痛苦吗?"

他说得对。显然沃尔坎遭受的打击更大……我必须给伊森打个电话。

"你大老远地过来,我们肯定要为你准备一顿丰盛的午餐。"妈妈说道。

欧默尔开心万分地连连道谢,点点头,又礼貌地对妈妈微笑。妈妈和姐姐挽起袖子,朝厨房走去,打算为客人露一手。

欧默尔和我去了花园。我们先绕着房子转了一圈,走到后花园时,我发现门前停着一辆车。

"妈妈说服爸爸同意我开车,"欧默尔说道,"仅限今天……"

实在奇怪,他从没借过车。以前无论我们何时外出,欧默尔永远都是最不愿碰方向盘的人。

妈妈把一大盘土耳其小饺子[①]放在餐桌中间。

"这是买来的,"妈妈语带歉意,"现做实在来不及了……"

姐姐端上来一盘冷菜,那是沙拉和艾朗[②]……还有为特殊宾客预

[①] 土耳其最古老的食物之一,配以蒜、酸奶酱、干薄荷、黄油。
[②] 土耳其传统酸奶,一种冷冻的盐味稀酸奶。

备的蕾丝桌布和镀金碗碟……

这究竟是怎么了？她们如此煞费苦心地款待欧默尔。莫非是……

我飞快地甩掉冒出的念头，别多想了，应该感谢她们才对。毕竟，她们对客人的相当礼遇难道不是为了我吗？

欧默尔的来访甚至让姐姐也绽放笑颜。她眉飞色舞地说着故事，一个接一个，笑声不断。冲这一点，我就欠欧默尔一个人情。

可爱的戈克斯和克塞斯也加入其中，晚餐后大家兴致勃勃地聊着，不知不觉，聊得比平常晚了许多。

"你愿意带我在锡纳西科转转吗？"欧默尔问道。

不等我开口，妈妈就抢着替我回答了。

"她当然愿意了，亲爱的……去吧，琵瑞雅。带他去市场看看，再到海滩走走。啊……别忘了回来喝茶！"

于是我第一次上了欧默尔的车，在我的指引下，他开车绕着锡纳西科游荡。

车停在一个市场外。

鳞次栉比的纪念品商店……店主们吆喝着兜售银质首饰……

看到欧默尔的满脸兴奋，你还会以为他第一次来这种地方，仿佛他从没住过度假村庄，从没逛过伯德卢姆和马尔马里斯，从没参观过陈列着小玩意的闪闪发光的橱窗。

在锡纳西科最著名的银匠店铺面前，我们停下了脚步。他抓住我的胳膊，拽着我走了进去，让店员拿出手镯。

很快，摆放在深蓝丝绒衬布上的银手镯就摆在了我们面前，默默地散发着柔和的光芒。

"挑一个。"耳边响起欧默尔严肃的声音。

"可是欧默尔……"我刚想开口拒绝，他却用半恳求半命令的眼神让我安静下来。

"请你选一个吧,"他说道,"就让我送你一个夏日礼物吧。"

我了解欧默尔,他总是让人难以抗拒。

于是我们挑选手镯,逐个试戴,就像平日里玩的游戏一样。

突然我看见了一套镶嵌着蓝色珠子的手镯,简直就是流苏壁毯的缩小版,我们同时伸出手,手指碰在了一起。

没错,这正是店里最出色的一件银器。

"保护你不受恶魔之眼的侵害。"欧默尔的笑容让人心生温暖。

心里有一个声音在提醒我,不能对他投降,不能接受礼物,我却拼命甩掉阴暗的想法。朋友之间送礼物,难道不是再平常不过的事了吗?

就在欧默尔付钱的时候,一条银质的钥匙链吸引了我的目光。

"你可不能拒绝我,"我说道,"我也有权送你礼物。"

虽然是父亲的车,欧默尔还是把车钥匙挂在了新钥匙链上。我也戴上了手镯。两人走出银器店,脸上都挂着傻傻的笑容,仿佛两个刚刚打开生日礼物的孩子。

最后一站是卡达克。

此时已是正午,附近的人不多,实在太好了,不用担心遇到朋友。要不然难免需要做一番介绍。之后是没完没了的解释:他只是碰巧来这里,顺便拜访的一个同学……

事实上,很少有人只是顺道经过这里。

不过如果欧默尔不是顺路的话,为什么他会大老远地开车来看我呢?

或许他想亲眼看看,究竟是什么让我对这里依依不舍,是什么绊住了我回伊苏坦布尔的步伐?欧默尔来锡纳西科真的是纯属好奇吗?

第一部

答案我无从得知……

回家时,一个惊喜正等着我们:妈妈做了我最喜欢的蛋白杏仁甜饼干。

欧默尔和我又一次坐在餐桌首席。

我们使出浑身解数,让他有宾至如归的感觉。从他脸上的笑容来看,努力没有白费。

"这儿的日落百看不厌。"妈妈说道。

"可惜我无法待到那么晚,"欧默尔笑了笑,"我得告辞了。"

"真想邀请你留下来过夜,可是……"妈妈开口道。

她捕捉到我的目光,又朝一楼客房窗户的方向瞥了一眼。

天啊,妈妈的脑袋里究竟在想些什么。

至于欧默尔,显然只要我们稍作坚持,他就会留下来。

不!周末这所房屋可是娘子军的天下,包括三岁的戈克斯和五岁的克塞斯,怎能邀请男性客人留宿呢!

"你来这儿我真的很高兴,"我说道,"有了你,我们今天过得非常开心。"

我的话为这次拜访画上了句号,欧默尔站起身来,逐一道谢。

他拖着脚步走到车前,上车,晃了晃钥匙链,又朝我眨眨眼。

我在车窗边俯身,柔声问道:

"难道你不去接那位亚莱瓦的朋友吗?"

他的脸刷的一下红了。显然,这是个子虚乌有的朋友。

"旅途愉快。"我补了一句,挥挥手,竭力不让嘴唇勾出一个淘气的微笑。

"这个孩子真不错。"妈妈说道。

扫了一眼壁毯,她又加了一句:"人也体贴。瞧啊,他可不是两手空空地上门。家教良好。"

"长得也挺帅。"姐姐补充道。

她们到底想对我说什么？是在琢磨我和欧默尔之间是否有隐情吗？

"我们只是朋友。"我主动开口,尽量不让声调有所起伏。

"当然了,"姐姐说道,"你有多少朋友会大老远地从伊斯坦布尔开车来这儿,只为看看你？"

"他的话你也听见了。他是要去亚莱瓦。"

了然于心的眼神,别有用意的微笑,扬起的眉毛……

我受不了了!

"还记得你说过的话吗,我会在食堂或图书馆遇见能够与之融洽相处的人？"我对妈妈说道,"欧默尔不是那个人!"

"没错……要是他再大几岁,就更合适了。"

"合适什么？你们俩为什么一唱一和的？你们到底想说什么？"

"别激动,"妈妈说道,"我们可不是捕风捉影、无中生有。这个孩子有勇气来这儿见你的家人。他是我们的客人。我们只是说对他的印象不错,仅此而已……"

妈妈的话更令我火冒三丈。

"我不在乎你相不相信我,"我咆哮道,"但是我最后说一遍:欧默尔和我只是朋友!就像伊森和西贝尔那样。他是男是女都无所谓。在我看来,他只是一个朋友,一个能与之分享的朋友,现在是朋友,将来也只是朋友。"

"那好吧。"妈妈的话带着安抚的口吻。

"你们不能再提这个话题了。"我边喊边跑上楼。

"哦,对了,琵瑞雅……"姐姐在后面叫住我,"新手镯很漂亮哦。"

我快步冲进卧室,一头扎在床上。

啊,欧默尔!

看看你干的好事!这下我百口莫辩,不管说什么,她们永远都不会相信我。

算了,她们爱怎么想就怎么想吧,我不在乎。至少真相在我心里……

可是,我真的了解真相吗?

欧默尔是否……

不,如果他对我有感觉,万万不敢上门拜访。

尽管如此,往后的日子我还是多加小心为妙。

五

转眼到了九月,人们纷纷告别避暑屋,返回喧嚣的城市。日子一天一天过去,阳光的温度一点一点减少,令人心烦意乱。

我万分不舍地收拾行李,出发前有多急迫,离开时就会有多失落。姐姐和我有着同样的心情。在那座城市里等待她的只有悲伤与眼泪。仅仅一间房子怎能叫做家?

惟一开心的人是妈妈。也许是经过一个暑假的忙碌后,她期盼着一种虽单调却相对宁静的生活。瞧她面带笑容地跑来跑去,精力堪比年轻人,麻利地整理房屋,收拾要带走的东西。

我们要回去了……

又是新的一年,新的学期。

从小学开始,我就把秋天视为一年的真正起点。在我眼中,一月一日只是日历上十二月三十一日后面的一天。朦胧的夏天溜走,苦乐参半的九月降临,这才是更有意义的时刻,意味着新学年的开始。

如今我是牙科学院二年级的学生了。

与大一相比,我感到自己愈发成熟,虽然外表几乎没有改变,在他人眼中,我还是以前那个琵瑞雅。

至于情感生活,并没有明显变化。我还是一如既往地喜欢诗……这一面的琵瑞雅永远不会改变。然而,我已经长大了,不再追逐某一首诗里的字句;相反,我学会了用心读诗。

今年课程安排的重点是基础课:解剖学、生理学、微生物学、组织学。牙科治疗占据了大量时间,与后面学期的课程相比,牙髓学与假牙修复学的课时则相对较少,我们将逐渐接触牙科的专业学习。此外,实验与临床的课时也有了明显的增加。

我们将谱写崭新的一年,我默默许愿,希望这是富有挑战与欢乐的一年……

·

回到校园,看到了一张张朝思暮想的脸庞,受到了一个个真心相待的朋友的热情欢迎,至少我认为是如此……

我一边与同学拥抱,一边在人群中寻找伊森的身影,恨不得马上看到她,说上几句安慰的话,抚慰她那颗因与沃尔坎分手而受伤的心。

很快我就发现了她,在一大群学生中,她显得鹤立鸡群,整个人散发着从未有过的活力。她剪短了头发,人也瘦了,皮肤晒成了赤褐色,一种"现代"的时尚感取代了"古典"气质,与去年相比,眼前的伊森更显魅力。

她快步跑过来,伸开双臂搂住我,两人紧紧地抱在一起。

"真是太遗憾了。"我在她耳边轻轻地说道。

她向后退了一步。

"什么遗憾?"

"沃尔坎……听说你们分手了……"我嘟囔道。

她仰头大笑,一副毫不在意的模样。

"谁在乎啊……都过去多久了呀。"

这个话题再谈无益。显然伊森已经把分手的事抛到九霄云外了。

"新发型很适合你。"我也将沃尔坎抛在脑后。

西贝尔带着一脸邪邪的笑容,插进我们的谈话。

"你知道他们怎么说与丈夫或男朋友分手后的女人吗:分手后的第一件事就是剪头发,似乎断发意味着断情、断孽缘。有没有男人值得这样……"

"别说了!"伊森喊道,"为了男人,我连指甲都不会修。我只想忘记过去,重新开始。那些胡言乱语你还是省省吧。"

"什么事也不会让我剪头发,哪怕一毫米也休想。"西贝尔摸了摸长长的栗色卷发,坚定地说道。

看来该我说点什么,缓和一下愈演愈烈的紧张气氛。

"想改变有什么错吗?伊森的行为也感染了我呢。要是明天上午你看见一头短发的琵瑞雅,可别吓得目瞪口呆啊……"

这时,一直在旁边听我们谈话的欧默尔也开口了。

"你最好别剪头发!你怎么会想到这种事呢?"

大家的目光齐刷刷地转向了欧默尔。因自己的一时冲动,他显得手足无措。

"我是说,在做出人生重大决定之前,你应该和朋友商量商量。"显然他试图将先前的话化为一个笑话。

"显而易见,她所需要的就是你的金玉良言!"西贝尔说道。

"没错。如果你们谁需要建议,我随时恭候,乐意之至。"

再聊下去,这次谈话可能会没完没了,于是我们结束了谈话,朝大教室走去,开始新学年的第一堂课。

今年我打算尽情享受一把当学生的好处,彻底品尝自由的滋味。没错,这正是我要做的……

我的同学,我的朋友圈;我们计划好的远足;电影院、剧院、音乐会;内心世界的诗,我的文章,我的独角戏……

有太多事情让我的生活忙碌而充实;何需找寻新视野或新冒险。

可惜,当我打算维持平静的心情时,最亲近的朋友们却似乎不依不饶地缠着我。

第一次审问从伊森开始。

"难道你不觉得应该对你最要好、最亲密的朋友说说你和欧默尔之间究竟发生了什么吗?"

"你说什么呀?"

"别装傻了……你们俩总是形影不离,我们全都发现了。"

"我和他没有特别的亲密,对他、对你们都一样。"我替自己辩护道。

"别来这一套,琵瑞雅!我可听说他去度假屋看过你,他对你的头发也格外注意……为什么是欧默尔,而不是图瓦或艾利呢?"

"相信我,我们之间真的没什么。在我眼里,他和你、西贝尔都一样……我们只是朋友。"

"他在怕你!他怕一旦真情流露,你会和他断绝往来……他会失去你的友谊……有了阿瑞夫的前车之鉴,他不敢轻举妄动,担心你会抛弃他,就像抛弃阿瑞夫一样。"

"还有,"她继续说道,"不知道你有没有发现,西贝尔对欧默尔好感十足……"

"不可能!"

"作为一个不偏不倚的旁观者,我告诉你:欧默尔千方百计地想靠近你,你却保持距离,西贝尔则拼命想挤进这个缺口。你在躲避,西贝尔在追逐;至于可怜的欧默尔,他既在躲避,又在追逐……"

"原来在外人眼中,是这么一回事呀,"我笑道,"你呀,总是满脑子的胡思乱想。"

她也笑了,俯身对我耳语道:

"这可是经验之谈哦,琵瑞雅小姐……不信,等着瞧吧。你尽可以闭上双眼,不过爱的种子迟早会破土而出,被人察觉。惟一的问题在于究竟会是何时。"

说完伊森拖着脚步慢慢地走了,我生气地瞪着她的背影。心中的怒火从何而来?是因为她?还是因为她可能的一语中的?

阿瑞夫和我分手后的种种情景,春季集体活动上共舞时我对欧默尔说的话,往日的一幕幕浮现在脑海。

他问起我和阿瑞夫分手的理由,我回答说阿瑞夫太过认真。不正是欧默尔对大家宣布,琵瑞雅不喜欢严肃认真的恋情,炙热的爱的表白只会遭到她的拒绝?

一番深思后,我不得不承认伊森所言不虚。欧默尔了解我对感情的想法,他知道我会拒绝他,他担心……

好了,别想这些事情了!

就当我从没和伊森谈过。我从不曾告诉欧默尔自己对严肃恋情的感受……

结果证明,我的担心全是多余的。

欧默尔一切如常,丝毫没有改变关系的迹象,事实证明,说中的人是我,而非伊森。

我们成群结队地看电影、看话剧、吃晚餐……我告诉自己,这一切都与希望的一模一样,无拘无束、随意自在。

第一学期惟一重要的进展,是伊森新交了男朋友。

他叫克尔韩,是我们学院大三的学生,相貌英俊,开一辆新车。据伊森说,他的家境殷实。这段恋情能走多远,我不禁琢磨起来。

六

我的生活平淡无奇,学校、家庭两点一线。然而第二学期刚开始,原本平静的生活却被一件意外的事情打破:我遇见了生平第一次正式的求婚。

所有人都注意到了,新来的微生物学助教内夫扎特对我心有好感。或许是因为他仪表堂堂,又是单身,常常独来独往,或许是因为其他原因,反正当他一出现,班里所有女生都围在他周围。令我百思不得其解的是,他为什么单单看中了我。难道是我有别于其他女生的冷淡,反而激起了他的兴趣?

于是我成了朋友们调侃的对象。

"琵瑞雅,不妨向我们透露透露这次测试的题目吧……"

"要是有人的微生物课挂科了,那就是琵瑞雅的错。"

对此我统统一笑了之。可是我无法断然否认一切,他对我的好感是如此的明显。

预料中的事情发生了。

"琵瑞雅,今晚我想和你谈谈。"内夫扎特开口道。

尽管他压低声音,可是身处实验室中间,又当着所有人的面,大家还是轻而易举地就明白了他的大意。

考虑几秒之后,我答道:"好的。"

我之所以答应他,只是想告诉他,这不过是他的一厢情愿,别再天真地胡思乱想了。

对同学的揶揄与取笑,我充耳不闻。欧默尔似乎犹豫着该不该和我说话,只是向我投来疑惑的目光,我也视而不见。

女性朋友纷纷贡献善意的忠告,竭力劝我认真考虑内夫扎特的追求,在她们眼里,内夫扎特大有可为;所谓的朋友也提出了所谓友善的警告,以自己的前车之鉴现身说法,说他很难成为我的如意郎君。

那天晚上所有人都回家了,内夫扎特和我约在大门口见。显然,他认定我不愿和他肩并肩地往前走,因此虽然路程很短,他还是叫了一辆出租车。

车停在了威利肯钠吉大街街角的特斯维恰。内夫扎特带我走进一家优雅的法式蛋糕店,看来他早有准备。

猛然之间,我惊讶地发现自己竟深深陶醉其中。离开了教室与实验室,内夫扎特变得风趣幽默,话匣子也打开了,滔滔不绝。

我们首先点餐。五分钟后,他知道了巧克力蛋糕和淡茶是我的最爱,我也发现他喜欢吃加水果和乳脂糖霜的蛋糕,是忠实的咖啡一族。

糕点和饮品上来了,我们各自啜饮着茶与咖啡,按照主次顺序,内夫扎特说起了个人情况。

他的父亲是一位工程师,母亲是退休教师,有一个大他三岁的姐姐,已经结婚了,住在伊兹密尔。然后他向我问了相似的问题。

我简单明了地作了回答,心里默默喊道:快呀,说重点啊。结交彼此的朋友,一同去各地旅行;更认真一点,关系比朋友更进一步,甚至开始约会……我等他提出以上任意一个要求或者统统都提。

"自从见到你的那天起,你的身影就在我的脑海里挥之不去,经过这段时间,我有了一个想法。"他说道。

一切都和意料中的一样,标准的开场白,再是请求做特殊的朋友,不多也不少。然而接下来他的话却让我完全失措。

"我也和家人说过了。"

他顿了顿。

"我想娶你。"

我的第一反应是紧紧握住茶杯的把手。

"娶我?"

"是的,"他笑了,"因为我在求婚之前先告诉了家人,所以你感到意外吗?"

假如我打算接受他的求婚,这倒是一个值得思考的细节。但是从目前的情况来看,这个细节根本无关紧要。

"不是的,"我说道,"我感到意外的不是这个。没想到你居然会求婚,天啊……"

看着我一副目瞪口呆的表情,他开心地笑了。

"我已经服完兵役,我家在莱文特有一套二层房屋。妈妈会为我们准备妥当的。"

忍住,忍住,千万不能笑出声来,我暗暗告诉自己。此刻我倒是很想问问他,打算租哪个结婚礼堂呢,不过这话也被我咽了下去。

他异常地郑重其事,连最微不足道的细节也没有漏掉,显然整件事在很久之前就已决定,我心中警铃大作。哪曾想他如此认真,将未来规划得如此周详,一时间我竟不知道如何作答。

"这么说……"内夫扎特深吸一口气,追问道,"对于我的求婚,你是怎么想的呢?"

我以长长的沉默为掩饰,整理着混乱的思绪。

"首先,我想感谢你,"我清清嗓子,终于开口了,"感谢你将我视为值得共度一生的婚姻伴侣……"

他的眼睛在我脸上搜索着,想要找出哪怕一丁点的抽搐或变化,全神贯注地听着。

"可是,"我继续说道,"我说过,我期望的不是你这样的求婚。"

他友好地笑了笑,或许不想让我如此难以面对。

"有时突如其来的求婚更加讨人欢心。"

"今年我才大二。恐怕要到很久之后,我才会有结婚的念头。"

"那么三年后呢?"他咬了咬嘴唇,"我和父母谈过。这事不着急。我们可以先交换戒指,举行正式的订婚仪式……等你毕业后再结婚。"

事无巨细,全都被安排得妥妥当当……假使我点头同意,这辈子我将面对一连串的既成事实。

"你能与父母讨论自己的生活,这实在可嘉,"我说道,"但是我也要尊重我家人的意见。他们要求我在完成学业之前必须拒绝任何正式的求婚,对于这一点,他们态度坚决。"

虽然父母从未对我强加任何约束,但此时别无选择,只有搬出他们来做挡箭牌,将烫手山芋扔到他手中……小小的一招。

"我知道了,这么说没有希望了?"

"我说过,毕业前我不能和父母讨论婚姻大事。"

他如此执着结婚一事,似乎彻底忘记了,也许可以不征求我父母同意而与我约会。看来在他眼中,这样做不妥当。

"那还是有希望,"他喃喃道,"等你毕业……"

"你觉得承诺如此遥远的事情明智吗?"

"我不确定……"

得到家人许可的计划却遭到意料之外的碰壁,这使他不知所措、疑惑不解。这下轮到他目瞪口呆了。

我却如释重负,心里的一块大石头落了地。

可怜的内夫扎特!他哪里了解我。他如何知道向琵瑞雅求婚只能无功而返?如此思量再三、古板沉闷、墨守成规……没有丝毫浪漫的细胞……只有空洞乏味的话语!

即使我爱上了他,也决不会接受这样的求婚。

像我这样的女孩怎能在他人的剧本中演出呢?

堵不住同学们对内夫扎特议论纷纷的嘴,我打算告诉他们我俩之间谈话的大意:其一,这次谈话没有什么可保密的;其二,他们会发现我与他立刻见面,将他的爱火浇灭是明智的选择。结果:人人都取笑他。

有人称,内夫扎特肯定是对母亲言听计从的乖宝宝,不然他早就找到比我适合百倍的新娘了。其他人则跳出来为我辩护,嘲笑他那得到父母支持的、冒失的求婚,这根本就是包办婚姻。

至于内夫扎特,他对我更加殷勤。

一天晚上我们正在做微生物培养,他的感情终于大爆发了……

那是这一年中最费时的实验室课程。我们做了一道特殊的牛肉汤,再用高压灭菌器杀菌,做成一道营养丰富的汤,以此培养多种实验用的微生物。

通常这时候我们已离开了实验室,可是这天大家依然埋头工作,因此必须通知家人我们要晚归。

夜色渐深,同学们的肚子都咕咕直叫,可是高压灭菌器不能长时间离人,而食堂早已关门。

"去吃点肝脏吧。"图瓦建议道。

他说的是大学正对面的街角杂货店。那里的阿尔巴尼亚肝脏①远近闻名。我从没吃过,不过看来别无选择,只有一起去尝尝新了……

听完我们的要求,值班助教点点头,同意我们分组出去吃。

轮到我们组时,内夫扎特开口了:"等等,人是铁、饭是钢,我也得吃饭,不是吗?"

"算得真准呀。"欧默尔从牙缝里挤出一句,变身为护花使者。

几分钟后,我们狼吞虎咽地吃着肝脏三明治。

"别吃洋葱,"内夫扎特说道,"这味道足以阻止细菌繁殖了。"

助理的玩笑一出,大家都乐了,欧默尔却说道:"你的笑话足以使细菌冷死。"声音虽不大,却字字清楚地落进大家的耳朵里。

那天晚上我们工作到很晚。当我们把灭菌汤倒进皮氏培养皿,微生物开始繁殖时,我们全都累得筋疲力尽。

"很晚了,"内夫扎特说道,"你愿意的话,我可以送你一程。"

"谢谢,我住得不远,和朋友一起走回去就行了。"

等内夫扎特走远了,欧默尔这才开口:"留点神,伙计! 不管是不是助教,你都得给我解释一下!"

大家只把欧默尔的话当做笑话,我却不禁琢磨起来,这句虚张声势的话语有何言下之意。

---

① 将肝脏切成小块,油炸后冷却,再以洋葱为配菜,有时也作为三明治馅料。

我只想与内夫扎特保持学生与助教间的关系，可是对方却另有打算。

他不再约我在校外见面，他没这个胆量。据我所知，有些事他从没做过。然而他继续当着全班的面对我格外照顾，因此在所有人眼中，他就是一个不折不扣的花花公子。

复习几周后，大家坐在教室里，准备微生物考试，这时谈话的主题又转向了内夫扎特。

"琵瑞雅，我要是有你的'考试必过金牌'，还学个什么劲呀。直接事先抄份答案就搞定了。"艾利说道。

"你哪里知道呀，"图瓦回应道，"记住，她可是拒绝了他。说不定他会当场抓她作弊，记她零分。"

我从没作过弊。这段时间我比任何时候都用功学习，就是为了证明我不需要谁的帮助。

考试开始了。实验室工作人员海利尔分发答题纸。我迅速计算每道题所需的时间，然后提笔作答。

做到第四道题时，我卡住了，这道题涉及一个没有学过的知识点，真是奇怪，算了，我直接跳过，继续做下一道题。

就在这时，意想不到的一幕发生了。海利尔抽出一张纸，正面朝下地放在我跟前。我把纸翻过来，定睛一看，居然是第四题的答案！

一抬头，我与内夫扎特四目相对，他就站在我对面，唇边勾起一抹似有若无的微笑。

天啊，这该如何是好？是照抄答案，拿到全班最高分，还是任由这一题答错，和其他人一样被扣分。

胃里一阵翻滚，我居然动摇了，虽然只有短暂一刻，我还是对自己的行为感到可耻。

"海利尔，"我叫住了内夫扎特的同伙，"能给我一张新的答题纸吗？"

我飞快地将这张作弊的纸正面朝下地塞到他手中。

"谁给的，还给谁去！"

为了一道考题的答案欠人情，这值得吗？

我相信这一举动是对内夫扎特和他的期待的最好回应。但愿他能明白我的态度与决心。

七

这几天，欧默尔和我常常闹脾气。

私下里，他过分敏感；在班上，他动不动就生气。不管我说什么，他都当着朋友们的面和我唱反调，偶尔甚至是完全的无礼。面对和以前判若两人的欧默尔，我实在看不懂。

伊森认为是他的挫败感在作祟，如果他能对我吐露心声，就能变回原来的样子。

我却有不同的看法。一个如此敏感、以保护友谊之名约束情感的人绝不会像他这样对我。

我能做的只有静观其变……

对于粗鲁的欧默尔和他无礼的举止，我不加理睬。看着我对他的行为无动于衷，受了刺激的欧默尔决定千方百计地激怒我。

他和大家去看电影，却不告诉我……他对其他人夸张地献殷勤，尤其是对西贝尔……

虽然内心燃起阵阵怒火，我却维持着表面的平静，一副不为所动的模样。然而我却不像以前那样轻松自在、无忧无虑了。此外，我对欧默尔的误解为朋友圈蒙上了一丝阴影，这也令我烦心不已……

停课了，大家专心致志地准备期末考试……
今年的春季集体活动正是鼓舞士气的大好机会。
伊森依然是我的同伴，加上克尔韩，我们就是快乐三人组。其他朋友也加入其中，小组的人数越来越多。
欧默尔却不见踪影。
很久之后，他才出现，还带来了一个身材苗条、面容娇好的女孩。
"她叫慕洁德，"他介绍道，"是我的高中老友，目前在伊斯坦布尔大学念化学专业。"
太好了，问题解决了。当伊森紧握我的手臂时，我暗自想道。
"别被骗了！"她低低地说道，"这是他的最新花招！"
不知道是否因为伊森的提醒，我发现自己的情绪竟提高了几分。直接无视欧默尔的新女友好了，对了，还有欧默尔。
这天晚上，我将做回以前的琵瑞雅，披上冷漠的外衣，容光焕发，兴致高涨，和朋友们肆意说笑，乐得前俯后仰……
最先离开的是欧默尔和慕洁德。
"我得送送慕洁德。"欧默尔一字一句地说道。
他飞快地看了我一眼，又转向慕洁德，挽起她的手臂，两人一边聊着一边离开了。
"说实话，"伊森开口道，"你难道不嫉妒那个女孩吗？"
"前几个月可能会，"我耸耸肩，"不过这种嫉妒就像嫉妒你和西贝尔的友谊一样。我不知道有什么好嫉妒的，伊森！相信我，我不是那种……"

"得了吧,"她笑着说道,"如果克尔韩这样做的话,我肯定会把他的眼珠子挖出来。"

"这怎么能相提并论呢。我对欧默尔没有占有欲,他的友谊也不值得珍惜了。"

"别对他这么残忍。一切交给时间吧……你会发现,那个女孩只是虚晃一招。"

"快呀,女孩们,朝电影院出发咯!"

听到这话,伊森和我几乎从座位上蹦了起来。

是欧默尔,像往常一样友好地邀请我们看电影。

"等等,"伊森说话了,"你必须先解释解释。"

"解释?你吓了我一跳……"

"聚会上的那个女孩,好像是叫慕洁德吧。你有什么事情瞒着我们吗?"

"当然没有,"欧默尔哈哈大笑,"我说过了,她是我高中的朋友。那天我只是需要一个女伴,然后就想到了她。"

他看似说得漫不经心,却明显在挑衅我。他只需要一个女伴,他是否……

伊森向我露出胜利者的微笑。

"抱歉,欧默尔,"她站起身来,说道,"我和克尔韩有约了,不能去看电影。他一下课就会过来……"

她收拾好书本,一溜烟跑了,留下我和欧默尔两人,她的如意算盘终于得逞了。

空气中弥漫着莫名的尴尬。

仿佛我们不是朋友,也从未分享过喜怒哀乐。

最后还是他打破了沉默。

"你在生我的气?"

"我为什么要生你的气?"

"因为慕洁德……"

我仰起头,看着他的眼睛。是的,他想看我生气的模样……他希望我指责他,甚至是大声痛骂他。

"没有,"我说道,"我想我没有这个权利。"

"思想是一回事,感情又是一回事……"

"我的思想与感情相同,我的感情就是我的思想。"

"这就是问题……"

"什么问题?"

"不管我们之间发生什么,有件事我们都未曾提起……"

他说出了该说的话,此时已无法回头。

"听着,琵瑞雅,"他措辞谨慎地说道,"我一直都明白。如今我累了。我厌倦隐藏自己的感情,厌倦向所有人解释……要么两个人在一起,将关系公之于众,要么只做朋友。哪一个才是我们最好的选择?"

我低着头,喃喃道:"我珍惜你的友情,欧默尔。"

"那好吧,我明白了,这就是你想要的全部。不过从现在起,在其他人面前,我们要么装作情侣,要么保持距离。你选哪个呢?"

在其他人面前!难道他人的看法就如此重要吗?连朋友都不是了,为什么还要假装谈恋爱?

他甚至没有提及自己的感情。这哪是什么发自内心的表白,分明是暗地交易。

如果他能敞开心扉,说他真心喜欢我,我不确定自己会作何回应。然而,对于假扮情侣,我无论如何也不会接受。

欧默尔还在兀自说着,浑然不知我脑海中有千万种想法在翻滚。

"如果你同意,我们一起看电影。大家都会看见琵瑞雅和欧默尔是怎样的情侣……"

"这有什么意义?除非我们对彼此有感觉……"

他做了一个鬼脸。

"别把我的感觉扯进来,"他说道,"我知道你是怎么想的。"

终于说到了重点!欧默尔无疑在害怕。他还是无法对我袒露心声。或许他认为假扮情侣的建议能够为他争取时间。

那我呢?我是否足够坚强,能做到毫不隐瞒,能深入他的内心?更重要的是,我能在多大程度上回应他的感情?

我真的不知道。

一时间,我们都以沉默掩饰。

第一次,我在他的眼中看见了温暖,还有一丝我从未见过的温柔。

"回答我,要和我一起去看电影吗?"

"我不去了,"我小声说道,"祝你玩得愉快。"

欧默尔和我之间的争吵停止了。至少我不再出言不逊。是的,他在生我的气,可我不怪他。我伤害了他,即使是出于无心。

离暑假只剩两天,我不想在恶劣的关系中说再见。于是我拿起红色的毡尖笔,在笔记本上写道:"最多的爱,送给我最好的朋友……"撕下来,夹进他的笔记本中。

不久之后,他朝我走来,脸上挂着嘲弄的笑容。

"谢谢,"他说道,"不是谁都有如此运气,能得到这样的纸条。"

他淘气地暗指阿瑞夫,逗乐了自己,也逗乐了我。

有个声音告诉我,欧默尔不会成为第二个阿瑞夫,而会永远地停留在我的生命中。

八

我站在教务办公室前,看着公告栏里张贴的成绩单,伊森从身后走过来,双手环住我的脖子。她就是这么活泼好动,几乎控制不了自己。

"我有个消息,你听了肯定会开心得手舞足蹈。"她一把抓住我的胳膊,拉着我去老地方。

坐在熟悉的台阶上,我静静地等着她口中的消息。

"我们要结婚了!"伊森兴奋地喊道,看着我吃惊得合不拢嘴,她欣喜若狂,又忙着补了一句,"和克尔韩。"

我扑哧一声乐了。

"即使你这样的女孩,要在一天之内另寻新欢,也不太可能嘛。当然是和克尔韩了!"

"除了他,绝不可能有第二人!"

"怎么就要结婚了呢?太突然了……"

"昨晚我们一起吃晚餐。他在一家优雅的餐厅里订了位置。是烛光晚餐哦……服务生端着一个小小的白色蛋糕走了过来。你知道蛋糕上写的是什么吗?你永远也猜不到!"

"那你快告诉我呀……"

"嫁给我吧?"

伊森的喜悦也感染了我。

"简直太棒了!"我不禁尖叫道。

第一部

"虽然我一直期待着求婚的那一刻,却怎么也不会想到这句话居然是用红色的字体写在蛋糕上的。"

"克尔韩太厉害了。那你怎么回答?"

"再来一遍的话,我还是会爱上他。除了欣然同意,我还能说什么?"

我们俩都跳了起来。我抱着最好的朋友,送上祝福的话语,和她一样沉浸在巨大的喜悦之中。

"打起精神来,"她说道,"任何事情都可能随时发生。"

"比如一场婚礼?"

"当然不是了,还不到时候呢!不过克尔韩和我都见过了对方父母。我们要做的就是介绍双方家人认识。这是预订婚或订婚仪式。"

"听你这么一说,这个夏天可够忙的……"

"没错,准备好迎接层出不穷的惊喜吧,琵瑞雅。"

伊森的下一个惊喜被前来锡纳西科的度假屋过周末的爸爸攥在手里。

一个写有我名字的优雅的白色丝纸信封……

"拿去看看吧。"爸爸说道。

刚一拆开,我便惊呼起来。

是伊森订婚仪式的邀请函!

时间是八月的第一个星期六,地点定在哈比耶商务俱乐部。

这个夏天,我陪着爸爸回到伊斯坦布尔,每周在这里待两天。

我在爸爸的诊所做实习医生!这是我的主意,也是一份非常特殊的工作!

我开心地做起了爸爸的助手,当他压模、准备补牙材料时,我在一旁仔细观察。然而令我印象最深刻的,对我今后的牙医事业最有帮助的,却不是技术上的问题,而是爸爸在注射奴佛卡因①时与病人的互动交流,他在诊疗椅边的举止,小心翼翼地与病人谈话,让他们在不知不觉中放松……坐在牙医的诊疗椅上,谁都会心慌意乱,爸爸却尽可能让治疗过程变得愉快。

人际关系!或许这才是牙科最关键的一环,可惜在学校里无法学到。有人向我示范,我何其幸运。

在订婚礼的前两天,我和爸爸来到了伊斯坦布尔。头一天采购参加订婚礼的服装。以前我总是让妈妈或姐姐帮忙挑选,可这次只有我一人,要做决定还真难。

最终我看中了一条淡蓝色的透明硬纱连衣裙,高领,肩部大开口,从收紧的腰部向下展开。

爸爸开车送我来到商务俱乐部,轻轻地吹了声口哨,保证我会是全场最漂亮的姑娘。

在通往大厅的主入口,我遇见了图瓦。和爸爸一样,他也吹了声赞美的口哨,又给了一个我欢迎的拥抱。

"跟我来,"他说道,"其他人都进去了。"

对于满是陌生人的大型仪式或婚礼,我总是避而不及。可这次是最好朋友的人生大事,我怎能缺席?

订婚仪式在一个空旷的大厅里举行,挑高的天花板显得气派非凡。位置是事先安排好的,每张座椅的椅背上都贴着来宾的姓名。

"不知道这对情侣的亲朋好友会怎么考虑座位,不过要我说,我们这帮人的位置是最棒的。"图瓦一边说着,一边领我走到桌前。

---

① 一种局部麻醉剂。

他说得一点儿没错。我们被安排在 L 形长桌的转角处,整个大厅尽收眼底。

"各位,瞧瞧我把谁带来了。"图瓦说道。

"哦,是琵瑞雅哈尼姆①,看来你决定来捧场了!"

在艾利的带头下,大家夸张地向我打招呼。我则一一和他们拥抱。

"什么时候轮到我呀?"身后响起一个迫不及待的声音。我转回头,与欧默尔的眼光撞了个正着。

他穿着一套浅色的夏日西装,时尚整洁,整个人显得神采奕奕。

"我是不是非得每周安排一次订婚仪式,你才能来伊斯坦布尔?"他的话语中带着几分嘲讽的抗议。

我没有机会回答。乐队开始演奏,灯光变暗了。一束银色的聚光灯打在宽大的楼梯上,那里是所有人目光的聚焦点。

在雷鸣般的掌声中,伊森和克尔韩缓缓地走下楼梯。

我拼命地忍住眼泪,内心是满满的快乐。

我最爱的朋友!此刻的她多么美丽……身披苔绿色薄纱,宛如童话里的公主……

"没想到克尔韩这么帅呀。"艾利低语道。

目光转向克尔韩,的确,一件米色无尾礼服衬得他英俊非凡。

"他们看起来真是天作之合。"我喃喃道。

这对璧人走下楼,灯光又亮了。他们向舞池中央走去。家中最年长者做了简短的发言,祝愿新人一生幸福,然后是交换订婚戒指。

开始跳第一支舞了……两人翩翩起舞,在舞池里穿梭旋转,浑身散发的爱与喜悦点亮了整个大厅。

---

① 哈尼姆,土耳其语中对女士的一种尊称。

食物和饮品丰富多样,细节一丝不苟,亲朋好友在桌旁闲聊:这些都是细节,在我看来无关紧要。我的目光一直追随伊森和克尔韩,不知不觉看得竟有些痴了。

艾利牵着西贝尔的手,将她带到舞池。

"来吧,"他说道,"别就他们俩跳。"

欧默尔一言不发地走了过来,拉起我的手臂,跟着艾利和西贝尔下了舞池。

我们先恭喜伊森和克尔韩。

"说不定下次就轮到你了。"伊森在我耳边轻轻说道,即使在大喜的日子,她依然没忘记我。

之前还兴致勃勃的欧默尔此刻却莫名地有些意兴阑珊。跳舞时我俩都沉默不语,显然他感兴趣的只是环顾大厅里的其他人。

过了一会儿,他开口说:"这肯定是所有女孩梦寐以求的夜晚吧。"

我稍稍后退,盯着他的脸笑了。

"你说什么?你真觉得女孩梦想的只有这个吗?"

"我不是这个意思。当然了,男孩也有梦想……谁不希望亲手为心爱的女孩实现梦想呢?"

他顿了顿,一时间陷入思绪之中。

"你知道吗,"最后他说,"我想要等到很多年之后,我才会成为这样的夜晚的男主角。"

"顺其自然就好,"我点头同意,"伊森和克尔韩有点操之过急了。"

"我猜我自己会是我们这帮人里最后一个订婚的。"

他放开我的手,轻轻地把我推开。我读出了他脸上深刻的苦涩,甚至还有悲伤。一时间,我竟呆住了。

"有什么好着急的?"我强挤出一丝笑容,"等到那一天,等到你遇见了真命天女,一切都会发生的。"

"不会的!我和父亲有矛盾。"

看来他决意吓倒我。这下他成功了……

"抱歉。"我说道。

"我们就像住在同一屋檐下的两个陌生人。如果不是妈妈从中调解……"

"希望矛盾能化解。"

"不可能!"

"父子之间哪有什么深仇大恨?"

"算了,当我没说!反正都无所谓了。我只想说,我决不会请求家人为我操办订婚或结婚仪式。"

我慢慢地明白了,为什么他选择此时此刻吐露自己的麻烦。

"我要自力更生,自己养活自己,完成学业,存钱。只有到那时,我才能向心爱的女孩求婚……"

他语气中的沮丧令人难过,几乎是在道歉,认为自己没有幻想未来幸福的权利。

令我心烦意乱的不只是他的沮丧。我们之间只是朋友关系,他无需对我做出这样的解释。他的做法毫无必要,也不会让他得到什么。

"别担心,"我说道,"一切都交给时间吧。总有一天你梦想中的女孩会出现在你面前……就在命中注定的那天。你会求婚;她会同意;其他的都是历史。"

我半开玩笑地随口说着,希望能安慰他,给他打气。他却无动于衷,皱皱眉,似乎在说,你能做的就是这些吗?

"你选择的场合实在有趣,总是在我们跳舞的时候吐露心声。"我暗指大一春季集体活动上的那次谈话,"别忘了这一次是在公共场合,我们可没有藏在乐队后面。"

虽然没有彻底驱散盘旋在他头顶的乌云,我的话还是给他的内心投去了光芒,虽然只是如烛光般微弱。

"我们可以再找一个隐蔽的空间。"他笑了笑,带着我离开舞池,向楼梯间走去。

看着欧默尔逐渐恢复了原来的模样,我心里的石头也落地了。

不知道是否受了伊森的影响——她一直比我更多疑,我不禁怀疑欧默尔刚刚的那番话可能是事先准备好的计策。这个猜测令我大为震惊。

他完全明白我对浪漫的求婚有多么抗拒。他是否在强调此时的自己没有资格求婚,原因与我无关,而是为了争取时间?

不,不可能。那一刻他的苦恼是发自真心的。我怎么能怀疑他沮丧的外表背后藏着不可告人的动机呢,这样太不公平了。

那天晚上大家都玩得十分尽兴,随着乐队的伴奏大声唱歌,排成长长的一排,肩并肩地跳起了安纳托利亚舞,伊森和克尔韩站在队伍中间。

还有五分钟就到午夜十二点了,我站起身来,说道:"我得走了。爸爸十二点准时到门口接我。"

"你可真是不折不扣的灰姑娘啊,"欧默尔打趣道,"小心别把玻璃鞋弄丢了。"

说完他又俯下身,在我耳畔轻声说道:

"纵然你的舞会华服变成褴褛衣衫,在我眼里你完美依然!"

那天晚上,躺在床上的我辗转反侧,脑海里竟然浮现出这样的画面:订婚的人变成了我,万众瞩目的焦点也是我,我挽着一个男人的手臂,慢慢地走下台阶。这个男人与克尔韩的身形有几分相似,却笼罩在神秘的面纱之下,怎么也看不清楚。

沉醉于这场幻想的不是别人,正是我,一直以来反感诸如此类正式订婚仪式和婚礼的琵瑞雅。我大吃一惊,赶紧摇醒自己,甩掉这个不该做的梦。

我那颠覆传统的热情哪儿去了?始终坚持的"自由与平等"的思想如何被一场盛大舞会的幻觉吞没了呢?

"到了一定年纪,人人都是共产主义者",每当有人说起这句陈词滥调,我总是坚称:"我可不是共产主义者;我是左派。"在我心里,这个信念如此坚定,有生之年将永不改变。是否仅仅因为年纪渐长,我便开始丧失理想?

邂逅一个志同道合之人,与他一同迈入婚姻殿堂,婚礼简单私密,与我的理想和世界观不谋而合——这难道不是我一直以来的愿景吗?

豪华的舞厅、奢侈的婚礼、装饰华美的家……这是我想要的吗?

每当父母说起他们结婚时只有一张桌子、几把椅子和一张铜床,两人一起辛苦打拼,努力满足基本的生活需求时,我总会说:"原本就应如此!"

一个由两个人创造的两人世界:还有比这更好的吗?长久以来,这都是我的向往与渴望。我与值得共赴今生的他……省吃俭用,用汗水和智慧支撑我们的家……

我那最珍贵的原则怎么了?原本期望在人生道路上为我指明方向的道德责任感哪儿去了?

以前的琵瑞雅会如此回应欧默尔吗?难道她不是振振有词地说:"为了创造属于我自己的世界,我必须抛弃父母的观点,必须拒绝他们的给予。我要靠自己的双手,自力更生;资本主义制度使少数拥有特权的人不劳而获。"

此时此刻,以前的琵瑞雅正无情地拷问我。

"你已经变得平庸,"她说道,"和众人并无二致,放纵自己依赖父亲,沉溺于虚妄的幻想。可悲啊,何其可悲……"

我累了,是因为做出解释,或者更准确地说,是因为做不出解释。

在对昔日的理想深深动摇与渴望之中,我心事重重地睡着了。

九

新学年开始了,谁知这一年将是我生命的转折点……

回顾这一年,或许我根本没有选择,只有像其他人一样,沿着早已安排好的人生方向与道路走下去。

下一节课是牙医修复实验课。

趁着午餐休息时间,我一边检查笔记,一边嚼着食堂里买的吐司三明治,这是我午餐的首选。

从食堂出来,我看见了欧默尔,他的脸冲着我,正与对面的人说着什么。

"欧默尔,"我一边叫他,一边走了过去,"食堂的三明治我都吃够了。"

"那我带你出去吃肝脏。"他笑了。

我做了一个厌恶的鬼脸。

"附近倒是有几家不错的餐厅。"与欧默尔谈话的人转过身来。居然是海瑟姆贝伊!

我对他几乎一无所知。伊森曾经在停车场里指给我看过,春季集体活动上欧默尔曾和他有过只言片语……

虽然我们只是远远地见过几次面,根本谈不上要好,不过我还是和他聊了起来,仿佛旧识一般。

"太好了,"我说道,"可是我没有时间,要是食堂里能增加沙拉和其他食物就好了。"

他赞同地点点头。

"你们认识吗?"欧默尔问道。

我们同时摇摇头,又笑了笑。

"海瑟姆阿甲贝,这位是我们的灰姑娘、也是我们的公主琵瑞雅。瞧,她又在犯嘀咕了。"

欧默尔的介绍点到为止。毕竟海瑟姆是一位举足轻重、备受尊敬的"贝伊"!他和我们是两个世界的人,我们惟一的交集只有学校。

身穿一套深蓝色西服的海瑟姆与普通学生截然不同。必须承认,他看起来的确玉树临风,器宇不凡。

奇怪的是,他那双热情的浅褐色眼睛竟牢牢地锁定了我。

逃走,这是我的第一反应。我转过身,躲开他那穿透力十足的目光,其中的含义我读不懂,也无意深究。"快走吧,"我催促欧默尔,"上实验课快迟到了。"

第二天,我坐在停车场边的台阶上等伊森。

一辆蓝色的宝马缓缓开进停车场,不偏不倚地停在我面前。我专心看着大腿上摊开的笔记本,余光却捕捉到了海瑟姆下车的身影。

他走上台阶,脚步缓慢而沉稳,最后在我面前停了下来。

一个白纸包裹的盒子落在我的大腿上。

"给你的。"

我先定了定心神才打开盒子。天啊,我简直不敢相信自己的眼睛!竟然是一份金枪鱼沙拉……

还有薄薄的萝卜片和深红色的西红柿片,下面隐约可见铺着一层长叶莴苣。

"太棒了!"我惊呼道,"太谢谢你了……"随即我话锋一转,语气里多了几分拘谨,"实在是太麻烦你了,你不用这么客气。"

"希望你吃得开心。"他说道,眼角浮起几道皱纹。

稍作停留后他便转身离开,仿佛知道有自己在场,我一口也咬不下去。

我带着这份盒子走到隐蔽的校园一角,活像无意间发现几块鸡肉的迷路小猫。躲开一双双好奇的眼光,我端起沙拉津津有味地吃起来。每吃一口,我都停下来问自己,这突如其来的慷慨背后究竟隐藏着什么……

我正用纸重新包好空空的盒子,这时伊森走了过来。

"你去哪儿了,"她大叫道,"我到处找你呢。"

"我在吃东西。一份沙拉,准确地说,是金枪鱼沙拉。"

"哦,这顿豪华午餐是谁的功劳呢?"

"是海瑟姆贝伊,怎么样,没想到吧。"

"简直难以置信,"她啪的一声在我身边坐下,"仔细给我说说,到底怎么回事?"

"你不是认识海瑟姆贝伊吗,"我耸耸肩,一副轻松随意的语气,"他只想让自己与众不同。"

说完我将盒子扔进树下的垃圾箱,又回到伊森身边。

"老实交代!你是不是有什么事瞒着我?"

"怎么可能,"我笑了,"不过是一份沙拉罢了……别小题大做。"

"天底下哪有这么简单的事,琵瑞雅哈尼姆,"她摇摇头,"我认识的海瑟姆贝伊可不会专程给人送沙拉。听好了,肯定有事发生……"

一周过去了,海瑟姆省督和他的沙拉早被我抛在了九霄云外。

这天上午我们正在食堂喝茶。

"看看谁来了。"伊森在我耳边说道。

一转头,我便迎上了海瑟姆的眼睛。

他径直朝我们这一桌走来。

欧默尔赶紧站起身来。

"啊,海瑟姆贝伊,大驾光临,我们的食堂真是蓬荜生辉,不胜荣幸啊……"

他的话倒是没错,以前谁也没在食堂里见过他。

向我们一番问候之后,海瑟姆在欧默尔示意的座位上坐了下来。

图瓦飞快地跑去买茶。

"这茶和你常喝的不一样……"他说道。

"一点儿不假,"伊森插话道,"喝过了从伊朗走私到迪亚巴克尔的浓茶,这种茶对你来说就像洗碗水。"

听到这里,海瑟姆不禁笑了,似乎将其当做一句赞美。

"家中的一切自然不同。"他的语气中带着明显的骄傲。

然后他转过身看着我。

"你很面熟,去过迪亚巴克尔吗?"

对于这句书中最老套的台词,如果换做伊森,她会当真吗?可是他这招小小的把戏却骗过了轻信的琵瑞雅。就像上钩的鱼儿一样,我也傻傻地中了计。

"去过,"我答道,"不过那是小时候的事了。"

看得出来,这个回答出乎他的意料。他的眼睛闪烁着光芒,仿佛刚刚发现了黄金。

"你在那儿有亲戚吗?"

"没有。多年前我的祖父曾是迪亚巴克尔民事登记处的主任。祖母和姑妈在出售小房子时带我去过那儿。"

"这么说那时我们可能见过。"

"那时我才六岁。"我扑哧一声笑了。

找到话题的他打算顺藤摸瓜,刨根究底,一口气抛出一连串问题,我们住在哪儿……都认识谁……

"主干道的路口有一家酒店,"我绞尽脑汁地回想着那些模糊的细节,"就在一座大清真寺对面。"

"那可能是奥尔帕拉斯酒店,就在佩干波尔清真寺的正对面。"

我又说起了骑马车,在街角喝樱桃味果子露。他静静地聆听,目光锁在我身上,嘴角泛起一丝包容的微笑。

就在这时,伊森的厉声提醒把我从回忆中拉了出来:"你今天打算旷课吗,琵瑞雅?"

我们都站了起来。海瑟姆陪着我们一直走到大教室门口。

"就是这样了!"伊森说道,"我不是告诉过你吗?"

"等等,到底是什么啊?"我高声说道,就连自己听来,这句抗议也显得如此牵强。

下一次和海瑟姆见面会是什么时候呢,我不禁好奇起来。事实证明他是个制造偶遇的高手。

在我发现之前,海瑟姆已经成为我们这个小团体的名誉成员了。

该如何称呼他?我举棋不定。"海瑟姆贝伊"肯定不行,"阿迦"、"贝伊"之类的正式尊称让我感觉别扭。鉴于他的年纪和身份,我可以和其他人一样叫他"海瑟姆阿甲贝"。但是无论如何,每次"海瑟姆哥哥"到了嘴边,我却怎么也叫出不口。还是简单地称呼他"海瑟姆"吧,尽管这显得过于熟稔。

困扰我的不只是称呼:一个我几乎一无所知的人如何突然闯进

来，宣告在我的生活中占有至高无上的地位？这张我曾经几个月才见一次的脸如今却频频出现在眼前。

"快做好准备，"伊森说道，"他很快就会投下重磅炸弹。"

虽然我还没有准备好接受一种会令我和朋友渐行渐远的关系，但是我发现自己不够强大，无法减慢海瑟姆坚定且平稳的步伐。

不久后的一个下午，他在实验室门口等我。

"今晚找个地方喝杯茶，怎么样？"

犹豫片刻之后，我轻声答道："好。"

他拉开车门，等我上车。没有保镖，也没有司机。

生平第一次我旁边坐着一位男性朋友，开着自己的车带我去某个地方。（当然，欧默尔在锡纳西科那次不算。）

不管我如何努力地跟上事情快速发展的脚步，却无法控制胃里的一阵恶心。

在简朴却不失优雅的国会酒店法式蛋糕店里，我和海瑟姆对面而坐。

看进门时服务生的一脸热情就知道，他是这里的常客。天知道他带多少女孩来过这儿……我的心突然像被揪了一下，隐隐作痛，天啊，我分明是在吃醋。

"这里的巧克力蛋糕相当美味，你想尝尝吗？"

我可以拒绝吗？显然一切都已安排好了，哪怕是最微小的细节……我要做的，只是回答"是"。

我们闲聊了一会儿。

他说起了迪亚巴克尔，说起了多年前去世的祖父，他生前是一位塞伊，即教会领袖；父亲是一个大家族的族长……在家乡，他是人人口中尊称的"海瑟姆贝伊"或"海瑟姆阿迦"……转学到医学院的原因……他希望在现实世界里开始生活,而非继续学习……

从他的话中,我算出他比我大七岁。

蛋糕吃完了,我们开始品尝第二杯茶,这时两人都沉默了。

突然,海瑟姆柔声说道:

"琵瑞雅,我想你明白我对你的感觉。"

我点点头,活像一个做了错事被抓现行的淘气鬼。

"抬头,看着我的眼睛。"

于是我跌进了一片灼热的金棕色海洋,他深邃的目光将我淹没,迷失的我顿时慌了手脚。

"我爱你,琵瑞雅!"

这句话就这么从他的唇边飘了出来,简单至极、情真意切,忽然之间我就属于他了。

一股暖流从我心底涌出,这是一种全新的感觉。同样也是生平第一次,我听到了如此炽烈的爱的宣言。

或许是因为这句话让我不知所措,或许是因为没有同样简洁的语言能表达此刻我的感受,于是我选择了沉默。

他无视我的安静,急匆匆地继续说着,仿佛走上了一条无法回头的路,迫不及待地让我看清他的心。

我的感情是否与他同样炙热,我不敢确定。但是毋庸置疑,我被深深地感动了。

"还有……"他继续说道,"我想娶你,琵瑞雅!你愿意吗?"

这句话把我从他那深不可测的目光中拉回了现实。

这并非我面对的第一次求婚。阿瑞夫含糊地说起过;内夫扎特在征求家人意见后,向我提出了安排周全的结婚建议;欧默尔隐约暗示过我们未来可能会在一起。但是相较之下,海瑟姆的求婚迥然不同。

首先,排在首位的是他的感情。此时的求婚仿佛水到渠成一般,感情的火焰不大不小,刚刚好。

在这双灼人眼睛的注视下,我怎能再保持沉默。

"结婚是人生大事,必须慎之又慎,"我说,"我还没准备好迈出如此重要的一步。"

"我也不是说明天就结婚嘛,"他忍俊不禁,"我只想让你知道,每走一步,我们的关系就会更近一些,最终就会走到一起。"

"我答应过父母,毕业前不考虑求婚的事。"

"别这样。只要你愿意,我随时随地都可以见你的父母。"

他笑着补充道:"等他们见了我,说不定会改变主意呢。"

之前我搬出的令内夫扎特望而却步的绊脚石似乎吓不倒海瑟姆。瞧他一副自信满满的模样。

"还有一个原因,"我说道,"我想自由自在地享受学生时光。比起坐在崭新的豪车里招摇过市,我更喜欢挤公车,走在熙熙攘攘的人群里,和朋友们看电影。"

"那就把我当成一个和你看电影的朋友吧。"

他顿了顿。

"你是在担心我们的年龄差异?"

"不,完全不担心。"我笑了,"我爸爸就比妈妈大六岁呢。"

既然我们的关系少了一分感情,多了一分稳定,我说话就能更随意了。

"现在对于你的求婚,我既不点头,也不摇头。"

"我不会逼你给我最终答案。我只想让你知道,我在等你。"

那天晚上,我反复回想与海瑟姆的谈话。

显然他深爱着我。可我呢? 我的心是否也以同样的频率为他跳动？

不可否认，他的话感动了我，这种感动如此之深，远超出我的想象。但是我也肯定，我对他的爱意永远不及他对我的用心。

倘若单以我的经验，要我定义什么是爱，那只是心脏最无关紧要的跳动。

是的，阿瑞夫和欧默尔的提议让我心生温暖，却丝毫没有澎湃的激情，没有至死不渝的爱恋，没有永恒不变的誓言。

海瑟姆呢？问问真实的内心，我为他神魂颠倒、陷入疯狂的爱恋了吗？

在我看来，爱情需要技巧，具有天赋的人才能获得这种技巧。我开始相信，自己缺少爱情的天赋。

我始终期望和相信的是一见钟情，是融为一体，是内心满溢幸福……爱情流淌在血液中，渗透细胞里，令人迷醉其中，战栗不已。

可是这些感觉我统统没有。我也失去了拥有它们的希望。

爱情来自内心！当大脑占据上风时，内心的呼唤被无情地抛弃，理性和逻辑压倒情感。这正是我之前的经历，或许也是阻止我跌入爱河的原因……因此，我惟一能做的，是分享给予我的爱。

这样很好，但是海瑟姆的爱足够给予我们两人吗？

为什么不应如此呢？而且，我对他并非毫无感觉。

显然，他对我的爱、他为了表明用情之深所作的努力令我迷醉：我爱他爱我的方式……

"你疯了，"伊森说道，"面对海瑟姆贝伊的求婚，没有女孩会说'不'。"

"那我是例外。"我笑着说道。

"你最好赶紧清醒，这样的机会可是千载难逢啊。"

"我没有拒绝他，我只需要再观望一些时候。"

欧默尔的出现打破了我们的谈话。

"听说咱们的公主终于找到王子了……"

他那疯狂的眼神让我忍无可忍。

"哦,伊森!"我大叫一声,"你就不能保守秘密吗?"

"他也是好朋友嘛,不是吗?"伊森笑了笑,"难道他没有权利知道?"

"没有什么好知道的。"我戒心十足地咕哝道。

欧默尔根本没有在听。即使他拼命隐藏,我还是能感觉到他的紧张。他决不会向海瑟姆打听,只好向我追问事实。

"海瑟姆阿甲贝真的向你求婚了吗?我只想知道到底有没有!"

"是的,他向我求婚了……"

"那你同意了?"

"没有……"

"他得偿所愿了。如果你真的点头同意,那你就太天真了……"

我心中燃起熊熊怒火。

"有件事我要告诉你们俩:就算埃及王亲自向我求婚,除非是出自真心,否则我也决不会接受!"

"埃及王怎么被卷进来的?"伊森忍不住哈哈大笑。

"我只是……我已经晕头转向了,都不知道自己在说什么。"

欧默尔也笑了。紧张气氛一扫而光,连我也挤出一丝微笑。

我竭力与海瑟姆保持类似朋友的关系,效果还算不错。

之所以这样做,很大一部分原因是为了欧默尔。每次海瑟姆加入我们这帮人,他就恶狠狠地瞪我……我实在不愿激怒他。

必须维持这种状态,至少要等到期中。

我不喜欢在公众场合有亲密的举止。既然海瑟姆选择了我,就必须接受我的条件。

期中放假三周,海瑟姆去了迪亚巴克尔。

他走了以后,我整个人轻松多了,具体地说,我发现自己有多么怀念自由自在、无拘无束的滋味。看来我该重新考虑我们的关系了。

假期里我和朋友们见了几次。这个学年过了一半,成为牙医的日子越来越近,大家都兴奋极了。我们一起看电影、聚餐……

欧默尔总是坐在我身边,他的陪伴让我感觉很自在。和他在一起,我无需约束自己。

海瑟姆和他的求婚被我彻底抛在脑后,我没去思考该如何回应他。是的,我必须面对事实。我还没有准备好开始一段将会束缚自我的严肃恋情。

问题在于,我该如何对他解释?

谁知就在假期结束前的几天,一件意想不到的事情打乱了我的全盘计划。

海瑟姆从迪亚巴克尔给我寄来了一张卡片。卡片上画着一个搂着孩子的女人,另一面则是他的笔迹:"给我的天使"。

言下之意何其明显,绝对的海瑟姆风格:"这是我想见你的方式"。

就在这时电话响了,我急匆匆地跑去接电话,将卡片留在茶几上,过后完全忘记了。这简直是一个不可原谅的错误。

那天晚上,我发现爸爸回到家正端详着什么,再定睛一看,他手上拿的居然是海瑟姆的卡片,我一溜烟跑回房间。看着爸爸疑惑的眼神,支支吾吾地回答他的追问,天啊,这个画面想想就令我崩溃。

吃晚饭时,我一直低着头,脑子里飞快地思考着该如何应付这个棘手的情况。

我好像多虑了。爸爸一如既往地和蔼可亲,在餐桌上聊天、开玩笑。

当我躲进房间,正打算埋头读书时,妈妈走了进来,拿着装卡片的信封,满脸好奇。

"这是什么意思,琵瑞雅?"妈妈眉头一皱,问道。

"一张卡片,"我结结巴巴地回答,"一个朋友寄来的。"

"哪个朋友会称呼你'我的天使'?"

事到如今,还怎么隐瞒。我深吸一口气,还是一五一十地告诉妈妈吧。

"卡片是从迪亚巴克尔寄来的,寄信人叫海瑟姆,念五年级。这么多够了吗?"

"当然不够!你们肯定私相授受,不然他不会那么称呼你。"

"不,我没有。"我否认一切。

在妈妈狐疑而坚持的目光下,我只好和盘托出。

"他向我求婚了。"

"什么?求婚?你怎么说的?"

"我说现在考虑这件事为时尚早。"

"你做得对。在你们彼此了解之前,不能草率……"

"该死!"我暗暗责骂这张卡片,都是它害我陷入如此尴尬的境地。

妈妈悄悄地走出房间,一如进屋时那样无声无息,毫无疑问,她急着把我刚才的话转述给爸爸。

然而令我惊愕失色的是第二天妈妈的话。

听了妈妈一字不漏的讲述后,爸爸说道:"这有什么问题?如果这是我的女儿想要的,那再好不过了。我尊重她的决定。只要她喜欢,我随时都乐于见见那男孩。"

眼睁睁看着事情超出我的控制范围，我却无能为力，不行，这叫我如何忍受。收到一张写着"我的天使"的卡片，还我清白的惟一方法是证明寄信人的意图是高尚的，这也使我不得不承认他的求婚有多么认真，虽然我并不肯定自己是否会考虑。

一直接受现代思想的爸爸对敏感的话题避而不谈，却将包袱扔给妈妈，这也使我感到不安。

"你们没必要见他。"我坚持道。

"你怎么能这么说呢？看看这张卡片。"在我开口之前，妈妈抢先说道。

"没有必要！如果真有那么一天，我会告诉你们的。"

我对海瑟姆怒不可遏，甚至怀疑他是故意的。可是他怎么知道我会把卡片落在茶几上呢？他应该担心的是卡片可能会被其他人擅自拆开。

一切都是他的错！

口口声声说非常乐意与我家人见面的人难道不是他吗？

瞧瞧现在，他们也迫不及待地想见他。对于这次求婚，他们似乎比我更激动。

干得漂亮，海瑟姆贝伊！

假期结束后，海瑟姆来看我，还带来了一盒迪亚巴克尔著名的杏仁蛋白软糖和一大包走私茶叶。

道过谢后，我收下了礼物。他立刻感到了我的心烦意乱。

"怎么了？"

"那张卡片，"我说道，"你想知道它惹了多大的麻烦吗……"

我把事情原原本本地告诉了他，却在他脸上看到了大大的笑容。

"这有什么可烦恼的？只要他们愿意，你随时都可以把我介绍给他们认识。"

"你说过何时见面由我来定。"

"可是我已经向家人介绍了你,给他们看了你的照片,他们都很喜欢你。"

我一时语塞,仿佛有一只无影的手掐住了喉咙。奇怪的是,我竟把内夫扎特的家人与海瑟姆的家人联想在一起,天啊,我要晕了。

该把海瑟姆的礼物放进储物柜,还是带回家?我犹豫不决。

晚上我从储物柜里拿出外套,看来把礼物放在里面是个错误。

"这是海瑟姆送的,从迪亚巴克尔带来的……"我在厨房里咕哝道,然后径直回了卧室。

餐后茶的时间到了,父母不断投来意味深长的目光,我抿了一口茶,假装视而不见。为了不惹恼我,他们也闭口不谈这个最可怕的话题。

不过,妈妈还是忍不住评论道:"这走私茶的味道好极了,果然与众不同。"

我左右为难!他们在不断施压。

父母肯定知道从我身上得不到答案,于是派姐姐出马。

"琵瑞雅究竟怎么了,亲爱的?"姐姐说道。

每次开口前,她都会插上一两句题外话,说什么父母反对的婚姻只有死路一条,又以自己的经历现身说法,然后一遍一遍地告诉我,我是何其幸运。

用她的话说,如此优秀的男人可遇不可求,如果我不好好考虑就一口拒绝的话,那我就是天字一号大傻瓜。

"可是海瑟姆和我根本没有深入讨论过细节,"我反对道,"万一他想让我去迪亚巴克尔呢?"

"那又怎么样?我倒是和家人住得近,这让我更幸福了吗?在这儿拥有一段得过且过的婚姻,还是在迪亚巴克尔开始皇后一般的生活,哪个更好?"

显然,家人一直在热火朝天地讨论这件事。

爸爸执意让我上牙科学院,就是为了毕业后我能和他一起工作;妈妈担心我会跟随服兵役的阿瑞夫去到穷乡僻壤,因此掀起了一场轩然大波,甚至不惜以死相威胁。可是为什么如今面对可能长达数年的分离,他们却能如此平静地接受呢?

因为海瑟姆是迪亚巴克尔族长的儿子?因为他富甲一方?因为他即将毕业,创办自己的诊所?

那我呢?海瑟姆对我的影响又是如何?

因为我的圈子里全是涉世未深的年轻人,是伊森不屑一顾的"毛头小子",而他远比他们成熟?因为他仪表堂堂,玉树临风?还是在以前的我看来只有妈妈才重视的财富如今也令我心动?

或许是因为他的自信,或许是因为他对待我的热情,他表达感情的方式……

此时此刻,我感觉他在我身上施展的魔咒就快被破解了。

为什么呢?也许是因为在我家人决定介入之前,我们并没有足够的时间享受对方的陪伴、深入了解彼此。凡事都有自然的顺序,我们却把它打乱了。

不管出于何种理由,深陷沮丧的我感觉如此孤独。家人、海瑟姆,以及背后的海瑟姆家人;各方的压力向我袭来,排山倒海。

该如何招架,我无法思考。如果他们就此停止,或许我会做出令他们满意的决定。但是他们却步步紧逼……

连伊森这根救命稻草也没有了,这次她和他们站在同一战线上。

全世界只剩下欧默尔支持我。欧默尔,还有他受伤的表情……

"间谍又来了。"欧默尔咬牙切齿地嘀咕道。

不幸的是,他说对了……海瑟姆不像以前那样常常光顾食堂。表面上看,他让我重获自由,事实上他却采取了更加严厉的手段。他的保镖或朋友,不管他如何称呼他们,这些人在门口偷窥我,再跑去向主人汇报,我的一言一行全在他的掌握之中。

对于这些恼人的小把戏,我装作毫无察觉,心里却涌起深深的羞辱感,他到底打算监视我到什么时候。

不久,海瑟姆决定发表对这段时间监视报告的评价。

"琵瑞雅,"他开口道,还是保持着一贯的温柔,"你想做什么就去做吧。不过如果你能多注意一下在公共场合的举止,那我感激不尽。"

没错,我要爆发了,就是现在!

我做了什么,最糟糕的不过就是笑着和同学开玩笑。这有什么大不了的?有这么严重吗?

就算我的一些行为可能被误解——公平地说,这绝不可能——那也与任何人无关。

竭力使自己平静下来之后,我才开口。

"你有什么资格对我说这些?"我问道,"我们甚至连关系都没正式确定……"

"你误会了,"他放缓了语气,"你的任何一个朋友都可能说同样的话。而且,对于你而言,我想我不只是普通朋友吧。"

"谁也没有权利对我横加干涉,海瑟姆贝伊!"我咆哮道,"我受够了!我们结束了!让那些未来计划统统见鬼去吧。别再谈什么未来了。"

没等他回答,我掉头就跑。

"海瑟姆贝伊认为他是谁呀？他怎么能派人跟踪你呢？"

在海瑟姆的问题上，伊森第一次站在我这边。可是很快她又倒戈了。

"不过，别再纠缠了。你给了他教训，他以后会加倍小心的。"

惟一理解并赞同我不让步、不妥协的只有欧默尔。我得和他谈谈。

"要是能和欧默尔谈谈就好了，"我说道，"可是他最近态度很冷淡……"

伊森蹦了起来："你要是真想谈谈，我去把他拽来。"

说完她走开了，留我一个人胡思乱想。大约十分钟后，她回来了，却不见欧默尔的身影。

"欧默尔来不了了。他说，如果她遇到了麻烦，想找人聊聊，她可以自己来找我。"

片刻之后，我才听懂了伊森的话。她走过去告诉他，我需要和他谈谈。他却说来不了。事情就是这样，不是吗？

啊，欧默尔！这么久以来，你还是不了解我……

突然之间，我的大脑一片空白，只是清楚地感到竭力隐藏的怒气正在心中累积翻滚。

"很好，"我笑了，"他没有必要来。他就是这么固执……"

我狠狠地跺了跺脚，继续说道："结束了！我和他也结束了……不管是他、海瑟姆、还是其他人，我统统不在乎，永远不在乎！这下我彻底轻松了。自由才是我最好的朋友！我什么也不需要，谁也不需要。"

面对我的放纵，伊森不由得暗暗吃惊。

"等等，"她说道，"眼下你被束缚得有些紧。我不怪你，你被绑得太牢了。"

"别扫兴，"我大喝一声，"我要一个人待一会儿，让我享受此刻。"

真希望这股兴奋的激流能伴随我一生。然而我如何知道,短短两小时之后,它就消失了?

事后我回想这一天,如果欧默尔或我能够揭开骄傲的面具,促膝详谈一番,事情又会怎样?我不断问自己,如果这样的话,是否就不会有后来的一切?

那天,在实验室里工作的我比平常多了几分干劲。

习惯背负的重担消失殆尽,身体好似羽毛一般轻盈。这一切源于我的决定:像鸟儿一样自由飞翔……

伊森比我先完成了实验室工作。

"我在食堂等你,"她说道,"然后我们喝杯茶再回家。"

很快我也完成了,离开实验室向食堂走去。

我飞奔下台阶,在门口站住了,先看看里面都有谁。

伊森和克尔韩远远地坐在左墙角的一张桌子前,两人面对着墙,丝毫没察觉我的出现。我从桌子间的缝隙里挤过去,快走到他们那桌时,这才发现还有第三个人。

原来伊森和克尔韩故意挡住我的视线,此刻我才看清,面前的人正是海瑟姆!

该坐下,还是该扭头跑掉,我犹豫着。

一看见我,海瑟姆便站起身来。

"坐呀。"他一边说,一边拉着我的胳臂,示意我坐到他旁边的空位上。

我轻蔑地扫了一眼伊森和克尔韩,这样骗我,他们必须作出解释。

可是他们看来丝毫不在意。

"我们在等你,琵瑞雅哈尼姆。"克尔韩开口道。

"是啊,一直都在等。"伊森笑了,斜眼瞟了瞟海瑟姆。

显而易见,两人对于今晚早已计划好的会面相当满意。

海瑟姆向我俯身,说道:"原谅我吧,琵瑞雅。我错了,下不为例。"声音虽小,却字字清楚地落入我的耳中。

他像一个知道自己淘气的孩子一样在等待谅解,这样的表情我倒是从未见过。

我不禁笑了。

眼看我展露笑颜,海瑟姆伸出手臂环住我的肩膀,拉近我们两人的距离,这一举动着实吓了我一跳。

他放开我时,只见他眼睛红红的,还泛着泪光。天啊,这副模样我也头一次看到。

"看来现在可以点燃和平烟斗了。"克尔韩说道。

"出去点吧,"伊森说道,"快看啊,下雪了,雪景岂能错过。"

跟随伊森和克尔韩的脚步,海瑟姆和我从马克卡走下山。

雪花在空中尽情飞舞,落到我们扬起的脸上便融化了。我们追着雪花跑,撒下一路欢笑。

就在我们前面,伊森和克尔韩手挽手,像孩子一般蹦蹦跳跳,玩得不亦乐乎。

我们三步并作两步地追上他们。虽然满心欢喜,可是盘旋在心头那丝可怕的孤独感却怎么也挥之不去。

然而,海瑟姆很快便打破了我所有的防备。

他温柔地拉起我那冻僵的手,包在他大大的手掌中,又放进上衣口袋里。

我没有抗拒。此时抽回手未免太失礼了。扪心自问,我是否也贪恋这份温暖,迷茫的心没了答案……

简简单单地牵手……

能否令人心生感动?

如果你是"琵瑞雅",那么,是的,感动满溢。

海瑟姆最最温暖的追求和坦诚,不够完全赢得我的心。

但是他不仅牵起我的手。

他说"你是我的";我说"你也是我的"。

两人合二为一。

或许他并未发现,

有些事一旦开始,便无法回头。

我呢?我心明了,在新的人生道路上我迈出了第一步。

从这天起,我将永远成为海瑟姆的琵瑞雅……

十

在雪花的见证下,海瑟姆和我的关系迈入了新的阶段,我们都同意毫无保留地在所有人面前公开恋情。快乐洋溢在我们脸上,满溢在我们心间。

伊森和克尔韩同样欣喜若狂,是他们一手促成了这一切。其他朋友也纷纷送上祝福。所有与我们亲近的人都赞同我们的关系。除了欧默尔!

欧默尔不再和我说话……每每面对他的眼神,我都分辨不出那是愤恨恼怒,还是悲伤冷漠。他将一切情绪藏在深色眼镜下,戴着帽子,深埋着头,帽檐几乎碰到了脖子,露出的脸上毫无生气,仿佛一尊蜡像。

他紧闭双唇,一言不发,不仅在我面前,几乎在所有人面前都是一副垂头丧气的模样。与以前那个精力充沛、活泼好动的欧默尔判若两人。

最令人困惑的是,欧默尔与海瑟姆之间的关系似乎并无改变。他还是一如既往地和海瑟姆闲聊、开玩笑。在这个敏感时刻,欧默尔似乎只与一个人保持密切关系,而此人居然是海瑟姆。

或许这是他惟一正常的表现。欧默尔一直将海瑟姆视为兄长,不会故意不予理睬。可是他却心安理得地对我视而不见。大家还是谈笑风生,但只要一提起我,他便视我为透明的空气;我成了无足轻重的人,轻易被抛弃的路人甲。

有少数几次我们三人在一起,海瑟姆和欧默尔聊天,我则在一旁做一名沉默的听众,不插话,也不回应。仿佛我只是一个道具、一件家具……

在海瑟姆看来,这样的局面非常微妙。即使他从不评论欧默尔对我的态度,却肯定有所察觉。然而,他对欧默尔的态度一如既往,甚至可以说他在试图安慰他。

这就是海瑟姆的不同之处:成熟。当其他人还在蹒跚而行时,当我们还在任性妄为时,他却稳重行事,自信满满。

毫无疑问,他如此轻松的主要原因在于不可动摇的自信。在他的眼里,欧默尔根本构不成威胁!不管是欧默尔,还是其他人……

除了上课和去诊所,海瑟姆将所有的时间都给了我。

因为"贝伊"和"阿迦"的头衔,在其他人眼里,海瑟姆难以接近。事实上,他为人热情、风趣幽默,每发现他的一个优点,我的喜悦就会增添一分。

惟一令我犹豫的是自己顽固的羞怯,在亲密关系方面,我宛如一张白纸,害羞在所难免。当我们一起出现在朋友面前时,我总是浑身上下莫名的不自在,这种感受倒有几分像局促不安的胆怯,不过我正慢慢地学着克服它。

如今当海瑟姆搂着我的肩时,我能够面带微笑地朝图瓦或艾利挥挥手。

最大的噩梦是与欧默尔狭路相逢。一看到他,我就下意识地与海瑟姆保持两步的距离,低垂着头,活像被指控的罪犯一样心虚……

欧默尔则朝海瑟姆打招呼,将帽檐转到后脑勺,如果原本就是反戴帽,则再把帽檐转到正面,继续向前走。虽然这小小的动作只有几秒钟,却让我几个小时心神不宁。

对于欧默尔的问候,海瑟姆只是随意地笑笑,再转身给我一个温暖的笑容,仿佛包容的兄长竭力劝解两个吵架的孩子。

当海瑟姆和我遇见阿瑞夫时,上演的是类似的情况,只不过阿瑞夫的做法与欧默尔不尽相同。一丝忧郁的神色在他脸上转瞬即逝,迅速而彻底地被掩藏在半闭的眼里。双方打个招呼,寒暄几句……他几乎能够做回原来的自己。

海瑟姆不在的时候,阿瑞夫和我也维持着友谊。或许因为与欧默尔相比,我与他分享的东西更少;或许因为我们能够约束自己,只分享诗歌与文字。

不管如何,偶尔我还是会不禁叹气,但愿欧默尔和我也能找到方法,不让这段友谊就此画上句号。郁闷的误会就像一块大石头,压得我喘不过气,内心深处一部分自我似乎正在慢慢消失……

即使与海瑟姆的恋情进展顺利,我却没有伊森与克尔韩那种飘到云端的感觉。为什么?尽管竭尽全力,我依然难以适应与朋友渐行渐远的生活。

剧场、电影院,我的旁边只有一个朋友;校外的餐厅里,我只与一个朋友分享美味:海瑟姆。旁人会说他并没有限制我,但我却不断提醒自己,必须与他同行。

不记得上一次和朋友们看电影是什么时候。当提前下课后大家建议集体活动时,我总是给自己画地为牢,不敢越界半步。

如今我习惯等海瑟姆放学。如果我单独行动,不知道他会作何反应,但是每当他发现我等待的身影,我都清楚地看到他勾起的嘴角、满意的表情。

就这样,我一步步退让,一次次妥协。整个人变得暴躁易怒。更糟糕的是,我似乎必须隐藏心中的积郁与不快,装作若无其事的样子,却掉进了更大的深渊。

十一

如何平衡海瑟姆与朋友们之间的关系,我束手无策,沮丧与痛苦压抑在心中。最终,为期两天的番红花城春季旅行成了积闷爆发的导火索。

在欧默尔和图瓦的带领下,全班打算在法定假期五月十九日这天去番红花城旅游。一切细节都已敲定,公车和经济型酒店也提前订好了。

"这次活动只限本班同学,"欧默尔强调,"禁止外人参加!"

"你这话什么意思?"伊森问道,"你是说克尔韩不能一起去吗?"

第一部

"绝对不可以！"

糟糕，这下我成了这条铁律的众矢之的。要知道如果海瑟姆坚持加入，欧默尔哪敢说不。

不过，这条禁止外人加入的规定正合我意。一想到可以来一次大逃亡，和朋友们自在玩耍，畅快呼吸，我就乐得心花怒放。

还没来得及通知父母，我先把消息告诉了海瑟姆，似乎他的许可才是我需要的。

"很好，"他说道，"这对于我们俩都是一次全新的经历……"

"可这次活动只限我们班的人参加，车和住宿都安排好了。"

他笑笑，一副无所谓的模样。

"我自己开车去。"

虽然我在心里拼命大喊："求你了，别去！"可话到嘴边却被艰难地咽了下去，不，我做不到。

求你了，别去……

把我和朋友们独处的时间还给我。

你可知道，和你在一起的我心中依旧有些许勉强。如果你放我自由，或许我会全心投入。让我去吧，我会很快重回你身边……

别在我身上贴上你的专属标签，别将我占为己有。琵瑞雅生活在自己的世界里；别试图将她囚禁在方寸之间。

如果你让我变成一只囚鸟，我将失去所有的自我。

那时的我将一无所有。

让我做自己吧，海瑟姆……

做我自己……

让我做我自己……

"那天早上我有事,"他说道,"我们要复印口腔手术的笔记,好在放假后马上发放。早上我先送你,下午我再开车去……"

安排得如此井井有条,他期待着我为他的组织能力拍手叫好。鼓掌?我如何做得到?

显然,复印笔记只是借口。他想和我们一起坐公车,然而面对身份不及自己的学生,骄傲的他怎么也拉不下面子请求他们的许可。虽然不太可能被拒绝,他却丝毫不愿冒险。

至少他没有说:"让你的朋友坐公车去吧,你和我开车去。"

我应该感激不尽才对!

不管我怎么说,爸爸妈妈执意要送我。

公车就停在学校前面,我天天独自上学放学,他们为什么还要坚持送我?可惜我的反对只被他们当作耳旁风。

事实上,他们如此固执的原因我心知肚明。他们无非想见见海瑟姆,在这样一个随意的机会下,远离家,在一个中立的地盘上……

这次完全称了他们的心意。海瑟姆提前很久就到了,正站在门口等我们。

时间还早。我的右边站着父母,衣着整洁得体;左边站着海瑟姆,身穿一套剪裁考究的灰色西服,面对未来的岳父岳母,既高兴又激动。

我分别作了介绍。

双方都是有备而来,互相寒暄了一番。

一旁的我只是默默听着,他们似乎忘记了我才是他们交谈的理由。双方继续打量、评价,把我晾在一边。

巴士缓缓开来,停在了大门前,刹车声打断了谈话。海瑟姆拿起我的包,陪我上了车。他把包放在头顶上方的行李架上,好让我坐得舒服,然后下了车。这一连串的动作父母看在眼里,欣慰不已,看来女儿找对了人。

"快点,别落下!车就要开了……"图瓦大叫道。

除了我,其他人的父母都没有来送行,连克尔韩也不见踪影。

"这么早他肯定起不来。"伊森解释道,脸上还挂着纵容的笑。

眯着眼,我看着车下的三人。司机啊,你快点开吧,赶快带我远离这里,离开这种小学才会有的情景。

车轮开始转动,引擎声点燃了我心中一簇小小的快乐火苗。每过一秒,火苗就更旺一分,喜悦的滋味如巧克力一般又苦又甜,终于能够拥抱自由了,能够肆意呼吸了,哪怕只有一天……

"大家玩得开心!"图瓦说道。

分乘两辆车的他和欧默尔是这次旅行的向导。

坐在我旁边的伊森有些闷闷不乐,克尔韩决定留在家里,说是要为期末考试突击复习。

"还是海瑟姆好啊,"她说道,"他分得清轻重缓急。克尔韩要跟他好好学习。"

我能回应什么呢。如果我袒露自己的看法,她肯定不会支持我。

车首先停在了河边的服务中心。一大早就出发,谁也没有吃早饭。

将烦恼统统抛在脑后,我和朋友们打成了一片。

大家纷纷从包里拿出食品放在桌上,我也贡献出自己的一份:妈妈亲手做的奶酪面包、饼干。一个个狼吞虎咽,笑声连连。

没错,这才是我一直渴望的,尽情呼吸,享受自由……

吃完早餐,大家回到车上,欧默尔和图瓦交换了位置。

"新助手随时听候各位的吩咐。"欧默尔恢复了以前快乐的模样。

刚上车,伊森就声明自己不是一个称职的旅伴。吃了晕车药后,她很快就睡着了。我只好自娱自乐,欣赏窗外的风景,可是伊森挡住了视线,于是我又和坐在前后以及过道对面的朋友聊了起来。

欧默尔拎着一个装有柠檬味纸巾的篮子,在过道里走来走去,每走几步就停下来开开玩笑……

最后他走到我旁边,将篮子放在我面前,夸张地说道:"请,女士。"

说完,他又看向正靠在车窗上呼呼大睡的伊森。

"嘿,各位,"他大声说道,"伊森好像迷失在了梦中的海岸上。大家都知道……"

我给自己和伊森各拿了一张纸巾,低声说了句"谢谢"。

但愿他能安静地走开,可他接下来的话却吓了我一跳。

"前面有个空座。如果你不想发呆,就和我坐一起吧。"

这只是朋友间一句稀疏平常的邀请,可从欧默尔的嘴里说出来,却多了几分耐人寻味的含义。

欧默尔继续在过道上走着,和大家闲聊,开玩笑。

分发完最后一张纸巾后,他从后排朝前排走去,走过我身边时又站住了。只见他扬扬眉,摇摇头,脸上写满了期待,似乎在说:"你在等什么?"

没有时间犹豫了,我告诉自己。你不是想挽回与欧默尔的友谊吗?你不是希望回到过去吗?这或许是你惟一的机会……

欧默尔指着司机旁边的座位说道:"来吧。"看着我接受邀请,他的脸上浮现出欣喜之色,"你可以坐在那儿。"

他面对乘客站着,继续担任健谈的导游,向大家转告司机的消息。

"咱们听听音乐吧。"说着他把一盒磁带放进录音机,然后转过头看着我。

可以肯定,他更感兴趣的不是听音乐,而是与我谈话。

他站在台阶上,手握扶栏,目不转睛地看着我的脸,片刻之后开口了,语气中带着些许讽刺的味道。

"琵瑞雅哈尼姆,生活待你如何?"

"很好,你呢?"我模仿着他的腔调。

他整个人顿时变得严肃,盯着我的眼睛。

"你的目的是什么?"他突然问道。

"什么的目的?"

本想装傻拖延时间,谁知这一招却不管用。

"别兜圈子了,"他说道,"我是说你和海瑟姆的关系。"

"这个嘛,"我支吾着,声音小了不少,"我们之间有些麻烦,但是今后会如何发展,我不肯定。"

"你们之间有麻烦。"他摇摇头,玩味地笑了。

天啊,我从来没有像此刻一样只想逃走,消失在稀薄的空气中。面对欧默尔的质问,我的心里为什么会爬上这该死的内疚感,恨透这种感觉了。在欧默尔的逼视下,我与其他人谈论海瑟姆的轻松自在感土崩瓦解。

"看来我应该问的人是海瑟姆阿迦,"他说道,"不过此刻坐在我面前的人是你。"

"难道你不觉得现在说这个太迟了吗?"我应该这么说,却怎么也说不出口。我不能让他解释,在我需要他的时候他究竟在哪里,不,我不能问他。我只是静静地坐着,像做错事的孩子一样低着头,强撑着自己,以面对更多的问题。

"你爱他吗?"

我不敢直视他那如星辰般闪烁的眼睛,更不敢看他那张激动的脸庞。

"我不知道。他是个好人……非常善解人意。"

"这就够了吗？好人、善解人意，凭这些你就能与他共度余生？"

"我没想那么远。现在就做未来的决定还太早……"

"你这是在玩火，琵瑞雅！你还不明白吗，不能将与海瑟姆贝伊的交往视为儿戏！你觉得你能在这样一段恋情中全身而退吗？说一句'再见，我要走了'就没事了？你还是对海瑟姆阿迦一无所知……"

我感觉自己掉进了一张无形的网。是害怕他的话并非胡言乱语，抑或单单厌恶被如此质问？我糊涂了。

我也明白这样对待海瑟姆是不公平的，如今这也成了我如此内疚的原因之一。

我对这段感情的轻描淡写难道不是对他的辜负吗，而欧默尔早将这一切看在眼里？虽然这个话题是由欧默尔提起的，但他大可以说自己只是问几个问题、发表几句评论，是出于朋友的关心。或许他只是以牙还牙，让我也尝尝我曾经加诸在他身上的滋味。不管他出于何种动机，我发现自己都无法对他生气。

令我生气的人是谁？是我自己。欧默尔的问题还不算最糟，我有自己的问题要面对。惟一的区别在于，这些问题与他口中的不同。

困扰我的是自己对欧默尔问题的反应。

我本应该告诉他，我是心甘情愿地选择这段感情的。我本应该让自己的语气更加坚定有力，让欧默尔明白他无权质疑我们的感情。

可是为什么每次我急需肯定自己和这份感情时，却变得更加动摇呢？我是否真的太软弱、太摇摆不定？面对欧默尔眼中的绝望，我用尽全力也只能做到这些吗……

"嘿，各位，"欧默尔大声说道，"欢迎来到萨帕卡！我们将在这里停留两个小时,尝尝新鲜的鳟鱼。祝各位午餐好胃口!"

大家纷纷下车,排队走进湖边的一家乡村餐馆。

服务生跑来跑去,把桌子搬到草坪上,排成一排,好让我们能坐在一起吃饭。

欧默尔和我一起下车,他叫来了图瓦,我们三人坐在桌旁,图瓦特意坐在中间。

"他们都看着咱们呢,"欧默尔对图瓦说道,"你最好坐在我们中间,否则他们会没完没了地嚼舌根。"

这一点我倒是疏忽了。亲近的朋友本以为欧默尔和我是天造地设的一对,如今才刚刚接受了我与海瑟姆的恋情。看着欧默尔和我似乎像以前一样相处融洽,有说有笑,他们难免会揣测议论。说实话,我无法责怪他们……

我们点了鱼,还有啤酒。

冰镇啤酒先上。

旁边的图瓦给我倒了满满一杯。

欧默尔也倒上了,目不转睛地看着杯子里的景象。这真是壮观的一幕!白色的泡沫几乎溢出玻璃杯,欧默尔本能地移开瓶子,泡沫继续膨胀,流得满桌都是。谁也没见过这种情形……

"这下你看吧,"欧默尔说道,"我得到的只有一堆讨厌的泡沫……"

我的心揪了一下。这个小小的笑话显然是冲我说的。

服务生赶紧擦了桌子,又给欧默尔重新拿了一瓶啤酒。心中浮起的阴郁仿佛一道无形的墙,将我和其他人隔开,我只是透过一层灰色的薄纱,冷冷地看着眼前开心聚餐的同学们。

鱼上桌了,香气扑鼻,我却味同嚼蜡。

午餐后,我回到车上的老位置。

"听说你和欧默尔突然走得很近,这是怎么回事?"旁边的伊森揶揄道,"你可要注意哦,当心我向海瑟姆打小报告……"

伊森的话把我的思绪拉到海瑟姆身上。

希望他来吗?我不肯定。希望这段感情的萌芽长成参天大树吗?我不断自问,得到的只有自己那张迷茫的脸。

欧默尔和组织者订了两家邻近的经济型酒店。

这是一片与众不同的木屋,处处散发着奥斯曼时代的特色,与明信片上的图案倒有几分相似。

走进酒店,首先吸引我的是高高的天花板,房间一尘不染,十分宽敞,并且拥有良好的采光和通风。

行李安全地送到了客房,该去番红花城游玩一番了。

对于这座保存完好的城镇,我们只在照片上见过。这里曾经是番红花的交易中心,商贾云集,生意兴旺。大家纷纷拿起手中的相机,看谁能拍出最棒的番红花城照片。

当天晚上返回酒店时,一个人的身影如预料中落入我的眼里。

海瑟姆按时到达了番红花城,正坐在酒店入口处等我。

一看见我们,他便站了起来,三步并作两步地跑到我面前,给了我一个大大的拥抱。我乖乖地靠在他肩头,仿佛任由他摆布的洋娃娃……见到我的喜悦占据了他,他竟没有发现我的这个举动。

大家各自回到房间,换衣服准备吃晚饭。海瑟姆和我对坐在这座宅子以前的客厅里,这时他才注意到我的反应。

"怎么了?"

"我可能是有点累了。今天忙着四处玩。"

"出了什么事让你烦心吗?"

"能出什么事?一整天我都和朋友们在一起,玩得可开心了。"

"希望我没有破坏你的兴致。"

明明是嘲笑与责备的话语,为什么我却听出了浓浓的悲伤?

他不应受到这样的待遇!我怎能如此对他。他风尘仆仆地赶来见我,我却用一个笑容将他拒绝。

我反复告诉自己,冷淡的态度不是因为对这段恋情的保留,也绝非因为与欧默尔的谈话。至少我想让自己如此相信……这样才能解释我的行为。

不,惟一的解释是恐惧,是对他限制我其他友谊的恐惧。海瑟姆的身影就像一把利剑,斩断了我对其他人的关注与兴趣。这是我不愿见他的惟一理由。

"等等我,"我说道,"我先回房间换衣服……"

那天晚上我们去了一家适合女性与家人聚会的酒吧。这里的招牌服务是用传统乐器演奏的经典土耳其音乐,装修也处处透出典型的土耳其风格。

温馨的气氛很快融化了我和海瑟姆之间的寒冰。

桌上摆放着可口的土耳其开胃菜,最爱的经典旋律在房间里弥漫开来。置身其中,夫复何求?

就连不爱喝酒的海瑟姆也建议开瓶葡萄酒。

我不经意地瞟了瞟远处的欧默尔,还是别再看他了。

虽然如此,当服务生给海瑟姆斟酒时,我的大脑却仿佛不受控制一般,想象眼前的白葡萄酒起了泡沫,弄脏了桌巾……

当然了,想象只是想象。包括葡萄酒在内,一切堪称完美:浅黄色的液体在晶莹剔透的杯中轻轻晃荡,大家举杯欢饮。

"敬我们。"海瑟姆说道,眼中满是笑意。

"敬我们。"我附和着,回他一个笑脸。

十二

番红花城已成为弥足珍贵的记忆,回到伊斯坦布尔,我的生活还要继续。不可否认,这次短暂的旅行看似平常无奇,却产生了深远的影响。

回来的路上我和海瑟姆手牵手,两人的恋情也更加坚固。

这次旅行的另一收获是欧默尔。虽然曾因车上的谈话而极度不安,可我们还是设法做回了朋友,即使不如以往亲密,但这段失而复得的友谊依然令我振奋不已。至少我不会再夹在欧默尔和海瑟姆之间左右为难了。

这天,我坐在食堂里,抄着因旅行而落下的笔记。

"你看见海瑟姆贝伊了吗?"

我抬头,惊讶地发现面前站着的竟是海瑟姆的同学塞拉米。

我以为他会像往常一样询问海瑟姆,然后连招呼也不打就匆匆离开。

"他应该在来这儿的路上,"我说道,"我们要去看电影。"

他点点头,转身打算离开。

"不介意的话,请坐吧。"我指了指对面的空椅子。

片刻迟疑后,他坐了下来。

我明白,海瑟姆的大多数朋友并不看好我,也不赞成我们的恋情。至于原因,我能猜个八九不离十。即使海瑟姆闭口不提,我也能轻而易举地听出弦外之音。

我是伊斯坦布尔土生土长的女孩！在他们眼里，这意味着我过分骄纵、太过外向、活泼、有些放荡不羁……哪里配得上他们的"兄长"海瑟姆。虽然谁也不敢多说，但是我敢肯定，他们一直排挤我，试图影响海瑟姆，让他移情别恋。

据我所知，这些人目前都还唱着单身情歌。为什么打光棍？是无心恋爱，还是笨嘴拙舌？我猜后者的可能性更大。

"这是药理学笔记，"为了避免冷场的尴尬，我只好找了个话题，"我得先抄再背。"

"那祝你好运，记住全部药物和剂量可不容易啊。"

"海瑟姆答应帮我。两人一起学习，事半功倍。"

这时，我分明看见一抹阴郁之色爬上他的脸庞。

"难道你没有学习搭档吗？没有人和你分享喜怒哀乐吗？"

如此私人的问题令他目瞪口呆。没错，是我故意把话题引到这里的。此刻我心里正暗暗发笑。

"没有。"他声若蚊蝇地答道。

"这可是你大学的最后一年了。难道你不想拥有一段……特别的友谊吗？"

"感情不是你想要，想要就能要，"他害羞地笑了，"找到合适的人谈何容易啊。"

"你得走出去，四处寻找。"

"你说得没错。我一毕业，妈妈就会帮我物色的。"

"你是说，你希望你妈妈帮你找。包办婚姻……一个素昧平生的人突然闯进你的生活。"

他笑着点点头。如果他之前并不认为我是一个言语粗俗的伊斯坦布尔女孩的话，那现在他深信不疑了。

"如果你想要的是包办婚姻,没必要让妈妈出马。你可以找人介绍嘛……"

为了获得最佳效果,我故意顿了顿。他正满心期待地等着我的下文。

"比如我姨妈就有个漂亮的女儿……"

听到这里,他精神一振,眼睛闪烁着兴奋的神色。

"是在伊斯坦布尔吗?她是学生吗?"

"是的,她念文学系,还有……大家都说我们是双胞胎。"

"真的?"他挪了挪椅子,和我坐得更近了,俯身问道。

"惟一的不同就是她不像我这么活泼。她可是个非常庄重的女孩。"

"太好了!"

他脱口而出,反应激烈,哈哈!果然不出我所料。

"我想见见她。"塞拉米说道,机会难得,岂能错失!

"哦,我想你和海瑟姆这几天肯定会见到她的……"

"但愿如此。"

直到海瑟姆出现,塞拉米还是双颊泛红,洋溢着喜悦。

"嗨!"他看看我,又看看塞拉米,"看来你们聊得很投机嘛。"

一向对自己女朋友颇有微词的朋友今天竟然被她征服,看到我们俩相谈甚欢的这一幕,海瑟姆满心欢喜,拉过一把椅子坐下。

我把刚刚与塞拉米的谈话原原本本、一字不漏地告诉了海瑟姆。

我姨妈的女儿和我容貌相似,却远比我内向庄重,塞拉米更是迫不及待地想见她……海瑟姆立刻就明白了。

塞拉米并不排斥与和我外表相仿的女孩交往,如果她的言行举止与我相去甚远,那就再好不过了。

海瑟姆不知道是该板着脸,还是该哈哈大笑,一旁的我则开心地看着他。一个塞拉米就让我看破了海瑟姆所有朋友的心思……这正是我要做的。

"你太厉害了!"海瑟姆附在我耳边说道,"你这一招彻底打败了这个可怜的孩子……"

既然我打定主意做原来的自己,那么塞拉米和他的朋友们最好学着改变他们对我的态度。否则就等着面对后果吧……

十三

自从那一天父母见过海瑟姆之后,他们就不断催我邀请他来家里吃饭,我只好绞尽脑汁,想出一切拖延的理由。不过这一次,看来我是躲不过了。

"这个周六你姐姐要回来吃晚饭,纽斯瑞特叔叔和妻子也要来,"爸爸说道,"不妨也邀请海瑟姆吧,好让他们都见见。"

"好吧,我会告诉他的。"我答应了。

果不其然,受到邀请的海瑟姆欣喜若狂。

"我们可以趁这个机会好好商量商量。"

"商量什么?"

"别一副孩子模样了,琵瑞雅。你就快毕业了。趁全家人都在,我们应该开始做计划了。"

"你是说你要和我家人计划将来,却不事先与我商量?"

"你真是没救了!"他笑了,"我正要说,周六上午我们先见面,就我和你,我们俩一起商量,晚上再把计划告诉他们。"

原来他把我放在首位,想到这里,我心里一阵温暖。

"那好吧,"我说道,"我们在哪儿见面?"

"不如你去我那儿吃早餐吧?"

我心里一惊,海瑟姆居然邀请我去他的公寓!这可是第一次啊……

虽然我未必会拒绝,却也没有满口答应。

看着我犹豫,他显然有些难过,又补了一句:"当然,我不勉强你。"

如果我摆手说不,他也不会劝我改变主意,这一点我相当肯定。但是我不想让他觉得我不信任他。

"好啊,我什么时候去合适呢?"

他笑了,从嘴角一直蔓延至眼底。

周六上午十点,我站在海瑟姆公寓门前,一手拿着一盒他最爱的榛子巧克力,一手按下门铃。

门立刻打开了,似乎他一直在门后等待我。

常穿的深色西服不见了,取而代之的是一件系扣领衬衫和一条纯棉裤子。这家伙,看来他十分了解如何展现自己最帅的一面……

虽然眼前的人很熟悉,他的房间却很陌生。我战战兢兢、小心翼翼地走了进去。

这哪里像典型的单身汉公寓嘛,这是跳入我脑海的第一个想法。地上铺着香槟色的地毯,时尚考究的沙发,透过蕾丝窗帘隐约可见博斯普鲁斯海峡……

穿过将餐厅与客厅一分为二的大拱门,我连连赞叹,不敢相信自己的眼睛。

在人工刺绣的花朵图案的丝绸桌巾上,摆放着极其精致的早餐。

"都是你亲手做的吗?"

"当然了,还不只这些呢……"

他拉起我的手,带我走进厨房。

"煎蛋卷最后再做,这样就能趁热吃了。"

他将事先准备好的鸡蛋倒进锅里,左右晃动平底锅,让蛋液均匀散开,再把蛋高高抛起。一旁的我看得目瞪口呆。

饮品更是多种多样,任我选择:鲜榨橙汁、茶、咖啡、牛奶……

我们端着煎蛋卷和橙汁罐走进客厅。

桌上的早餐丰盛极了:肉卷、几种奶酪、橄榄、小瓶果酱——天啊,我一个人绝对做不到。

虽然公寓的干净与整洁主要归功于每周几次上门的清洁工,但是面对满满一桌早餐,我却不得不对他竖起大拇指。

"你真厉害,海瑟姆!"我赞叹道,"我从不知道你居然这么能干。"

一朵红色玫瑰静静地躺在我的餐碟中。我拿起来,深深一闻,香气直沁心底。

"谢谢,谢谢你做的一切……"

快吃完早餐时,海瑟姆问道:"我们开始制定计划,好吗?"

该说什么,何时说,事无巨细地被纳入了计划表。

"当然……不过我有一个请求:别像开正式商务会议那么郑重其事。"

"没问题,不过这的确是我迈出的最郑重的一步。"他笑了。

他站起来,取下墙上的挂历放在桌上。

"看,"他指了指几个月份,"今年初夏我就毕业了,然后我会去迪亚巴克尔看看家人,一周后再和他们一起返回伊斯坦布尔。"

他看着我,笑着说:"然后去你家,请求你父母允许我牵起他们女儿的手,迈入婚姻殿堂。"

这时，我的脑海里闪过一个疑问，他们家人为什么不能独自来伊斯坦布尔？

他仿佛会读心术一般，继续解释"我们"的计划。

"你也明白，在迪亚巴克尔有很多事情要准备。只有安排妥当之后我们才能登门拜访琵瑞雅哈尼姆的家人。希望我们能得到你家人的许可。还有……我们将被许婚①。如果你愿意，我们可以同时许婚和订婚。不过我觉得最好还是在秋天交换戒指。"

面对他的成熟得体与考虑周全，我又一次吃惊、称叹，他如此年轻，却具有如此不凡的品质。人人都知道订婚是女方家人的责任，而他为了减轻我父母的负担，竟主动承担起来。

"深秋时我要服义务兵役。整整十八个月……前三个月先在伊兹密尔医学院受训，然后等待分派，至于被分派到哪个驻地，就只能听天由命了……服完兵役时正好是你毕业的时候。我想你会同意的，然后我们将迎来应得的盛大婚礼。"

他的心思如此缜密，不漏掉一个细节，我连连赞叹，却又对毫无贡献的自己暗暗生气。

"你一点也没留给我，我没什么可说的了，海瑟姆！"

我起身收拾桌子。

"放着吧，"他说道，"他们会收拾的。现在我该给你煮一杯土耳其咖啡了。"

他转身走进厨房，留我一个人在客厅里欣赏美景。几分钟后，他端着两杯咖啡走了回来。

"琵瑞雅，你知道吗，这是我第一次，也是惟一一次向女生求婚，你

---

① 典型的订婚分两个阶段：首先征得女方家人的许可；然后选日子交换戒指。

真的知道吗?"

"这并不能说明我是第一个走进你生活的女生。"

"没错,"他大方地承认,"你不是第一个。"

两人都望着博斯普鲁斯海峡里滑行而过的船只,一言不发。

最后还是他打破了沉默,柔声说道:"上大学前你交过很多男朋友吗?"

"没有,只是小女生朦胧的爱恋。"

我顿了顿,似乎有什么记忆闯进了脑海。

"啊……高二时我的确疯狂地爱上了语文老师。"

"难怪你这么喜欢看书。"他笑了。

"没错。你想象不到那一年我读了多少诗。你知道阿伯度韩特·哈密特·塔汉吗……七十五岁时他与十八岁的赖思雅哈尼姆坠入爱河。老师在课堂上给我们讲了这个故事。之后的好几周,我都把自己想象成赖思雅哈尼姆。"

"那你的老师肯定就是阿伯度韩特·哈密特咯。"

"差不多吧……你怎么突然问起我高中的事?"

他勾起嘴角,轻声笑了出来。

"因为从高中到现在,你所有的事情我都一清二楚。"

他无视我脸上的震惊之色,继续说道。

"第一个男孩来自巴勒克埃西尔,对吧?"

我感到血液猛地涌上脸庞,双颊肯定烧得通红。

"我猜你和欧默尔也不只是普通朋友……"他幽幽地补了一句。

"我们只是好朋友。"我不得不开口澄清。

海瑟姆对勒扎维特一无所知,于是我把在法式蛋糕店的求婚,以及他如何事先与家人商量的事告诉了他,还有后来我们滑稽的尴尬相遇和朋友们的种种玩笑。

说完,两人都仰头大笑。

我突然发现自己也有问题要问。

"我的事说完了,"我说道,"那你呢?你是否也要和我说说你以前的女朋友呢?"

"你干脆说今天是咱们俩的情史大回顾算了。"

说实话,我怀疑这次谈话与早餐一样,都在他的计划之内。他或许想让我们将一切和盘托出,不再藏着今后会令我们后悔的小秘密。

"我已经挥剑斩断过去的情丝了,在遇见你之前没有什么重要的事。"

"别避重就轻!你得一五一十地告诉我……"

"我说的是实话,没有什么重要的人走进我的生命,直至你的出现。除了少数几段你认为的特殊友谊……"

"没错。那跟我说说吧。"

"高中时有个女孩叫纽恩,"海瑟姆开始说道,"出于某些原因,所有朋友都认为我们是天造地设的一对。有阵子我们交换信件。"

"你觉得我相信你们只是单纯的笔友吗?"

"迪亚巴克尔和伊斯坦布尔是两个完全不同的世界,琵瑞雅。公开约会和调情在那里是绝对禁止的。尤其当你只是高中生……"

难道他话中有话,暗示我和我的生活方式?我暗自思忖。

"真高兴那时你没有在伊斯坦布尔!"

"后来,到了高中最后一年……"

"怎么了?"我催促道。

"还是别往下说了。我担心你会误会。"

"你真是的。没有什么好担心的。继续说吧。"

"还有一个是钠文阿芭拉①……我姐姐的朋友。她对我心存好感。虽然她已经是三个孩子的母亲了,却坐在我旁边,看着我学习……她还会做我爱吃的食物,亲自送到我家……很久以来,我都装傻,就当什么都不知道。"

"你瞧!什么事情都可能发生,就算是在迪亚巴克尔……然后呢?"

"没有然后。她知道我不可能回应她的感情。我能做她诉苦和抱怨的听众,她就知足了。"

"你对她一点感觉都没有吗?"

"那时我还年轻。如果我说不喜欢异性的爱恋与关心,那肯定是假话。但是我已经大到足够明白不能与有妇之夫暗度陈仓。很快她就知道不可能发生什么,于是放弃了。"

"那上了大学之后呢?"

"来到伊斯坦布尔之后,我开始了一种全新的生活。第一年,我努力适应这里的环境。你知道我的朋友是什么样的人,他们大多数来自东部。我们走得很近,关系非常亲密,每个人都是铁链上的一环,环环相扣,摆脱小团体独自行动可不容易。如果其中一人带着女朋友出现,那会对其他人造成困扰。我知道这听起来难以理解,但事实就是如此。"

"就像我在你朋友眼里是个麻烦……"

"没错。不过尽管如此,念医学院时我还是交了一个来自布尔萨的女朋友。"

"这段感情维持了多久?"

"只有两个月。被感情绑住手脚的我厌倦了,也看腻了她的自私

---

① 阿芭拉,土耳其语,意为"姐姐",是对年纪稍大的女性的一种称呼。

自利。"他笑着继续说道,"相信我,虽然不乏机会,可我连她的手都没碰过。我就是不喜欢这样。"

"那你转到我们系之后呢?这几年一直单身吗?"

"不完全是。虽然我在这里读书,却在迪亚巴克尔遇见了一个人。"

他放低音量,小心翼翼地搜索着词语,看来他终于要倾吐心中重要的秘密了。

"塞娜普……第一学期放假后,我回到迪亚巴克尔认识了她。她搬到我们家对面一座带花园的小房子。"

"哦,原来是邻家女孩呀。"我打趣道。

海瑟姆的笑容不见了,取而代之的是凝重的脸色。不好!我心中警铃大作。

"没错,"他说道,"这个邻家女孩上门做客,拜访我姐姐和母亲,她的倩影在我脑中挥之不去……我们做了很久的朋友。"

"很久是多久?"

"两年。在伊斯坦布尔时我们通信,放假回家后我和她约会……"

天啊,怎么会这样,事情超出了我的意料,阵阵不安涌上心头。从海瑟姆说起她时的神情,我可以清楚地看到她在他心中占据了多么重要的位置。

"那你们为什么分手?"

"母亲和其他人发现了,于是阻止我们交往。"

"为什么?"

"在迪亚巴克尔那种地方,塞娜普显得太过自由开放。在我之前她交过很多男朋友。我的家人担心我们会结婚,所以掐断了这段感情。"

说到这里,海瑟姆停了下来,避开我的眼睛,继续讲故事。

"回家后父亲和我的关系起了变化。他从没有把我叫去谈论这件事,只是让母亲转告我,如果我不再见她,他就送我一辆车。"

突然之间,我对故事的结尾迫不及待。

"现在你开的这辆车就是你离开那个女孩的奖励吗?"

"不,是另外一辆,不是现在这辆。"

如今一切都已明了。他爱过那个女孩!倘若不是家人横加干涉,他或许已经牵着她的手,走进婚姻的殿堂……可是如果海瑟姆真心爱她,怎么会被一辆车收买呢?他怎么看也不像这种人。

"你为什么不直接承认你父亲开出的条件充满诱惑,足以让你甘心被棒打鸳鸯……"

"不是这样的!你可能会为某人神魂颠倒,即使你并不真正了解对方;你可能会深陷爱河,不可自拔……但是随着时间推移,你会看得更清楚,而真相并非总是美好的。我们就是如此。首先我发现她的态度和思想与我格格不入,其次她总是把结婚挂在嘴边,我实在是听厌了。我把自己和家人的摩擦、矛盾都怪在她身上。然后……我们就分手了。"

原来他离开她,完全是出于自己的意愿,而非被家人所逼,也非被汽车所诱。至少他是这么说的。可是他的话是否合情合理,是否一字不假,我还是辨不清。但有一点必须承认,一种陌生的情绪在我胸中涌动,这种情绪叫嫉妒。

"现在她在哪儿?"

"去年夏天她结婚了,搬到了埃尔斯伦,那是她丈夫生活的地方。你相信吗,她订婚那晚居然发短信问我,是否愿意和她一起私奔?"

"她对你余情未了……她结婚后你们见面过吗?"

"我在一家法式蛋糕店见过她一次,当时她和丈夫坐在一起。"

"那你肯定很难受吧……"

"事情不是你想象的那样。不过有机会我倒希望你能见见她。"

此时此刻,我心中的反感达到顶点。他竟然建议我去见一个开始新生活的已婚女人,以此利用我对付她丈夫。天底下还有比这更可耻的事吗?

"你是想利用我报复她?这就是你的建议吗?"我竭力压抑愤怒,保持声音的平静。

"当然不是。我对她已经没有感情了。我只想让她、让所有人知道,我多么以你为傲。"

他越说,我胸中的怒火烧得越旺,几近爆发,不过了知道更多,我拼命控制自己。

"我猜她肯定很漂亮吧?"

"我可以给你看看照片。"他边说,边起身走向瓷器柜。

他拉开抽屉,拿出一个装有照片的银相框。我伸手接过来,尽管拼命克制,手还是不住地发抖。

照片解开了我的疑问。

她比我想象中漂亮百倍,姣好的容貌深深刺痛了我的胸口。淡棕色的秀发如波浪一般垂在瘦削赤裸的肩上……双瞳剪水、顾盼生辉,此刻正默默地凝视我——眼珠颜色好似晶莹的宝石蓝,又像剔透的翡翠绿……丹唇外朗,唇角微微上翘,唇边一抹谜一般的微笑……

"你撒谎!"我激动地大叫,"你说在我之前你生命中没有重要的人,这简直就是弥天大谎。你为什么还把她的照片保存在银相框里?"

面对我的大声质问,海瑟姆不慌不乱,镇定自若,这更令我气得抓狂。

"你不明白,给你看过之后,我就打算撕碎照片,把它扔掉。"

他从我手中拿回相框,打开后盖,取出照片。

我一把夺过照片,翻转过来。背后写着一行优美的小字:

"献给我的爱人。爱与思念……"

我忍无可忍,把照片扔到海瑟姆面前。

"照片就在这儿,不过谅你也没有撕碎的胆量!一辈子好好保存吧。"

"别这样,琵瑞雅,你要冷静。"

我几乎听不见他的话。

"结束了,"我哭喊着,"一切都结束了!琵瑞雅从你生活中消失了。"

我一把抓起包,夺门而出。

"今晚别想去我家!要是去的话,你肯定会后悔的。"

啪!我狠狠地甩上门,跟跟跄跄地走在人行道上,泪水模糊了视线。

姐姐为我开了门,她特地提前回来帮妈妈准备晚餐。

"真高兴,你回来得这么早,"她说道,"这下又添帮手了。"

客厅里的餐桌已经摆好,精致完美,与海瑟姆公寓的比起来毫不逊色,织锦绣蕾丝桌巾、镀金瓷碟、水晶玻璃杯……

我只感觉一阵恶心。

"海瑟姆不会来了,你们撤掉一套餐具吧。"

这时他们才注意到我充血的眼睛和绝望的神色。

"到底怎么了?出了什么事?"面对家人关切的询问,我无力回答。

"别问了,"我说道,"都结束了!我们分手了……"

我冲进卧室,留下身后目瞪口呆的家人。

一头扎进床里,我紧闭双眼,拼命想找回平静,可是经历了这一切后,恢复平静谈何容易。几分钟过去了,我却还是难受得要命。

难以忍受的痛苦排山倒海般袭来,内心深处不为人所见的一部分我已经痛到麻木。全身上下所有细胞停止了工作。感觉似乎有了自己的意志,摆脱我的控制,狂奔向可怕的未知领域。从身体到精神,我彻底崩溃了。

为什么？我,质问她有多爱海瑟姆的我,甚至担心她无法回应他的爱的我,居然会被一段早已云淡风轻的昔日恋情打败,溃不成军。我的大脑一片迷茫。

我一向反对占有欲,虽然据说这是任何一段恋情的自然产物,然而更可怕的是,这种陌生的情绪正步步蚕食我、腐蚀我、击垮我……

正当我试图整理混乱的思绪时,姐姐推门而入。

"你这个疯丫头,"她摸了摸我的头发,"不早不晚,居然选择现在吵架！快,告诉我到底怎么了,至少……"

她怎会理解呢？一个能够容忍丈夫不忠的妻子怎会对未婚夫的过去耿耿于怀。如果我告诉她海瑟姆前女友的事,她肯定认为我疯了。

不过,我还是得说点什么。

"我们吵架了,不是平常的争吵。"

就让接下来的一番话结束这场谈话吧。

"我们分手了,我让他今晚别来了。一切都结束了……"

可怜的姐姐！

难以想象,如果是她,这又会是怎样的情景。

我如何能对自己要嫁的人不闻不问呢,不管是海瑟姆还是其他人；我如何能无视自己的感觉和存在,而与对方谈情说爱？不,我做不到。

命运！

我不相信命运……命运掌握在自己手里。

我的选择决定我的命运!

被我选中、陪伴我踏上人生道路的这个人,我怎可与他人分享?

他遇见我之前的某人不行,他遇见我之后的某人也不行,绝对不行……

和姐姐说完不久,妈妈也闯了进来。

"你这个疯丫头!别太倔了,赶快给海瑟姆打电话,让他今晚过来。大家都等着见他呢……"

"告诉所有人,我们分手了。"

家里响起的奇怪而模糊的声音传到我愁云密布的卧室里,此时的我正仰卧在床上。

是爸爸回来了,后面跟着阿姨和叔叔,最后是姐夫……妈妈小心翼翼地说明了情况……失望的表情写在所有人的脸上……

姐姐说我不想吃饭,于是餐桌上独独少了我一人……谁也没说话,只有刀叉碰撞声打破了压抑的沉默,一桌原本为庆祝幸福时刻而准备丰盛可口的饭菜,如今却食之无味……

爸爸将起身告辞的客人送到门口,他的一句话却盘旋在我耳边:

"她太没有责任感了!这个夜晚太不可思议了!"

和以往每个周日早晨一样,我被爸爸轻柔的声音叫醒了。

"早上好,小懒虫,快起床。好好吃顿早餐,你会好受些的。"

我精神抖擞地从床上蹦起来……仿佛昨天的事只是一场梦。

我直奔厨房,把妈妈准备好的早餐端上桌。

正要切面包时,爸爸的声音响起了:"琵瑞雅,请你过来一下。"

他背对我们,站在客厅的窗前看着什么。

我走到爸爸身边,顺着他的目光看去。街对面停着一辆深蓝色的奔驰,那是海瑟姆的车,他正坐在车里。

"那不是海瑟姆吗?"

我点点头。

爸爸收回目光,看向我的脸。

"听着,孩子,"他柔声说道,"你何不出去,请他来家里坐坐呢,至少可以请他吃一顿周日早餐。"

"我才不去呢。"我耸耸肩,一溜烟跑进厨房。

"不管出了什么事,以后再说吧。"

"什么事也没有。都结束了。"

"显然有人不这么想,否则他也不会把车停在我们家门口。别这么固执了。你肯定不希望你妈妈或我请他进屋吧?"

拖着不情不愿的脚步,我慢吞吞地走到前门。

看见我靠近的身影,海瑟姆按下车窗。

"我父母请你进屋吃早餐。"我扭过脸不去看他。

"好的,"他说道,"不过我们得先谈谈。"

"没什么好谈的。"

不理会我的话,他指了指旁边副驾驶的座位,说道:"上车。"

我别无选择,只好坐到他旁边。

"琵瑞雅,抬头,看着我!"

我注视着他。

他的脸透出病态的蜡黄,还挂着两个大大的黑眼圈。

"我害怕极了,"他颤抖着声音说道,"我怕得要命,害怕失去你。"

"你凭什么认为我会和你重归于好?"这话连我自己听来都觉得刺耳。"邀请你吃早餐的不是我,是我父母。"

他或许没有听见,或许假装没有听见。

"琵瑞雅,我想让你明白,"他说道,"我从来没有像爱你一样爱过其他人,我也从没有如此迫切地想结婚。"

他拉起我的手,却被我一把甩开。

"难道我对你做的一切你都熟视无睹吗?瞧,我已经来到你家门前了。我变了。以前的'海瑟姆贝伊'绝不会这么做。"

他说得对。与两年前在校园里第一次看见的海瑟姆贝伊相比,此刻坐在我身旁苦苦哀求的海瑟姆判若两人。

虽然冷漠的外表摇摇欲坠,我却决意不让自己太轻易心软。

"进去再说吧,他们等很久了。"

发现我这座大冰山的一角正在融化,他的眼中闪烁着快乐的光芒。

"我从来不想伤害你,原谅我吧。"

他的嘴角似乎微微勾起,露出了一个微笑。

"你知道昨天你走后我都做了什么吗?我把那张倒霉的照片撕得粉碎,但没有扔掉……"

我抬起疑惑的眼睛看着他。

"让你如此心痛的东西哪怕是被撕成粉碎,也不够,我要将它彻底摧毁:我把碎片放进一个大大的烟灰缸里,点燃,烧为灰烬。"

难道他希望我感谢他不成?

我不发一言地下了车。

"你愿意的话,我可以把早餐给你端来。"

说完我转身走了。他锁好车门,追上刚要迈步走进公寓大楼的我。

他牵起我的手,这一次我没有挣脱。热气从他的手掌传遍我全身,我暗暗告诉自己,反抗到此为止吧。

这对海瑟姆来说可不容易。这不仅是他第一次拜访我们家,还是在经历痛苦一晚之后的早上。

虽然他心里忐忑不安,不知自己是否会受到热情欢迎,但还是继续和我并肩向前,自信而勇敢。

紧张的气氛只持续了片刻,便迅速而意外地消失了,很快大家围坐在餐桌旁。

海瑟姆一派轻松自在,毫无慌乱之色!

"我有二十四小时没吃东西了。"他老实说道,既没有掩饰自己咕咕直叫的肚子,也没有掩饰饥肠辘辘的原因。

"琵瑞雅也一样,"妈妈说道,"从昨天回家到现在粒米未进。"

坐在对面的父母看着两个狼吞虎咽的孩子,脸上挂着宠溺的笑容……他们对海瑟姆也报以无条件的爱,如同始终对我一样。

"十分感谢,"海瑟姆对妈妈说道,"每道菜都非常可口。"

大家起身离开餐桌。

"现在该喝咖啡了。"爸爸说着朝客厅走去,向我投来意味深长的目光。他最大的乐趣之一,就是在每个周日早餐后品尝我为他亲手煮的土耳其咖啡。

我一溜烟跑进厨房。

当我端着咖啡走进客厅时,他和海瑟姆聊得相当投机。

海瑟姆笑着说道:"我想是不是等您喝完咖啡,我再请求您把女儿嫁给我?"

海瑟姆早有打算,此刻的他自信满满,说出了先前准备好的话。

"按照常理,应该由家父家母提亲。但是就在今天,我想请求您允许我代表他们。今天上午我们说的话,我会原封不动地转告他们。"

看得出来,海瑟姆对习俗的了解和遵守,爸爸颇为满意。而我,则再次深深感叹自己与海瑟姆在年龄和成熟度上的差距。在这方面,他与爸爸的共同之处比他与我的更多。

这一次虽然没有月历的帮助,他还是把昨天上午对我说的话重复了一遍,包括我们许婚、订婚和结婚的大概日期,以及他对婚礼的打算。语调沉稳,字字清晰。

对于海瑟姆的周全考虑,父母显然吃惊不小。我从他们的脸上读出了赞许之意。

"琵瑞雅和我昨天已经详细谈过了。"海瑟姆说道。

爸爸陷入沉默,他在思考着什么。

"那么,"他先扫了一眼海瑟姆,又看了看我,最后开口道,"你们商量过结婚后在哪里生活吗?"

不!我从未想过——在这一点上我真是愚蠢。不知何故,海瑟姆没有说过,我也没有想过要提出来,我不由得对自己暗暗生气。

那么海瑟姆呢?对于婚后即将面对的最重要的事,他怎就忽略了呢?

"这件事我们会一起商量的。"

他顿了顿,又列出了可能影响我们决定的各种因素。

"我是家中的独子。有一个姐姐,已经结婚了,还有一个妹妹是单身,目前住在家里。这些琵瑞雅可能说过……事实上,我们来自迪亚巴克尔省西部的希米克地区。多年前祖辈在迪亚巴克尔定居。尽管如此,我们依然与希米克和那里的村庄保持联系。您可以想象,我的家庭肯定对我寄予了厚望。他们希望我毕业后回迪亚巴克尔开诊所。如果琵瑞雅不同意,我也可以在伊斯坦布尔开诊所……或者留校当助教。当然我更希望开一家私人牙科诊所,不管是在迪亚巴克尔,还是在伊斯坦布尔……正如我所说,有些事情可以留到以后再做决定,当然必须先征求您的意见。"

妈妈在一旁听着，不时露出满意的笑容，此刻她也开了口：

"我们的意见很明确……如果你们能在伊斯坦布尔定居，那再好不过了。我从没想过琵瑞雅会远嫁他乡。"

"我完全理解，相信我，在琵瑞雅完全同意之前，我不会擅自做主的。你们大可放心，凡事我们都会一起商量，再做决定。"

海瑟姆信誓旦旦的保证让爸爸心中的一块大石头落了地，要知道，这件事被他视为头等大事。

"希望一切顺利。"爸爸为这次谈话画上了句号。

那一天，迪亚巴克尔似乎只是地图上一个遥远的小黑点。谁也不知道，随着时间的推移，这个小黑点却变成了所有人头上挥之不去的一朵乌云。

十四

海瑟姆的安排准确地进行着。我们要做的只是按部就班，依照预先计划好的日历表行事。

毕业典礼后的一天，他飞回迪亚巴克尔接家人。

我们家是一副热火朝天的景象。厨房、客厅、橱柜的犄角旮旯全被打扫得一尘不染，妈妈、姐姐，还有帮手扎赫拉哈尼姆，把里里外外收拾得干干净净。

海瑟姆的父亲克纳恩贝伊在电话里对爸爸说道："我们希望在良

辰吉时登门拜访。"

"当然，我们会好好款待他们的，"妈妈顺从地叹了口气，"这些人身份如此显贵……第一次见面他们就会提亲，而我们会应允。如果他们住在伊斯坦布尔，又会怎样？我们可能已经见过面，有时间彼此了解……"

"别自寻烦恼了，亲爱的，"爸爸说道，"就算他们住在伊斯坦布尔，我们之间还是素不相识，不是吗？"

毋庸置疑，这样的情况对于两家人谈何容易？他们不仅彼此陌生，而且来自截然不同的文化背景，第一次见面就得以"亲家"相称……这叫我们如何面对？

重要的一天终于来到了，姐姐和丈夫把孩子交给孩子的奶奶看管，两人尽量扮演一对恩爱夫妻。

除了父母，女方惟一的"家中长辈"只有纽斯瑞特叔叔和钠文婶婶。爸爸觉得不能让一帮亲戚围着客人。

阿图格鲁一家人按照海瑟姆约定的时间按响了我家的门铃。门前站着一家子人：家长克纳恩贝伊；他的妻子拉米埃哈尼姆；他们的女儿娜莱恩、拉缇弗哈拉[①]；大女儿的丈夫海力特埃尼斯特[②]。站在最后的是海瑟姆。

客人们走了进来，手上拿着一个大大的船形银盘，里面装满了巧克力，还有一个以鹅卵石为装饰的水晶花瓶，还插着一大束娇艳欲滴的红玫瑰。

海瑟姆为两家人作了介绍，大家一起来到客厅坐下。

爸爸妈妈客气地问候未来的亲家，我挑了一把扶手椅坐下。是

[①] 哈拉，姑妈或姨妈。
[②] 埃尼斯特，姑父或姨夫。

的,我是今天的绝对焦点。

在余光中,我逐一打量海瑟姆的家人,想从中发现讯息。母亲看起来比我想象中更年轻,头戴黑色的薄绸头巾,头巾边沿还有传统的"欧雅"刺绣。灰色套装裙的裙摆垂至脚踝,配着同款的鞋和手提包。脸上没有一丝化妆的痕迹,双手手腕上的几个金手镯缓和了整体严肃的装束。她毫不掩饰地审视我,嘴角却带着一丝温暖的微笑。

父亲一身黑色的西服,没有打领带,经典的尖领条纹衬衣,从上到下每颗扣子都扣得整整齐齐,把脖子遮得严严实实。他只与爸爸说话,对我、妈妈、姐姐和婶婶不甚在意。

来访客人中最喜气洋洋的莫过于拉缇弗哈拉。她偷偷地把我们轮流看了一遍,对我更是从头到脚细细端详,同时还不忘与妈妈和婶婶拉家常。

拉缇弗哈拉没戴帽子,一身波尔多华达呢面料的女式西服套装,搭配淡粉色的真丝衬衣,时尚又考究。说到时尚感,她与拉米埃惟一的共同点是佩戴大量黄金饰品。

至于海力特埃尼斯特,我怀疑他比海瑟姆的父亲年纪更大,与妻子一样亲切随和、好交朋友,此刻他正轻松地与爸爸和叔叔聊天。与少言寡语、保守严肃的克纳恩贝伊相比,他更追求时尚,一身靛蓝色的西服,搭配淡蓝色衬衣与条纹领带。很快我们便得知,原来他是迪亚巴克尔一家最大的家居用品商店的老板。

这些人都与海瑟姆的描述出入不大,只有一个人例外:他的妹妹娜莱恩。只见她身穿一条简单大方的暗绿色羊毛连衣裙,衬得肤色更加暗淡。与其父一样,与人说话时她也躲避对方的眼神,当谈到不感兴趣的话题时,她便用好奇的目光巡视房间。看得我心里莫名有些发毛。

最开始客套而拘谨的寒暄渐渐融入了主动而热情的气氛,这让会面的组织者海瑟姆开心不已,时不时地冲我偷偷一笑。

而我呢,我无法摆脱愈发强烈的不安与担忧,这种感觉从何而来?或许是我深深明白,两家人之间悬殊太大,而这种差距会永远成为哽住喉咙的一根刺。

毋庸置疑,希望出身背景、生活方式、爱好品位迥然不同的人发掘共同的兴趣,这无异于痴人说梦,太不现实了。

我想我不应该夸大他们的重要性。

毕竟,这是我们两个人的事,是我与海瑟姆的事……在我们对未来的共同规划中,这些因素会占据重要位置吗?

姐姐朝我眨眨眼、扬扬眉,示意我跟她一起去厨房。

"他们看起来人都很好,"她说道,"父亲是有些令人生畏,不过这只是第一次见面嘛,怎么能希望有所不同呢,他可是希米克村庄的首领呀。"

她端起长柄土耳其咖啡壶,放在火炉上,继续对其他人评头论足。

"母亲有些内向,感觉冷冰冰的,不过想想,把儿子交给另一个家庭,当妈的肯定会难受……那个女孩还太小,对自己没有信心。不过姑姑和她丈夫倒是热情又友善……"

第一印象往往带有偏见和误解,不足为信,因此对于姐姐的评论,我不置可否。至于那些我们需要知道的事情,时间自然会给出答案。

端着姐姐煮好的咖啡,我走进客厅。

我把托盘放在拉米埃哈尼姆面前,她朝丈夫的方向轻轻地点了点头,示意我应该先端给他。

片刻我才回过神来:啊,男人为先。

喝完咖啡后,姐姐和我把空杯子端进厨房,又回到原来的座位上坐下。

屋里一片沉默。我垂着头,静静地等待着。

海力特埃尼斯特站起身来,清了清喉咙。

"我们的孩子,琵瑞雅和海瑟姆!两个风华正茂的年轻人……还有以他们为傲的模范家庭……"

他向我爸爸转过身去。

"遵照阿拉的旨意与先知的箴言,我们请求将你女儿琵瑞雅许配给我们的儿子海瑟姆。"

男方正式求亲过后,轮到爸爸表态了。

然而不知为何,他却一言不发,只是定定地看着我……不,他无法同意将女儿的手交到另一个男子手中。

他的目光移到妈妈身上,眼中尽是绝望之色,显然他不希望妈妈干涉,在这个视传统为一切的迪亚巴克尔家庭面前。

爸爸向叔叔投去求助的目光。

客厅里的鸦雀无声令客人坐立不安,每张脸上都写满了诧异与焦急;海瑟姆的脸上也泛起一抹尴尬的红晕。

最后,还是叔叔说出了大家期待的话。

"我们的孩子彼此了解,希望共同生活。我们惟有送上祝福。希望他们的新生活美满幸福……"

大家都在心里默默地松了一口气。

"将女儿许配给别人谈何容易,"拉缇弗哈拉一边说,一边用手帕轻轻地擦了擦眼睛,"实在太感人了,弗瑞特贝伊。"

妈妈点点头,海瑟姆和我站了起来。

该亲吻长辈的手了。

大家都希望我从爸爸开始,可是妈妈在我心中才是第一!

我俯身亲吻拉米埃哈尼姆伸出的手,然后她从包里拿出一个丝绒衬里的盒子,打开盒盖,一个沉甸甸的手镯滑上了我的手腕。这个手镯足足有两根手指厚,我还是头一次见到。

"这是迪亚巴克尔的织金彩手镯,"一旁的拉缇弗哈拉解释道,"是新娘必备的。"

此话不假,眼前就有证据:拉米埃哈尼姆与拉缇弗哈尼姆也戴着一模一样的手镯。

婶婶和姐姐开始摆放餐具。蕾丝桌布上,盛放食物的大浅盘排成一排:撒有橄榄油的葡萄叶包饭和白菜卷;热乎乎的油酥面团,里面有奶酪、菠菜、肉末;甜甜的饼干和其他甜品;热饮和冷饮。

"在迪亚巴克尔,定亲当天我们都会喝果子露,"拉米埃哈尼姆说道,"事实上,我们都管'定亲之夜'叫'果子露之夜'。"

"各地的习俗不尽相同。"妈妈说,"可惜我们事先并不知道……"

"等等,"爸爸转过身来,对着妈妈笑了笑,"我们不妨用果汁代替果子露吧?"

一杯杯樱桃汁端上了桌,让我感觉自己成了一个真正的迪亚巴克尔新娘,而且是一个嫁到希米克地主家的新娘!我心里暗暗体会这个新角色:一个来自伊斯坦布尔的迪亚巴克尔新娘,些许羞于用樱桃汁应付客人的新娘……

"这下好多了!"拉米埃哈尼姆说道,"现在能够说我们喝过海瑟姆与琵瑞雅的果子露了。"

第二天晚上,我们要与阿图格鲁家人共进晚餐。这是订婚的一个小小庆祝仪式,不再陌生的两家人变得友好,从今往后结成姻亲,彼此将更加了解。

在爸爸预订的餐厅门口见面后,侍者领着所有人来到一张位于墙角的桌子,这里非常安静,不被打扰,还能饱览博斯普鲁斯海峡的美景,看得出对方家人松了一口气。显然他们不习惯在拥挤嘈杂的环境中用餐,至少不习惯在公共场合。

海瑟姆和我并肩坐下,仿佛两个扮演新郎和新娘的青少年……

他俯身靠近我耳畔,轻声说道:"你什么时候改口叫我父母呢?"

我大吃一惊,这又是一件我从没想过的事。更糟糕的是,他竟然忍不住催促我,实在可笑。

我有自己的爸爸妈妈。面对昨天才认识的两个人,两个在我成长道路上从未留下足迹的人,我怎么叫得出口?这难道不是既虚伪又勉强吗?

可是我不想惹海瑟姆生气,尤其是他已经改口称呼我妈妈为"妈妈"了……

"如今我们订婚了,"海瑟姆笑着说道,"这是她的期望,你最好明白。"

不,不可能。我实在做不到……我暗暗告诉自己,一定有办法的,就在这时,一个主意跳进脑海。

说起自己的妈妈时,海瑟姆总是简单地称其为"妈妈"。显然这是迪亚巴克尔的风俗。他从不说"我给我妈妈打电话",而是说"我给妈妈打电话"。我却习惯说"我妈妈"。

如果能把拉米埃哈尼姆的名字想象成"妈妈",说不定就能这么称呼她。我在心底悄悄练习了几次,然后准备试试。

"您感觉还好吗,妈妈?需要我为您做什么吗?"

拉米埃哈尼姆笑了笑,眼中带着几丝欣喜之色,看来海瑟姆所言不假。

我决定再试一次。

"你能把盐瓶递给妈妈吗,海瑟姆?"

海瑟姆的心情和妈妈一样喜悦,这也感染了我。

看来我已经能够顺口地叫出爸爸妈妈了,就像叫其他名字一样。看着海瑟姆和"真正"的爸爸妈妈一脸不可思议的表情,我心底更是乐开了花。

十五

两天后,我们又聚在一起,为即将返回迪亚巴克尔的海瑟姆和他的家人送行。

"要是我能留下就好了,"他说道,"可现在正逢收获季节,是一年中村里最忙的时候。"

"你会习惯的,"他继续说道,"总有一天你会成为农夫的妻子。想想那无边无际的田野,地里全是扁豆与大麦。麦秆上洒满了农场工人辛勤的汗水……有我的,也有其他人的……我的牙科知识在那里毫无用处。"

在伊斯坦布尔,扁豆与大麦的话题显得如此格格不入,可我只是默默地听着。

他既是农夫,也是医生。必须承认,心中有一部分强烈地期盼着与多重角色的海瑟姆分享人生。至少是现在……

暑假一眨眼就过去了。我在锡纳西科的避暑屋与伊斯坦布尔之间穿梭来回,忙着试穿和采购订婚礼服。

对于举行仪式的地点,大家各执己见。至于我嘛,自从伊森在商务俱乐部订婚后，我一直对那里念念不忘。

纽斯瑞特叔叔是一名退役上校，也帮着筹备订婚事宜。

"能出一份力，我很高兴，"他乐呵呵地说道，"等到重要的那一天，整个大厅就是你的了。"

订婚礼的一周前，阿图格鲁家人抵达了伊斯坦布尔，这次的人数比上次更多。

随行的有海瑟姆的姐姐籁扬。两个孩子布莱克和布瑞恩紧紧抓住妈妈的裙角，虽然相差两岁，两人却长得一模一样，活像一对双胞胎。

拉米埃哈尼姆不顾妈妈的反对，执意要我们在订婚前一起外出购物。

从头到脚，从里到外，一年四季的衣帽鞋袜置备齐全：连衣裙、半裙、夹克、内衣、睡衣、晨礼服、我可能永远也不会穿的运动衫裤、鞋子、手提袋、拖鞋……凡是我看过的商品，凡是他们看中的商品都被售货员放到一边。

离订婚礼还有两天，一个大大的胡桃木箱子被送到我家。里面装着我们购买的所有商品，全用真丝刺绣方巾包扎起来。除了我的衣物，海瑟姆的家人还为我父母、姐姐，甚至是叔叔准备了外衣、衬衣、拖鞋……

"不愧是典型的迪亚巴克尔人啊，"妈妈说道，"我们该怎么回礼？"

大家立刻朝商场出发。尽管与他们的疯狂购物比起来，我们克制了不少，却还是满载而归：给海瑟姆挑选的西服、衬衣、内衣、睡衣，为其他人买的外衣与拖鞋。妈妈觉得没必要像他们一样用丝巾包扎，而是选择了鲜艳的彩纸，再以绸带装饰，包装好后送了出去。

这真是我想要的吗？不是，绝不是！我厌恶卷入如此夸张的比赛,双方硬要拼出胜负,看谁更慷慨、更大方。

"你真漂亮。"姐姐说道。

我们身穿订婚礼服,在典礼开始前最后一次站在全身镜前审视自己。

系着黑色领带的海瑟姆出奇的英俊。说实话,他是我见过的最帅气的准新郎了。

那准新娘我呢?我看着镜中的自己,几乎认不出来。

一袭蔚蓝色的拖地丝缎礼服,在几百朵刺绣小花的衬托下更显美丽。大波浪的卷发垂散在肩,发间插着同样的花朵。看着镜中这张略施粉黛的脸庞,洋溢着兴奋与骄傲,连我自己也不禁赞美起来。

两人手牵手走下楼梯。一切恍如梦境,却在我琵瑞雅身上真实上演了。

合着音乐的节拍,我们朝着大厅中央走去,步伐缓慢而小心,四周雷鸣般的掌声几乎将音乐声吞没。

籁扬阿芭拉手托一个小小的银托盘,丝绒衬里上静静地躺着我们的订婚戒指。海力特埃尼斯特拿起戒指,戒指将由他为我们戴上。

首先,他做了简短的发言,内容我记不完全,不过却频繁地提到了我们幸福的将来。接着一对用红色丝带系在一起的戒指被牢牢地套在了我们的手指上。海瑟姆和我礼节性地剪断丝带,宣告我们正式订婚了。

我痴痴地凝视着手指。这不是一枚普通的金戒指,而是一根象征性的金带子,将我和海瑟姆永远地绑在一起……

首先,我们彼此庆祝。海瑟姆亲吻我的额头,然后两人轮流与刚刚成为一家人的每个成员拥抱,他们一直站在旁边观礼。

接下来,娜莱恩手里的众多盒子被一个个打开,按照特别的顺序,拉米埃哈尼姆将珠宝逐一戴在我的手腕、胳膊、脖子上和胸前。我低头打量着,有一枚宝石胸针——后来得知这枚胸针在迪亚巴克尔绝无仅有,被称为"达尔";有长长短短的金项链;有手镯与臂箍,粗细不一,精工打致……

籁扬阿芭拉、拉缇弗哈拉,以及其他所有家人都目不转睛地看着拉米埃哈尼姆为我佩戴珠宝。不一会儿,我的手臂就像镀了金似的,从手腕到手肘全是闪闪发光的金饰。黄金的重量令我颇不自在,一种莫名的尴尬也爬上心头。

珠宝礼结束后,海瑟姆和我终于能开始跳第一支舞了……

"如果我把手上的金饰统统摘掉,会不会太失礼了?"我对海瑟姆说着悄悄话。

"当然了,"他哈哈大笑,"难道你没发现他们这样做是有原因的吗?"

他说得对……在赠送者满意的目光下,我只好硬着头皮,原封不动地戴着所有的首饰。

"你们得挨桌致谢。"

于是我们听从妈妈的指示。

首先是迪亚巴克尔的家人!

几十个人轮流与我们握手、拥抱、亲吻脸颊……男女分坐的座位安排让我稍稍反感。如此讲究男女有别的人如何能够全然接受我的家庭和我家的思想呢?我百思不得其解。

向男方家人致谢后,轮到女方家人,然后是或近或远的亲戚,最好的朋友……

最后我们走到了大学朋友这一桌。在所有来宾中,他们最热情,也最可爱。看着海瑟姆的同学与我的同学相处甚欢,我开心不已。

我扫视餐桌，所有人都在，唯独少了欧默尔。连阿瑞夫也出席了，他的笑容虽有些牵强，祝福却绝对发自内心。

我家的来宾纷纷走进舞池，翩翩起舞。可是在海瑟姆的亲友中，却只有拉缇弗哈拉和海力特埃尼斯特跳了一曲，又匆匆回到原位上。

"瞧好了，看看我如何让他们都跳起来。"海瑟姆说道。

他走向乐队，对年轻的乐手说了几句，又回到我身边。

接下来的一幕让我目瞪口呆，随着乐队演奏安纳托利亚民歌，迪亚巴克尔的所有人，无论男女都鱼贯地走进舞池。最最不可思议的是，希米克村庄的首领克纳恩阿迦竟也拿着手帕，一脸严肃地加入其中，站在围成半圆的跳舞队伍的最前面。

拉缇弗哈尼姆嘀嘀地大叫，不断用手拍着嘴，发出奇怪的声音，好像尖声的哭泣。这是什么声音？我头一次听到，完全摸不着头脑。

"这叫做'缇里利'，"海瑟姆看着满脸疑惑的我，解释道，"你得习惯，以后在迪亚巴克尔的所有婚礼和庆典上你都会听到这种声音。"

拉米埃哈尼姆把我和海瑟姆拽进舞池，我们也跟着其他舞者肩并肩地跳起来，随着音乐节奏的加快，舞步也越来越快。虽然跟上他们有些吃力，我却安慰自己：没事，长长的裙摆会遮住我笨拙的双脚。

送走客人后，我们准备回家。

海瑟姆为我打开车门，先坐进后排座，他知道这件礼服让我行动不便。我正要上车，妹妹娜莱恩却飞快地抢在我前面，挨着海瑟姆坐下。

"你们俩以后在一起的时间多着呢。"她说道。

我犹豫了，不过只有短短几秒。

"可是今晚对我们意义非凡，"我说道，"在我的订婚之夜，我可不允许有人打扰我和我未婚夫。"

夹在中间的海瑟姆明白,只有他才能解决问题。他从另一侧下了车。他知道如果让娜莱恩再下车,她定会满心不高兴。

无奈之下,娜莱恩不情愿地挪到最左边的位置,海瑟姆坐在中间,右边则坐着我。

海瑟姆紧紧握住我的手。眼里闪烁着赞许的神色,感谢我表明立场,说出了他不便说的话。

当面对最小的家庭成员时,一贯直言不讳、想说就说的海瑟姆竟然欲言又止。这是将来的预兆吗?他是否会永远夹在家人与我之间左右为难?

再一次,我甩甩头,拒绝深究这件事与其他困扰的问题……此刻我只有一个念头,尽快回家,脱掉滑滑的拖鞋,解放我那双被摩得生疼的脚。

"变成他人的未婚妻,感觉如何?"

听到妈妈的声音,我猛地从床上跳了起来。

一回家就被我从手臂上摘下的珠宝首饰如今被堆成高高的一堆,放在梳妆台上。

"来吧,"妈妈说道,"我们得一件一件地记下来,然后收拾收拾。"

"记下来?什么意思啊?"我不解地问道。

妈妈没有回答,将珠宝首饰统统装进一个袋子,然后拎着袋子朝客厅走去。困得眼睛发红的我也跟在她后面。

妈妈和爸爸坐在餐桌前,匆匆记下袋子里的物品:手镯、项链、戒指、耳环、胸针、金币……一个不漏地记录在册,并加以备注。

"有你想戴的吗?"妈妈问道。

"一件也不想。"我耸耸肩。

于是，袋子被放进了一个带锁的保险箱，这下妈妈为数不多的珠宝中增添了一大袋收藏。

那天下午，男方家人登门道别，一同来的还有一大帮刚认识、关系更远的亲戚。

姐姐和我在厨房和客厅之间来来回回，忙着准备点心和饮料。趁我一个人在厨房里倒热茶时，娜莱恩找了个帮忙的借口走了进来。

"你至少应该戴一两个手镯。"她一边说，一边扫视我空空的手臂，仿佛在说："我们给了你如山的珠宝，就换来这个结果？"

"听着，娜莱恩，"我说道，"你肯定知道再过几天我就要回学校了……我订婚了，这不假，但我还是一名学生。"

她撇了撇嘴，一副不满的模样，又不发一言地转身离开了厨房。

我猜她正向她的家人嘀咕，也许他们好奇的不仅是那些珠宝，而且还在琢磨我为什么不佩戴他们送的哪怕一件日常首饰呢。

我能说什么？这就是我的穿着风格，仅仅为了取悦婆家而改变自己，我可不愿意。

十六

第二天上午，我们挥手送别了海瑟姆的家人。

这一次海瑟姆留了下来，因此在他服兵役之前，我们有几天的独处时间。

然后他将回迪亚巴克尔，再前往伊兹密尔军事医学院训练三个月。

事实上，从伊斯坦布尔直接去伊兹密尔更合理……不过我闭口不提。海瑟姆要从父亲家启程，踏上服役的道路。我知道这对他和他的家人来说有多么重要。

可是，他告诉我的却是另一番话。

"作为我们两人的代表，我得回迪亚巴克尔待几天，参加为我们举办的订婚庆典。"或许在他看来，这个离开的理由更容易被接受吧。

算了，其他的事统统抛在一边，我只需要专心过好最后几天的二人世界，虽然时间如此短暂。

周末我们去西里威利，吃鱼，欣赏海上日落，不去想近在眼前的离别，尽情享受在一起的分分秒秒，独处的时光每一刻都弥足珍贵。

周一上午，海瑟姆和我参加了学校的开幕式。

无法参加订婚礼的朋友纷纷向我们祝贺，我们一一接受了。

欧默尔也立刻表现出了必需的礼貌。

"恭喜两位。"他先拥抱了海瑟姆，又向我伸出手。

我友好地握住他的手，暗自希望我们能做一辈子的朋友。

"希望你能照顾她，"海瑟姆说道，"我在军队的这段日子，别忽视了她……"

海瑟姆走了，先去迪亚巴克尔，再去伊兹密尔。

他每天给我写信，一有机会就打电话。

回到以前的生活，我满心喜悦，一切都没变，只是手上多了一枚订婚戒指。没有海瑟姆陪伴的日子，紧张而有所收获的学习安慰了我这颗思念的心。

我一头扎进书本里，从没有像如今这样用功。每周二十小时的牙科修复术和口腔手术丝毫吓不倒我。

第一部

热情满腔的我每天过着学校、家庭两点一线的忙碌生活,空余时间则和朋友待在一起。

然而,好景不长,没过多久,一个人却浇熄了我高涨的情绪。

那天早晨没课,所以我比平时晚出门。

在学校门口我遇见了埃尔韩。对于他的了解,我只限于他明年毕业,来自埃尔斯伦,是海瑟姆的朋友。

"琵瑞雅,"他大声叫道,"有人找你。是海瑟姆在迪亚巴克尔的一个老邻居,叫塞娜普。"

"她来这儿了吗?"

"是的,她听说你们订婚的消息,想过来看看你,当面向你贺喜。"

一时间我竟愣住了,大脑一片空白,张着嘴却不知道该说什么。

"她也是我的一个亲戚,"埃尔韩笑笑,"她嫁给了我父亲的叔叔的儿子。"

"她来伊斯坦布尔住在哪里?"

"她丈夫的姐姐吉尔文住在伊斯坦布尔。所以她当然住在大姑子家里了,对了,她还是我叔祖父的女儿呢。"

我没时间理清埃尔韩家复杂的关系。

"你可以把地址告诉我吗?我很乐意见见她。她千里迢迢地来到这里,不见她一面实在太遗憾了。"

"当然,这是地址。"

说着他从口袋里拿出一张便签,匆匆写下地址。

"他们来这里是看儿科医生的。"

"哦,我猜你不知道吧,"他笑了笑,"他们的孩子四个月大了,可爱极了……"

埃尔韩的话我一个字也没有听进去。

塞娜普!

她如此坚决地要见我,竟然丢下自己的孩子,来到我的学校,并且毫不犹豫地找亲戚带话。

她疯了吗?

如果她想见我,那我成全她。她会得到她应得的"招待"。

我看着地址:莱文特大街四号的一片居民区。

心中只有一个念头:尽快赶过去。

一转身,我拔腿就跑,却撞到了伊森。

"你还真是活在幻想中啊!"她说道,"订婚了也还是老样子。瞧你急匆匆的,连看都没看到我。"

此刻哪有工夫闲聊。

"今天我不上课了,"我说道,"有重要的事……回头我借你的笔记。"

无视她一脸的询问,我穿过大街,跳上了第一辆出租车。

这片居民区高楼林立,我费了好大劲才找到C区三楼的公寓。

站在门前,我先慢慢地做了几个深呼吸,定了定心神,才伸手按响了门铃。

几秒钟后,门打开了一条缝。

一个女人问道:"有什么事吗?"

没错,是她!站在我面前的人正是她……

"我是琵瑞雅,"我咬紧牙,从牙缝里挤出几个字,"你想见我吧。"

"哦,快请进吧。"她后退一步,把门完全打开。

我跟着她穿过长长的门厅,走进客厅。

虽然开门时有片刻明显的惊讶,此刻她却一派轻松自然,似乎我的来访是世界上最平常的事。她亲切地示意我坐在最好的沙发上。

她的目光落在我身上,细细打量我,当我毫不示弱地看着她时,她的眼神集中在我的脸上。或许她在猜测,对于她与海瑟姆之间的关系,我究竟知道多少。

"海瑟姆阿甲贝和我在迪亚巴克尔是邻居。"她一边说,一边坐在对面的沙发上。

"我知道。"

我吐出简单的三个字,希望她明白,对于她把海瑟姆称作"阿甲贝",我一点儿也不能接受。

"恭喜,听说你们订婚了。"她说。

虚情假意的客套就到此为止吧。不过在大姑子家里接待不速之客,她胆子可不小,于是我决定再待一会儿,让她继续提心吊胆。

我让自己的眼光公开地游走在塞娜普的全身。

她还没从妊娠的体态中完全恢复,外表有些凌乱,腰也有些粗。无袖裙下套着一件长袖薄毛衣,一条肥大的裤子,却不像睡裤。

不过如果减掉几公斤,装扮整齐,那她和照片中一模一样,我在脑海里想象着。她个子很高,一双清澈的绿眼,栗色长发在脑后束成一束,又挽了一个松松的发髻。

"所有人都参加了订婚礼吗?籁扬阿芭拉、娜莱恩……"

"所有人都参加了,"我打断她的话,"订婚礼棒极了。"

我嘲讽地笑了笑,又补了一句:"你要是能来就好了。"

"啊,但愿。"她叹了口气。

房间里传来孩子的哭声。

"不好意思,"她说道,"我大姑子去市场了……我先失陪一下。"

不一会儿,她抱着一个可爱的婴儿回来了。

她把孩子轻轻地放在我的大腿上。这个灵机一动的行为减轻了我的疑心,她在强调自己为人妻、为人母的身份,同时也要证明自己的清白。

"她还不满四个月。"她说道。

"是女孩吗?"

"是的,她叫福妲。"

可是看着眼前这个躺在我臂弯中的孩子,我心中的疑云并未消散;恰恰相反,孩子强烈地提醒了我,塞娜普准备承担多大的风险。

"我给你倒一杯咖啡吧。"她说道。

"谢谢,不用了。"

"为什么不喝?我也要喝一杯。"一个声音插入我们的谈话,我心中一惊,是个男人,天啊,原来房间里还有第四个人。

我抬起头,一个长相不俗的年轻男人站在我面前。

"你不介绍介绍吗?"

"这是我的小叔子,名叫贝恩,"塞娜普说道,"他在伊斯坦布尔念书,与他姐姐住在一起。这是琵瑞雅,是我在迪亚巴克尔一个老邻居的未婚妻。"

我注意到,一丝恐惧在她的眼中一闪而过。

太好了,机会到了!就趁此刻,就在这里,在她大姑子的家中,当着她小叔子的面揭穿她。这是她自找的!

可是我做不到。小福妲在我怀里咿呀学语,仿佛在提醒我这样做的后果。天啊,不行,我怎能放任自己做出如此没有道德的事情。

没有征得同意,贝恩就一屁股坐在我旁边。

"海瑟姆阿甲贝可真是个幸运儿啊。"他对塞娜普说道,翘起嘴角,露出一丝微笑,眼睛直勾勾地盯着我。

哦,我明白了,我的黑色短裙、花朵图案的真丝衬衣、及膝靴子、梳理整齐的头发、妆容精致的脸庞都散发着诱人的魅力,与疏于打扮的塞娜普站在一起,对比更加明显。

"你真的这么认为吗?"我给了他一个大大的笑脸,"塞娜普可以证明,我才是幸运儿。毕竟她见过我英俊的未婚夫。"

寥寥几句,我便如愿地把塞娜普拉进话题中来。

品尝着塞娜普端来的咖啡,贝恩和我径自聊了起来,对塞娜普完全视而不见。

他是伊斯坦布尔法学院大四的学生。

"我们以前居然没有见过。"他说道。

这话说得,仿佛伊斯坦布尔是个小村庄,人们抬头不见低头见……

"我发誓肯定在什么地方见过你。你去过我们的茶话会吗?"

这不正是海瑟姆几个月前用过的招数吗?这一次,我假装中计。

"我很少参加外校的活动。不过你看起来是很眼熟……"

一旁的塞娜普默不作声地看着我们,稍稍皱了皱眉头,脸上露出反对的神色。

"我得给福姐做点吃的。"突然她站起身来说道。

我也跟着她站起来。

"你看着孩子,"我对贝恩说道,"我有话对塞娜普说。"

在紧闭的厨房推拉门后,我开门见山地说道:"告诉我,塞娜普哈尼姆,有些事情我要知道……你究竟怎么回事?"

起初她假装听不懂,睁大眼睛盯着我。

"你为什么想见我?"

"见见老邻居的未婚妻有什么错吗?尤其是海瑟姆贝伊……"

"够了!"我大吼一声,打断她的话,"别再叫他'阿甲贝'了。这太可笑了……海瑟姆跟我说过你。我知道对你来说,他绝不只是一个大哥。可是你不觉得应该向前看吗?为人妻、为人母的女人依然追寻旧爱,纠缠他的未婚妻,你觉得这种做法正常吗?"

"不是这样的!海瑟姆对你撒了谎……"

"哦,是吗?至少你不再叫他'阿甲贝'了。说啊,我刚才哪一句话是假的?"

"我不知道他都跟你说了些什么,不过我们一直只是朋友。他或许是在故意炫耀,想让你吃醋。"

她决定继续发难。

"那你呢?你要告诉我,海瑟姆是你的第一个男朋友吗?"

"当然不是了,"我哈哈大笑,一脸挑衅,"我可是伊斯坦布尔女孩啊,塞娜普哈尼姆!我可比你更自由、更外向……不过我也很诚实。过去的就过去了。我绝不会幻想翻出旧事,挑拨其他人或我自己的恋情。我不屑这么做。"

就是现在,使出致命一击!

"无论如何,几分钟前你也看见了,你的小叔子如何被我耍得团团转。这就是身在伊斯坦布尔的好处……你根本不是我的对手。如果你继续咬着我不放,我可什么事都干得出来。我说到做到!"

"你能做什么?"

"比如你的丈夫,我可以轻易地认识他,就像认识你小叔子一样。我们或许还可以谈谈他妻子与我未婚夫的一段旧情……"

我顿了顿,看看自己的话对她造成了怎样的冲击力。

"那就太遗憾了,"我继续道,"尤其是对你的女儿。我没什么好失去的;而你不同。在进行下一步之前,你最好别忘了这一点。"

"对不起,"她喃喃说道,"我不知道会这样。我和他之间真的没什么……"

"别说了!你知道这话从你嘴里说出来有多滑稽吗……我再说一遍:如果你非要满足好奇心,哪怕你做出再细微的举动,我也会毫不迟疑地找到你丈夫。你应该感谢我没有让你后悔来到世上。今天我与你假装友好的原因只有一个,那就是你的孩子……你欠我的。"

我推开门,走进门厅。塞娜普拿着奶瓶跟在我后面。

"抱歉,我得告辞了,"我说道,"我上课迟到了。"

贝恩从客厅里冲出来。

"我送你吧。"

"谢谢,"我莞尔一笑,"不过要是让别人看见一个订婚的女人和一个如此帅气的年轻男人走在街上,实在欠妥。"

该撕掉"狐媚女子"的外衣,恢复本来面目了,我向他们友好地告别,走上街头,长叹一声,心里的石头总算落了地。

第一个月的训练结束后,海瑟姆获准休假。

他的头发剪短了,看上去像一名真正的战士。

"短发很适合你,"我肯定地对他说,"衬得你的眼睛很漂亮。"

见了面才知道,原来我们对彼此的思念如此之深。

首先,他跟我讲述了这一个月的军营生活,在卡拉夫特玛的山坡上训练射击,挑食的他百般不适,无奈之下只好常常凑合吃军中小卖部的面包和哈尔瓦芝麻糖。

接下来该我了。我对他说起累人的临床课,沉重的学业负担,空闲时间的活动……海瑟姆兴趣十足地听着。

"还有,"我最后说道,"我遇见了塞娜普!"

听到这话,他像是被针扎了似的后退几步。

我把那天的事情说了一遍,不放过每个细节,包括与塞娜普、福姐、贝恩的见面。

说完后,海瑟姆面无表情,一副若有所思的模样。

"你是说你和他公开调情?"

早猜到他会纠缠这个细节,我早已准备好了理由。

"是的,"我耸耸肩,"当时我需要这么做,所以就这么做了。"

他想对我生气,却又不能生气。他明白我为自己的一言一行都找了理由。

"你真是了不起呀。"他摇摇头。

"你最好相信!"我吼道,"我绝不会和别人分享你,我可什么事都干得出来。"

"这是威胁吗?"

"随你怎么想。不过如果以后再发生类似的事情,千万别惊讶,你会看见我完全陌生的一面。"

"这样的事永远不会再发生了。"

"那就没问题了。"

"你是我人生的转折点,琵瑞雅,这辈子我一定要和你走下去。"

"希望如此。不过话还是说在前头:你最好小心点。"

听到我这句既是警告,也是嫉妒的话,他似乎暗自窃喜。在这一刻,我从心底相信,他准备牵起我的手,与我共度今生。

我们的婚姻,成也在他,败也在他……

为期三个月的训练接近尾声,海瑟姆将和战友一起被分配到各个军营,至于具体地点,那就听天由命了。

"但愿是伊斯坦布尔,要是这样的话,我们就能马上结婚。"

而我呢,我更希望毕业后再结婚。对于前方的路,我们依然不清楚,于是我什么也没说。

我们彼此各怀所愿,最后我的祈祷灵验了。海瑟姆被派驻到伊兹密尔。

他打电话把消息告诉我,声音带着几分烦躁。

"真是不走运,要是我留在伊斯坦布尔……"

我连声安慰道:"没事,至少伊兹密尔离伊斯坦布尔不算太远。"

十七

终于,我迎来了大学的最后一年。

这个暑假与以往的暑假大不相同,因为这将是最后一个大学暑假。

即使明年我还能够去锡纳西科的避暑屋,可那时的琵瑞雅已不是现在的琵瑞雅。那时的我变成了已婚的年轻女子,失去了自由,不再随心所欲。

我要尽情享受这个暑假,最后一个无拘无束的暑假。

海瑟姆只能来锡纳西科两次。

他和爸爸一起兴致勃勃地烤肉,妈妈为他做了他最爱的食物。

当我们独处时,谈论未来的话题比以前严肃了许多。我想做牙科修复课的助教,海瑟姆依然希望拥有一家自己的牙科诊所。我们都希望,随着时间的推移,两人能做出最后的决定,不管是这件事还是其他事。

海瑟姆爱上了伊兹密尔这座城市。

"你愿意的话,我们可以去那儿定居。"他说道。

我却没什么兴趣。伊斯坦布尔有大把的地方可以选择,为什么要舍近求远地搬到伊兹密尔呢?

爱在伊斯坦布尔

今年的宰牲节①正逢学校期中放假,于是海瑟姆建议一道去迪亚巴克尔。

何乐而不为呢?他在迪亚巴克尔度过了漫长的岁月,每每提及总是滔滔不绝。如今我即将踏上未婚夫土生土长的这座城市,一想到此我就按捺不住满心的激动。

"我去不了。"诊所事务繁忙,预约排得满满的,这一次爸爸不能同行。

我们决定和妈妈一起去。

想想看,这一次我将以海瑟姆未婚妻的身份登门拜访,天啊,我已经迫不及待了。在那里将经历什么,将带着怎样的印象返回伊斯坦布尔,大脑被各种幻想与期望填得满满的。

车呼啸着行驶在连接机场与市区的高速路上。

"这是迪亚巴克尔的耶尼萨尔区,"海瑟姆介绍道,"老城墙里是古城,不过城市早已拓展至城门和城墙外。尤其是最近几年……如果你们想感受古代的迪亚巴克尔,得去古城看看。"

除了几次短途旅行和夏天去的一趟锡纳西科,这是我成年后第一次远离伊斯坦布尔。一草一木、一砖一瓦在我眼里都是新奇的。

"我们什么时候参观古迪亚巴克尔?"我问道。

"别担心,"海瑟姆笑了,"我们会安排时间的。"

当海瑟姆把车停在他家门前时,我才回过神来,目的地到了。

他打开车门,扶着我和妈妈下了车。不知从哪儿冒出几个人,麻

---

① 伊斯兰教的传统节日。在这一天,穆斯林教徒会宰杀动物,通常是牛、羊,并把肉分给邻居和穷人。

利地拿起行李,穿过一扇大铁门,很快不见了踪影。

爬满攀缘植物的石墙顶上插着铁钉,墙内是一座被花园包围的三层楼大宅子。前门出现了几个身影,朝我们走了过来。

是拉米埃哈尼姆和克纳恩贝伊,紧随其后的是娜莱恩。他们张开手臂,热情地欢迎我们。

弯弯曲曲的楼梯从底层直通二楼。我们穿过一道拱门,走进一个宽敞的大厅,又来到了一间挑高天花板的客厅。两面墙下摆放着"塞迪尔",这是一种没有扶手或靠背的低矮长条形沙发。靠墙的沙发上还放着用银线刺绣的垫子。后来我才知道,他们将其称为"卡达玛丽·亚斯迪克"。

房屋中间有一个镶嵌着珍珠母的低矮四脚木架,木架上放着一个巨大的圆形铜托盘。对面是一个铜火盆。墙上装饰着一排排铜箔盘和银箔盘。左墙角摆放着一个古香古色的胡桃木餐具柜。

地上铺着手工编织的地毯。娜莱恩递给妈妈和我每人一双拖鞋,似乎在强调不能穿着鞋踩在地毯上。

换上拖鞋,我们坐在比一般沙发更高的塞迪尔上,放松心情。

拉米埃哈尼姆又一次拥抱我们。

"欢迎来我们家!"说完,她转向娜莱恩,点点头,无声地示意了什么。

娜莱恩跑出客厅,回来时手上端着一个银托盘,上面是两个玻璃杯,杯里装满了奇怪的液体。

"喝一杯果子露吧,能够缓解长途旅行的疲劳。"拉米埃哈尼姆笑着说道。与在伊斯坦布尔相比,如今在自己家中的她显得更轻松、更殷勤。

我从娜莱恩递过来的托盘上拿起一杯果子露,看了看透明的液体,又闻了闻,一股烤杏仁的味道,嗯,还不错,喝在嘴里甜甜的。这真是他们在定亲那天说的果子露吗?

大家聊了一会儿,主要是妈妈和拉米埃哈尼姆两个人,克纳恩贝伊偶尔简单地说上几句,海瑟姆和我则静静地听着。然后晚餐开始了。

我们被领到另一间同样宽敞的房屋。

长长的餐桌上摆满了各式饭菜,大多数我都叫不上名字。餐桌正中间放着一个大托盘,里面的食物看得我直皱眉头。

"你做了'凯贝'吗,妈妈?"海瑟姆问道,"她们可能不太喜欢。"

"没错,"她笑着回答,"凯贝布巴尔……"

拉米埃哈尼姆解释道:"'凯贝'就是把食物填进牛肚或羊肚里;'布巴尔'则是把食物填在动物的肠子里。这都是当地的美食。"

"别担心,儿子,"她对海瑟姆说道,"如果她们不喜欢,其他菜也很丰盛。我们家的客人可不会饿肚子。"

我瞥了瞥盘子里的牛肚,感到稍许恶心,剥开外层牛肚,拿起叉子,尝了尝里面的什锦饭,嗯,味道不算太坏:有米饭、辣椒香料、薄荷……

拉米埃说得一点儿也没错。食物非常丰盛。有包着美味什锦肉馅的炸丸子("埃克里科菲特")、搭配开心果的美味羊排米饭("卡布拉达马斯")、所谓的"水油酥面团"("斯波雷伊")——用白奶酪将煮面团分成薄薄的几层,倒上橄榄油和黄油,撒上欧芹,最后发到烤箱里……看着这桌凝结着拉米埃哈尼姆汗水的丰盛菜肴,我不禁有些动容,有些开心。迪亚巴克尔,我对自己轻声说道。这就是迪亚巴克尔的待客之道,这就是安纳托利亚传说中的热情。我们每品尝一道菜,拉米埃哈尼姆都会做一番解释。

"迪亚巴克尔的埃克里科菲特做法可不一样。例如在安特普,用的是外层的碎肉,而我们只用碎小麦。所有美味的食材都放进了馅料。"

的确,这道菜既营养又美味。鱼雷形状的丸子松脆不油腻,肉馅是用羊肉肉末、红辣椒丝、香料、切碎的胡桃核做成的。有些是用水煮的,有些是裹着鸡蛋油炸的。

"油炸的味道最棒。"海瑟姆说道。

我却对容易消化的水煮丸子情有独钟。

什锦馅的排骨是迪亚巴克尔的一道特色菜。舀起一勺肉饭,将其放进骨头和肉之间的开口处;然后将肋骨用鲜香的肉汤熬制,再用小火烤上几个小时就大功告成了。用叉子轻轻一碰,松软的肉就从骨头上掉了下来。

妈妈和我捧着鼓鼓的肚子,实在吃不下斯波雷伊,却还是尝了一小块纽埃依塔里斯。这种当地的甜点需要用手揉出四十张薄如纸片的面团,在每层之间撒上杏仁碎粒,经过烘烤,再浇上滚烫的糖浆。

"要是每顿饭都像这样吃的话,我就得滚回伊斯坦布尔了。"我对海瑟姆小声说道。

"那我也一样爱你。"他凑在我耳畔呢喃道。

撤去了残席,有人端上一种叫做"米拉"的浓咖啡,装在没有手柄的小杯子里。虽然味道相当苦,喝过之后却唇齿留香。

"你们累了一天了,"拉米埃哈尼姆说道,"肯定想去房间休息……"

上了楼梯,我们来到一个大大的中央厅,类似接待室,通向大大小小的很多个房间。

拉米埃哈尼姆打开二楼的灯。我们的行李已经放在床角旁了。

"他们真是热情接待啊。"当宽敞的客房里只剩下我们两人时,妈妈首先说道。

是的。如此盛情款待,实在超出了我的意料。

我选择靠窗最近的一张床。拉开刺绣的绸缎床罩,我钻进被窝,躺在雪白的床单上,盖着厚厚的毛毯。脑袋刚一沾枕头,我便睡着了。

第二天清晨,我被娜莱恩的敲门声吵醒了。
"琵瑞雅……"
我打开房门。
"早餐准备好了。是宰牲节的早餐……"
我听得一头雾水,妈妈走过来解释道:
"我们起晚了。这些地方的人在晨祷后吃早餐……"
我们赶紧穿衣服,下楼。克纳恩贝伊、拉米埃哈尼姆、海瑟姆正坐在客厅里等我们。
一见到我,海瑟姆就站了起来。
"看看我要给你什么。"他一边说,一边拉着我的手臂走到窗边。
房外的花园里,竟然有四只羊。
"走吧,"拉米埃哈尼姆说道,"我们下去,将羊献给它们的主人。"
这话是什么意思,我的心里浮出一个大大的问号。妈妈和我跟着拉米埃哈尼姆下楼,来到花园,海瑟姆和克纳恩贝伊紧随其后。
"那只是你的。"克纳恩贝伊说道。
我满脸疑惑地看着最大的一只羊。只见它的羊角上用红丝带系着三个手镯,这下我更糊涂了。
"你不去戴上你的节日手镯吗?"拉米埃哈尼姆笑着问道。
我摘下手镯,三个手镯被金线拴在一起,大小形状与鹰嘴豆相似。
"这是迪亚巴克尔的'小手镯',"拉米埃哈尼姆解释道,"可以将两个手镯拼成一条项链。所以你既可以把它当作一条项链和一个手镯,也可以看成是三个一组的手镯。"
这种东西我还是头一次见到,也是头一次,我对黄金首饰产生了兴趣。

海瑟姆解开其中一个手镯的扣子,将它戴在我手臂上。真美……

"谢谢。"我伸出手臂环住拉米埃哈尼姆的脖子。

"你还没对你的羊说点什么。"克纳恩摇了摇头,又咯咯地笑了。

"你们真是辛苦了,"我对他说道,"谢谢。不过我从没见过宰羊。"

"这是传统。"拉米埃哈尼姆说道,"在宰牲节上,要将羊献给儿媳。"

"那其他羊呢?"我好奇地问道。

"一只给我,一只给克纳恩贝伊,一只给海瑟姆。"

克纳恩贝伊转身对站在远处的几个人交待着什么,其中两人是屠夫。

"我们授权屠夫去做吧。不用在这儿看着,免得吓坏了新娘……"

于是我们许可屠夫代替我们宰羊祭祀。

"走吧,"拉米埃哈尼姆招呼大家,"现在可以吃早餐了。"

餐厅里又摆满了杯盘碗碟。

看着一道道端上的早餐,我们这才知道,拉米埃哈尼姆不仅早起做晨祷,还抽时间准备了特别的节日甜面包和饼干。

看着娜莱恩在厨房和餐厅之间来来回回,我也坐不住了。

"我来帮你吧。"我站起来跟在她身后。

这么大的房子,厨房会是什么模样呢,我迫不及待地想一看究竟。

拉米埃哈尼姆似乎读出了我的心思。

"你们不用帮忙,"她对妈妈说道,"你们会有机会参观厨房的。"

穿过一个小小的走廊,拉米埃哈尼姆打开了左边的门。

"这是食品储藏室。"她介绍道。

这是一间巨大的房间,没有窗户,墙边靠着一排排架子,从地板一直到天花板。各种各样、大大小小的瓶罐口袋摆放整齐,还细心地贴上了标签。

接着我们穿过右边的门,走进厨房。

用"厨房"来称呼这间房间并不适合。这儿比我们学校的实验室还大。传统与现代在这里产生了强烈对比,却也自然组合在一起,起了一种意想不到的效果。一边是一个巨大的冰箱,冰箱旁边是已经被城市淘汰的纱窗橱柜,一层层的架子上放着令人眼花缭乱的蜜饯、番茄酱、香料。

长长的大理石料理台一端放着电烤箱和洗碗机,使人感受到现代科技的便利,就在对面的角落里,一个烧柴的小铁炉却散发着强烈的传统气息。

"我们依然用铁炉烤饼干和面包。"娜莱恩告诉我。

一张大大的方形桌摆在房屋中间。桌上放着矩形烤盘,里面是迪亚巴克尔的面包和饼干。

"睡前将面团揉好,第二天一早醒来的第一件事就是放进炉子里烤。"拉米埃哈尼姆说道。

"有些像烤干面包。"妈妈指着迪亚巴克尔面包。

"吃的时候你就知道两者大不相同了。"拉米埃哈尼姆笑了,"我们添加了各种有治疗功效的药草。当地有卖一种叫做'包治百病的烤什锦',不过我都是自己动手做。黑莳萝籽、马哈利[①]、玛亚钠[②]、大茴香、芝麻……"

"可是,这饼干和被我们叫做'面粉饼干'的奶油甜酥饼看起来没什么两样呀。"

"或许吧,琵瑞雅,不过我们称其为'甜食'。"

---

①② 药料的一种。

当面包、面包卷、饼干都装盘之后，我端起其中一盘朝客厅走去。拉米埃哈尼姆向我投来温暖的笑容。

"我一直期待这一天，"她说道，"一个新娘像这样在房间里走动……"

她说得发自肺腑。能够拥有一个焦心期盼儿媳的婆婆，我想我是幸运的。

"只有迪亚巴克尔的奶酪才配得上这些面包。"克纳恩贝伊说道。

这是一种特别的奶酪，像麻花，又像一个球，有时里面还有药草。

"春天这里有一个盛大的奶酪节，"拉米埃哈尼姆说道，"先将大量未加工过的奶酪倒进装着沸水的大锅里，让其溶化，然后它们就会形成你现在看到的形状。再将奶酪装进锡罐，倒入一些盐水，密封冷藏。到了秋天，打开锡罐，就可以吃了。"

奶酪里的药草很像莳萝的叶子，但味道更香。

这里的橄榄也比伊斯坦布尔的大了足足两倍，紫中带绿，用石头将其轻轻压破，使里面的果肉变松，泡在淡水里，再进行腌制，泡在调味汁里。

这些食物的做法和工艺与伊斯坦布尔的大相径庭。事实上，在迪亚巴克尔，人们生活的重心便是食物和饮品。

在我这种对食物毫无兴趣的人眼中，这只是浪费时间。可是我却狼吞虎咽地吃着饼干、面包、奶酪，这些食物的背后都有自己的故事。

"节日第一天，人们只和直系亲属共度，"拉米埃哈尼姆说道，"我们要准备羊肉，不妨让海瑟姆带你们去市区转转？"

太好了！我早已按捺不住，一颗心飞到了迪亚巴克尔的大街小巷。

收回看向花园里成堆新鲜羊肉的目光，我望着楼下。

克纳恩贝伊正把车钥匙交给海瑟姆。

"虽然这辆车比不上海瑟姆的宝马舒适,不过也还行。"

"海瑟姆!"身后的拉米埃哈尼姆喊道,"别玩得太晚。籁扬和她家人晚上要过来。"

如果海瑟姆不做牙医,他将是一个出类拔萃的导游。即使他只在迪亚巴克尔工作……

"这里是达科尼,即'山之门',"当车驶入迪亚巴克尔古城时,他介绍道,"其他三道大门分别是:乌法卡尼、马迪卡尼、迪科尔卡吉赛。"

车首先开上了迪亚巴克尔宽阔的大道。对于留下了海瑟姆无数脚步的每条街道他都如数家珍。然后车开进较窄的街道,前面是更窄的巷子,我们不得不下车,继续步行。

黑色的玄武岩城墙在平坦的大地上拔地而起,好似中世纪的堡垒,我看得如痴如醉,频频按动快门。

"千万别以为这只是简单的城墙,"海瑟姆说道,"它们是这些土地上千年伟大文明的最佳见证与代表……这就是一个开放的博物馆。"

城墙延绵至少五公里,在长度上仅次于世界第一长的中国长城。海瑟姆对城门作起了详细的介绍。

"大约一个世纪前,这些城门在拂晓时打开,黄昏时关闭,严禁任何人出入。其原因是为了预防曾在这座城市数次蔓延的流行病。作为中东最大的贸易中心之一,尤其是丝绸的贸易地,他们必须监控所有新来的商人。外来人员必须先在城门旁边的公共澡堂里洗澡,洗净身体后方能获准进城。因此,在城门附近都会设有一座公共澡堂、一家客栈、一座清真寺。可惜,保留至今的已寥寥无几。要么因年久失修而倒塌了,要么因修建商道被拆除了。或许开店的利润更高吧……"

下一站,海瑟姆带着我去阿里帕萨附近转了转。这是一个贫民窟,抬眼望去,全是密密麻麻的破旧房屋……我们跌跌撞撞地走在坑坑洼洼的巷子里。他为什么带我来这里?我心里不禁暗自猜想。

大大小小的孩子个个衣衫褴褛、满脸污泥,正在家门口的泥地里玩耍。有几个孩子跟在我们身后。我扫了一眼,其中几个孩子带着笑脸。他们都有一个共同点:眼睛!又大又亮的黑眼睛;看着看着,我发现自己竟移不开目光……

海瑟姆指着其中一间破屋上的一块古老石碑,带着骄傲的口吻说道:"瞧,这座城市的每个角落都布满了历史。"

回到车上后,海瑟姆说道:"我再带你们去看看瞭望塔,那可是最著名的八十二座瞭望塔。"

我们轻快地走向城墙的殉难区。

"每座瞭望塔都有自己的故事,有一段流传几个世纪的传奇。"他说道。

此刻,我们正站在七兄弟瞭望塔前。

石头上是一只双头鹰与一只狮子的浅浮雕像,此外还有一系列的碑铭。

"这座瞭望塔是希望之地,"海瑟姆解释道,"不孕不育或求子无门的妇女会来这里祈祷、献祭、系上衣物的碎片。还有一个有趣的传说……"

"还等什么,快说呀……"

"我怕你们觉得无聊。"他笑了。

"怎么可能,"妈妈说道,"一切都太迷人了……"

看着兴致勃勃的我们,海瑟姆显然很高兴,于是他讲述了七兄弟的传说,类似小孩的睡前故事:

"从前有个女人一直没有生育,每天遭到丈夫的殴打。万念俱灰的她爬上瞭望塔,打算跳塔自尽。就在她即将纵身一跃的时候,穆斯林圣徒赫兹尔出现了,在他的劝说下,这个女人回到家中,不久之后竟然发现自己怀孕了。每天她都会来到瞭望塔,来到遇见赫兹尔的地方,祈祷肚子里的是男孩。她的祈祷应验了,果然生了一个男孩。

"年复一年,她又连续生下六个男孩。他们逐渐长大,变成了心地善良、身强力壮的小伙子。依照母亲的最后心愿,他们在一座三层的瞭望塔里建了七个房间,在此定居。

"一天早晨七兄弟起床后,发现城墙被大批军队包围了。他们勇敢地与敌军作战,决心保卫瞭望塔。看着依然屹立不倒的瞭望塔,已经占领了大部分城墙的军队统帅勃然大怒。他带领一支部队,企图攻克瞭望塔。七兄弟誓死反抗,决不投降。他们在身上绑上炸药,在最后关头点燃了引线。

"炸药爆炸了,炸死了瞭望塔上的所有敌军,其中也包括统帅。七兄弟就此殉难。失去了统帅的敌军遭受重创,很快便撤退了。因为七兄弟的壮举,城墙守住了,城市转危为安。为了纪念他们,人们在原址修建了一座新的瞭望塔。"

"多么壮烈的故事啊……"妈妈叹息着。

"我有个问题,"我打断了妈妈的话,"殴打生不出儿子的女人是你们迪亚巴克尔的传统吗?"

"当然不是了。"海瑟姆朗声笑道。

他指了指另一座名叫"艾利贝登"的瞭望塔,转移了话题。

"那一座也有传说吗?"

"有的。不过恐怕这个故事更悲伤……"

"没关系,说吧。"

"好的,不过听完后可别怪我……遵照皇帝的旨意,建筑师伊布海姆负责修建艾利贝登瞭望塔,他的儿子伊哈亚则负责修建七兄弟瞭望塔。

"父子二人同一天开工,一年后又同一天竣工。两座塔都宏伟庄严,但两位技艺精湛的建筑师却不甚满意。父亲首先朝对面塔上的儿子说道:'你的塔比我的塔更出色。'儿子伊哈亚则望着父亲的塔,用尽全力地喊道:'不,你的塔远胜于我的塔!'

"两人就这样来回叫喊,最后父亲声嘶力竭地吼道:'尊天命!'然后跳塔身亡。目睹这一幕的伊哈亚悲痛万分,也从他的塔上跳了下来。两人都惨死在冰冷的地上。

"从此,两座塔和下面的山谷就被称作'你和我'。这座山谷曾经郁郁葱葱,果树遍地,小溪潺潺,是城里人散步和野炊的好去处。后来农民与贫民区的人们大量涌入城市……"

"之前我们还在谈论历史,突然你却说回了现在,"我说道,"别拿那些社会经济的东西破坏眼前的美景。"

"没错,"海瑟姆叹了口气,"即使城市遭遇危机,看到八百年后依然屹立的这些瞭望塔,我们还是应该感到高兴。"

他看了看手表。

"我们回去吧?"

如果换我做主,我不会就此停下旅行的脚步。可是拉米埃哈尼姆嘱咐过早点回去,我怎好意思把她的话当作耳旁风。"那走吧。"我不情愿地点头同意。

籁扬阿芭拉和丈夫塞威德特,以及他们孩子,早早就到了。此刻正和拉米埃哈尼姆、克纳恩贝伊坐在客厅里,等待我们的归来。

"觉得迪亚巴克尔如何?"克纳恩贝伊问道。

"美极了,"我说道,"一个字,美!"

"多谢海瑟姆,值得欣赏的景色我们都欣赏了。"妈妈补充道。

"还有很多你们没看呢。"海瑟姆纠正她的话。

"看来你们得多玩几天了,"拉米埃哈尼姆开口道,"别忘了,除了城市之外,还有很多要看的;你们还得见见迪亚巴克尔人……我们家的亲戚朋友。"

虽然拉米埃哈尼姆面带笑容,却也是友好地提醒我们。言下之意,你们的游玩之旅到此结束,接下来该走亲访友了。她有权利要求未来儿媳和她的妈妈见见男方亲友,并且陪她出席节日的传统访问。

"别一副垂头丧气的样子,亲爱的,"籁扬阿芭拉说道,"很快你就有足够的时间见到迪亚巴克尔和这里的人了。"

这话是什么意思?一定是指将在这里举行的婚礼。

没错,按照爸爸和海瑟姆的安排,我们将在这里结婚。可是如今,我的心早已被这座城市占据,哪还有心思琢磨结婚的事。

"你们肯定累坏了,"拉米埃哈尼姆说道,"喝一杯好茶,提提精神吧……"

话音刚落,籁扬阿芭拉和娜莱恩便站起身来,走向厨房,承担起端茶倒水的工作。

虽然有家佣的帮忙,但我还是注意到一切服侍工作都落在了家中女子的身上,或许这是表示对客人的尊重。

即使已经结婚搬出了家,籁扬阿芭拉依然自认与娜莱恩负有同样的责任。出于对未来新娘职责的尊重,我也恭敬地效仿未来大姑子,跟着走进了厨房。

把食物盛放在厨房中间的桌上之后,我们三个"家中女子"开始把碗碟端到客厅。

"中午最好吃得清淡些,"拉米埃哈尼姆说道,"晚上得出去吃炖羊肉……"

我将两个盘子分别放在克纳恩贝伊和海瑟姆面前。

"亲爱的母亲,您终于如愿以偿了!"籁扬阿芭拉热情地说道,"您儿子的新娘就在这里,进进出出地忙碌着。等他们结婚后,您就能把她留在身边……"

什么?我是不是听错了?拉米埃哈尼姆竟期望我留在身边?籁扬阿芭拉的话到底是什么意思?

从籁扬阿芭拉口中得知拉米埃哈尼姆的真实想法后,在我眼里,她体贴的举止、温暖的笑容、时常挂在嘴边"盼望新娘"的话语似乎显得别有用心。

她希望我们婚后在迪亚巴克尔定居,甚至干脆住在这栋房子里吗?

其他人继续微笑、聊天,我却一一扫过众人的脸庞,寻找蛛丝马迹,难道只有我对籁扬阿芭拉的这句玩笑话细细揣摩吗?

妈妈和拉米埃哈尼姆聊着,要么她没有听见籁扬阿芭拉的话,要么没有放在心上。海瑟姆正抱着籁扬阿芭拉的女儿布瑟琳在膝盖上蹦蹦跳跳。克纳恩贝伊和塞威德特则全神贯注地说着村庄的事。

只见娜莱恩对着姐姐露齿一笑,脸上尽是淘气的神色。哎,可能是我弄错了。

此刻我能做的只有装作若无其事……可是在这条路上总会出现一些意想不到的障碍,我最好有所准备。

节日第二天,客人纷纷登门拜访。

最先敲门的是希米克村庄的一大群人。克纳恩贝伊和海瑟姆在花园里接待了他们。

村民们打躬作揖,好一番繁缛礼节。行礼后他们安静地站着,双手互握,低垂着头,听凭克纳恩贝伊发号施令,可是我却不愿意看见海瑟姆也扮演封建地主的角色。

一盘接一盘的果子露被送到花园。

然后村民们成群地上了来时的大巴,坐车离开了。

"可惜时间不够,不然我们一定带你去村里看看,"拉米埃哈尼姆说道,"下次有时间的话,我们会带你去的。"

关于未来的话题让我顿时敏感起来,心中警铃大作。表面上看,谈谈推迟的计划再自然不过,我却琢磨起了话语后面隐藏的深意。

这一天就在接待各种客人中度过了。客人们纷至沓来,究竟是因为节日,还是想看看家中的准新娘呢,我也说不清楚。至于客人,更是各式各样,有二叔的儿子、某人父亲的远房亲戚……复杂的亲戚关系让我晕头转向,天啊,谁记得住这么多。

除了七大姑八大姨之外,好奇的邻居也争前恐后地敲响大门。

我自然是焦点中的焦点,所有人都从头到脚地细细打量着我,等不及回家后再对拉米埃哈尼姆的新儿媳评头论足,他们当面就开始互相咬耳朵。

身为阿图格鲁家期盼已久的新娘,我就像一个上紧发条的洋娃娃,不停地端点心,收拾空杯子。

妈妈依然毫无察觉,这样最好不过。在我的恐惧与担心没有得到充分证实之前,没必要将她牵扯进来,徒增她的烦恼。

拉米埃哈尼姆安排好了节日第三天的行程。

"今天我们要公开介绍新娘,"她似乎在宣布一条好消息,"有太多人想见你……"

昨天见的那些人难道还不够多吗?我暗暗叹了口气。

第一部

为什么迪亚巴克尔的所有人我都必须见呢?

"我们先从奥弗斯开始,"海瑟姆说道,"然后去见艾依塞毕比①。"他转向我和妈妈。

"艾依塞毕比是我们家中最年长的人。她和孙子住在旧城,你正好可以趁机见识见识迪亚巴克尔的老房子。"

听到这里,我才稍稍有了些兴趣。有什么东西吸引我走进古迪亚巴克尔……或许因为它如此与众不同,又如此真实自然。

不过这是有代价的,首先必须熬过在耶尼赛赫尔的奥弗斯区的沉闷时间:挨家挨户地敲门,向亲朋好友作介绍,最终才能获准欣赏古城。

听着一个个名字的介绍,看着一张张脸庞在眼前闪过,我知道自己永远也记不住阿图格鲁家族与众多旁系家族的成员……我们拖着双腿跟在拉米埃哈尼姆后面,她按照事先计划好的顺序,带着我们走进一间间公寓、有花园和大宅子的村舍,展示她的"新娘",接受人们美好的祝福。

拒绝点心可不是礼貌的行为,我只好硬着头皮喝下所有的茶、咖啡、果子露,吃下所有的巧克力和油酥面团,换来的是胃里的阵阵难受。

"好了,下面该去拜访艾依塞毕比了。"拉米埃哈尼姆说道。

将车停在街头,我们走进一条狭窄的巷子,两边是一排排大大小小的房子。

这一次,拉米埃代替海瑟姆担起了导游。

当地人把这种如迷宫般迂回曲折的古老街道和房屋称作"库塞",其中大部分已经在近几年城市的快速扩张中消失了。我们还了解到,

---

① 毕比,当地方言,意为"舅妈"或"姨妈"。

房屋石墙彼此直接相连的原因是恶劣的天气。

在一个拱形门的门口,拉米埃哈尼姆止住了脚步。

"到了!"

一个小女孩打开门,在她的带领下,我们穿过一个小厅,来到宽敞的室内庭院。

庭院中间是一个装饰性的水池,周围摆满了五颜六色、竞相绽放的鲜花,这儿不失为一处避暑胜地。

穿过庭院,我们走进一间明亮、通风的房间,头顶是挑高的天花板。

"艾侬塞毕比!"拉米埃哈尼姆边喊边伸开双臂,扑向坐在长沙发上的一个老人。

学着拉米埃哈尼姆和海瑟姆的样子,我也亲了亲艾侬塞毕比伸出的手。

"让我好好看看你,拉米埃苏丹,"老人拍了拍旁边的坐垫,"坐到这里来,我的孩子……欢迎!"

耄耋之年的老人虽然身形干瘦,说话却依然清晰。一双如墨点的眼睛在细细端详我时变得更小了。

"她是我的儿媳,"拉米埃哈尼姆说道,"我带她来这儿亲吻您的手。"

艾侬塞毕比眉头一皱。

"没有告诉我,你可不能举行婚礼……"

"不,毕比,离婚礼还有些日子。他们现在只是订婚。"

"坐到我旁边来,我的孩子。"艾侬塞毕比说道。

我依言而行。

"多么美丽的新娘呀,"她对拉米埃哈尼姆说道,"恭喜恭喜。"

突然之间,我喜欢上了眼前这个慈祥可亲的长辈。

"现在听我说,拉米埃。不管做什么,千万不能虐待你的新儿媳!上帝将她带到你身边,你可不能责备或抱怨背井离乡的她。"

拉米埃哈尼姆笑了。

"毕比,我怎么会做这种事呢?"

"至于你,我的孩子,别因为任何人而泄气。"艾依塞毕比轻抚我的手,说道,"记得永远尊重他人,但也要高昂着头!"

"塞芮班。"她把一直站在门前的孙女叫过来,在她耳边说了什么。

年轻的女孩离开片刻之后又回来了,手里拿着一个雕刻着图案的小胡桃木盒子和一个丝绸包裹。女孩将两件东西放在沙发上。

艾依塞毕打开盒子,取出一个金属制的东西交给我。它圆圆的,还雕刻着精美的花纹。究竟是什么,我一头雾水。

"这是装眼影粉的盒子,"她说道,"我在麦加买的。眼影粉会让你美丽的眼睛锦上添花。"

她又从木盒里拿出一串淡橙色的红玉髓念珠。

"也许你还不知道如何准确背诵祈祷文……不过如果你感到沮丧或陷入困境时,手捻念珠,背诵'阿拉赐予我耐心'……真主阿拉自会指引你度过最黑暗的日子。"

她的声音轻柔舒缓,似乎拥有催眠的魔力,字字打动我心。指间的念珠不再是一串普通的珠子,我几乎能感到一股神秘的力量从手心蔓延至全身。

接着,艾依塞毕比解开丝绸包裹,拿出一张跪垫,交到海瑟姆手中。

"这是给你的。在你走进婚房前,跪在上面祈祷。"

其他人也和我一样被艾依塞毕比深深吸引,大家凝神静气地聆听着,唯恐打破了她的咒语。

何时收回咒语,由艾依塞毕比决定。

"你们留下来吃晚饭吧,拉米埃。塞芮班可以准备饭菜。"

"我们恐怕得告辞了,艾依塞毕比,今晚要去籁扬家。下次我们一定留下来吃晚饭……"

一声既失望又愠怒的叹息之后,艾依塞毕比用一句话结束了这次拜访,一句后来在我脑海里挥之不去的话。

"下次你们来的时候,我恐怕已经不在了……"

籁扬阿芭拉邀请所有人共进晚餐,这可是展示娘家新娘的难得机会,她肯定兴奋不已。

事实上,海瑟姆的所有家人都对我的未来持同样的观点,却只有籁扬阿芭拉将观点变成了话语。或许正因如此,我感觉需要对她有所戒备。

穿戴整齐后,我拿起艾依塞毕比送的眼影粉,下楼走进客厅。

"眼影粉该怎么用呢?"

拉米埃哈尼姆高兴地说道:"娜莱恩会帮你的。"

娜莱恩拧开雕花盒盖,里面是类似棉花棒之类的东西,顶端沾着黑色的眼影粉。

"直接将眼影棒沿着眼眶边缘画线,从内眼角开始。"

站在镜子前,我按她说的做了一遍,终于大功告成。我睁开眼睛,天啊,镜中人是谁?真的是琵瑞雅吗?我简直不敢相信自己的眼睛。镜中琵瑞雅的眼神里竟闪烁着几丝艾依塞毕比那永恒的神秘……

"高昂着头,"艾依塞毕比的声音回响在我耳畔,"高昂着头!"

一股莫名的力量灌注全身,我挺直肩膀,抬起下巴。本能告诉我,今晚将有意想不到的事发生。此刻我已经做好了准备……

对于迪亚巴克尔的盛宴,我已经习以为常。

籁扬阿芭拉使出浑身解数,为来访的新娘和她的妈妈奉上了一桌精心准备的佳肴。

对于身为女主人的她的手艺,我很欣赏,也很感激;她展现出了最热情好客的一面。

"我给你做了斯科玛肉饭。"她说道。

"斯科玛"是用肉末为主料,加入盐、黑胡椒、香料,捏成一个个的小肉丸,油炸后倒入西红柿汤里蒸煮,最后加石榴糖蜜调味。吃的时候用小碗装盛,再配以西红柿汤。我用勺子舀了一勺,嗯,味道好极了。

迪亚巴克尔人的家常菜埃克里科菲特被端上了桌,还有瑟格科菲特——一种辣的生肉丸。在这个地区,男人负责将瘦牛肉馅、碎小麦、胡椒饼、辣椒丝、新鲜欧芹揉在一起,这需要整整两个小时。今天我们品尝的瑟格科菲特就是塞威德特的大作。辣味搭配里面爽口的莴苣叶,吃起来别有一番风味。

甜点也令人垂涎,是迪亚巴克尔著名的布玛丽卡达伊芙,一种烤制的千层油酥点心,配上胡桃碎末。

"如果你愿意的话,我们去客厅喝咖啡吧。"籁扬阿芭拉说道。

当我们品尝着娜莱恩准备的咖啡时,我发现克纳恩贝伊正与拉米埃哈尼姆交换眼神。

克纳恩贝伊转身对妈妈说道:"艾雅涵哈尼姆,尊夫弗瑞特贝伊这一次无法一同前来,实在遗憾,不过我们是否可以商量商量婚礼细节……"

"当然可以了,弗瑞特没来,可我们在这儿啊。"妈妈说道。

于是克纳恩贝伊发表了自己的看法……前几日我细心观察得出的印象如今被进一步证实。事实上,他只是起了个话头,很快便将发言权让给了拉米埃哈尼姆。

毋庸置疑,他是位高权重的希米克地主,几百村民无不对他卑躬屈膝。但是在家庭事务方面,决定权却牢牢掌握在拉米埃哈尼姆手中。她才是这座大宅的真正主人!

拉米埃温柔悦耳的声音响起。

"艾雅涵哈尼姆……海瑟姆不久之后就退役了。一旦退役,他会开办自己的诊所。到那时琵瑞雅也已经毕业,把婚礼定在那时再合适不过了。你觉得初夏如何?"

"可是拉米埃哈尼姆,"妈妈笑着说道,"还有好多事要安排呢。再给我们一些时间吧。夏末怎么样?"

"那也行……不过现在他们就可以着手准备正式订婚的事了。也就是挑个日子而已。"

大家都聚精会神地听着两位母亲商量这件人生大事。到目前为止,对她们的话,我还没有举反对牌。

这时籁扬阿芭拉插话了,事情也由此急转直下。

"妈妈,你要为新娘准备绿房间吗?"

拉米埃哈尼姆脸上闪过迟疑的神色。

籁扬阿芭拉却相当开心地继续这个话题。

"这是顶楼的一间房间,带一个长长的阳台,可以将迪亚巴克尔的景色尽收眼底。谁也不准踏进这间房间。好多年以来,妈妈一直紧锁房门,就是为了等待她的儿子与新娘……"

她的言下之意相当明显。

妈妈和我互看了一眼,两人都惊讶得说不出话来。

还是赶快结束这个话题吧。

"我知道你的意思,籁扬阿芭拉,"我开口说道,"拉米埃妈妈还没有带我和妈妈参观过那间房间。你说得完全正确,她留着它,肯定是为了让海瑟姆和我在婚后回来时当客房用。"

顿时房间的温度降到冰点。

"那可不是客房,"籁扬语气一沉,纠正道,"那是她儿子和新娘婚后常住的房间!"

拉米埃哈尼姆转向妈妈,想缓和紧张的气氛。

"我只有他这么一个儿子,我们等这一天已经等了太久。谁也没想过他会和我们分离。"

"琵瑞雅也是我的掌上明珠,"妈妈强挤笑容,"婚后到底住在哪里,最好还是由他们小夫妻决定吧,我想你也会同意的。"

我瞥了一眼海瑟姆,他正在研究地毯上的图案,像雕像似的一动不动。

我的未来我做主。或许眼影粉赐予了我勇气,我站起身来,挺直腰,仰起头,一字一句地说道:"爸爸和我也有计划。和他一起在他的诊所里工作,不在计划之内。"

我做个深呼吸,继续说道:"我不知道海瑟姆打算如何开诊所,也不知道何时开,不过我有自己的工作规划。我会留校,在牙科修复系或正牙学系做助教。回伊斯坦布尔和系主任谈过之后,我就会做最后的决定。"

"海瑟姆和我反复商量过了。爸爸询问海瑟姆婚后的居住地时,他回答说我们会花时间一起决定……"然而这几句话压在我心里,却不能说出口。

订婚已成事实,既然海瑟姆不愿意,也不能够和我站在同一战线上,我只好扮演他们心中难缠的儿媳角色。

"先别着急嘛,"克纳恩贝伊说道,"我们有的是时间,总会找到一个皆大欢喜的方法……"

于是这个话题暂时告一段落。

但是接下来这一晚却在尴尬的沉默、冷漠的脸庞、对棘手问题剑拔弩张的气氛中度过了。

一切都错了,艾依塞毕比!我失败了。
您的建议无济于事。
我奋力高昂的头如今低下了。我在哭泣……
赋予我力量的眼影粉被眼泪冲刷,顺着脸颊流淌,
只留下两道黑黑的印记……

第二天早餐时,我们只在必要时才开口,似乎昨晚冰冷的心还未解冻。

海瑟姆面色苍白,左手是未婚妻,右手是家人,这叫他如何是好。

他对拉米埃哈尼姆说道:"您要是没有其他安排的话,我想带琵瑞雅和她妈妈艾雅涵去戈兹克塞卡转转。"

"好的。她们应该去看看戈兹克塞卡。"

"您也去吗?"

"我不去了,"拉米埃哈尼姆说道,"今天是节日的最后一天,会有客人来拜访,家里得有人才行。"

正好,我们都可以趁这个机会避开对方。在迪亚巴克尔的最后一天肯定不如前几天开心。各自分开才是上策。

我依然满心愤怒的主因正是海瑟姆!

看着眼前这个低眉顺眼、不敢大声说出自己真实想法的胆小鬼,我不由得怒火翻腾,伊斯坦布尔那个我熟悉的、自信满满的海瑟姆究竟哪儿去了?为什么一回到迪亚巴克尔的家中,他就判若两人?

这等模样的他如何说服了阿图格鲁一家,同意迎娶一个来自伊斯坦布尔的女孩?家人们干脆给他找一个本地女孩岂不更好?他们为

什么允许他选择我呢?

其实,这一连串的问题并不复杂,答案就在眼前:他们一直希望他的妻子住在男方家中。既然海瑟姆从未反对,那么在他们眼中,新娘是附近的人,还是来自伊斯坦布尔,有什么区别呢?只要儿子的新娘对他们言听计从、百依百顺,为何不对儿子的选择点头呢?

然而,他们却错估了重要的一点:我,即使没有海瑟姆的支持,我也准备好坚决捍卫我们共同的将来。

如今他们明白了。显然我将反抗到底,我可不是惟命是从的新娘,决不会允许自己被关在婆家的房间里,做一只金丝雀。

事到如今,如果我还期望这样的家庭依旧对我这样的新娘满心接纳,那就太傻太天真了。

我百分百肯定,他们会用尽一切手段棒打鸳鸯。

随他们去吧!如果海瑟姆只会俯首帖耳,我也不想与这样的他白头偕老!

一切的决定权在于他,在于他们……

上了车,一时间我们依然默不作声。

还是海瑟姆最先打破了沉默。

"别担心,"他一边说,一边直视前方的道路,"一切都会好的。"

"你真的这么认为吗?"我的语气里带着一丝激动。

他没有回答我,而是转向坐在后排的妈妈。

"妈妈,我想代表我的家人为昨晚的事向您道歉。"

"道歉还是本人亲自的好,"妈妈说道,"在伊斯坦布尔的时候,我们不是一开始就谈过这个问题吗?"

"什么也没改变,"海瑟姆说道,"您会看到的,琵瑞雅和我会继续沿着我们自己选择的道路走下去……"

我再也忍不住了。

"你连一句反对都没有,我们怎么能选择自己的道路?"

"这是在迪亚巴克尔,琵瑞雅。我们有自己的风俗习惯。我不可能在其他人面前顶撞父亲或家人。不过我可以向你保证,最后还是由我说了算。你一定要相信。"

我多么愿意相信以前的海瑟姆又回来了,内心却忍不住浮出疑问:他是否与家人也做了同样的保证,他是否对家人信誓旦旦地说:"别担心,我会说服他们的。"

不管如何,此刻他的心情好了很多。

"就当昨晚的事情不曾发生吧,我现在带你去的地方景色如画,会让你忘记一切的……"

车沿着底格里斯河的左边快速行驶,这比河岸略高一些。

海瑟姆介绍道:"这是著名的迪亚巴克尔西瓜的产地。河水淤泥沉积在沙土中……使我们的西瓜与众不同的真正秘诀是被用作肥料的鸟粪。为了收集鸟粪,农民以前会建造白嘴鸦的鸟窝。但是现在不用这么麻烦了。你可以想象,使用人工肥料的西瓜味道肯定有所不同。"

哦,对了,我想起了海瑟姆寄给我的一张明信片。上面的图案就是一个小男孩坐在一个切开的西瓜里,足见当地的西瓜有多么大。

海瑟姆指着绿草遍地的小山顶上一座耸立的建筑物,说道:"就是那儿——戈兹克塞卡!"

沿着弯弯曲曲的盘山公路,我们来到了一座巨大的庄园面前。走过比普通楼梯大两倍的楼梯,便是这座石头建筑物的前门。这是一栋散发着浓郁迪亚巴克尔风格的传统石屋,无处不展示着建造者巧夺天工的技艺。庄园前面是一个长长的水池。

"以前人们把为阿塔土克①准备的饭菜放在水池旁边。"海瑟姆说道,"他来迪亚巴克尔时,这是他最喜欢的地方。后来主人将这座宅院送给他。名字也随之从塞蒙奥鲁克塞卡变成了戈兹克塞卡,即戈兹庄园。"

芬芳的鲜花铺地,大多数是玫瑰和紫罗兰。

我们走到水池尽头,穿过一道巨大的拱门,进入了一个庭院。然后穿过一个侧门,终于站在了庄园里。

楼上主客厅的一个玻璃盒子里摆放着阿塔土克用过的银餐具。

离开客厅,我们径直走到一个大大的阳台上。哇,这里的风景美不胜收……底格里斯河就在脚下。繁花似锦的花园,葱葱郁郁的草地,一条道路通往右边一个茂密的小果林。

"凡是你能想象到的水果,在这座果园里都能找到。"海瑟姆说道。

楼上的其他房间依然保留着阿塔土克离去时的模样,如今整座庄园变成了一个博物馆。

穿过庭院,走过水池,我们按原路返回。就在我们转到庄园右边时,一座木屋吸引了我的目光。

"那是看门人的房子。"海瑟姆解释道。

这时从房屋里走出几个人,纷纷恭敬地问候海瑟姆。

"欢迎您,海瑟姆贝伊。"最年长的一个人说道。

"谢谢,"海瑟姆回答,"我来介绍一下,这是我的未婚妻和她的母亲。"

一群人赶紧从屋里搬来椅子。我们坐下后,听他们讲述这座庄园

---

① 土耳其国父,在一九一八年奥斯曼帝国卫国战争中,他全身心地投入到拯救祖国的斗争中,在他的推动下,议会在一九二〇年一月通过了庄严的土耳其独立宣言《国民公约》。

的种种故事,烦心事暂时被我抛在了脑后。

一个年轻女子端来了几杯热气腾腾的茶,她如此害羞,眼睛一直盯着地面。

就在我们准备离开时,看门人的小儿子递给我一束紫罗兰。天啊,它真美,这或许是我收到的最美的花了。

"真高兴你带我们来这里,我的孩子,"妈妈说道,"我们的心情好多了……"

"我经常来这儿,"海瑟姆说道,"尤其是当我垂头丧气,心灰意冷的时候。我会把悲伤放逐到底格里斯河的河水中,再以崭新的姿态回到城里。"

我们回去后,拉米埃显得平静多了,她像平常一样和我们打招呼,甚至还多了几分热情。看来现在是暂时的休战期。

我将手中的紫罗兰递给她。

那天吃过晚饭后,妈妈和我因为要收拾行李,所以提前回了客房。

在我们进屋前,我偷偷地瞥了一眼中央大厅的门口,究竟哪一间才是新房。虽然好奇得半死,我却决不会问出口。

迪亚巴克尔机场。阿图格鲁家的所有人都来送行,包括籁扬和她的家人、拉缇弗哈拉、海力特埃尼斯特……

我们手拿登机牌,站在登机口旁边随意聊天,没有热情的笑脸,也没有由衷的话语,仿佛最初三天的愉快从未发生过。

拉米埃哈尼姆和籁扬阿芭拉眼神游移,即使在闲聊时依然躲避与我的对视。或许她们害怕我会从她们的目光中读出某种含义。

当海瑟姆和我通过安检时,我转身挥手道别。拉米埃哈尼姆和籁扬阿芭拉正投入地说着什么,不时用手比划着,频频点头,根本没有注意到我。

战斗已经打响……睁开眼睛吧,琵瑞雅!

务必小心,否则你将一败涂地。

十八

在伊斯坦布尔和我们告别后,海瑟姆返回伊兹密尔,服完最后一个月的义务兵役……

我则一头扑在功课上,夜以继日地学习,迎接日益临近的年终大考,这是毕业前的最后一系列考试,万万马虎不得。为了心无旁骛地备考,我将令人心烦意乱的感情暂时束之高阁。

妈妈和我决定只告诉爸爸头三天的事。反正后面发生的事很快就会浮出水面。

至于最后两天不愉快的经历,我只告诉了姐姐。

"别介意,"她说道,"这些事情的决定权都在男人手中。如果你丈夫支持你,那你就是安全的,无所畏惧的。"

此话当真?

尽管直觉大声地唱着反调,我却依然愿意相信姐姐。

带着对我的满心思念,带着服完兵役的骄傲之情,海瑟姆回到了伊斯坦布尔……

他送了我一条红色的格子裙。

"这可是我用汗水换来的,"他说道,"我拿中尉的薪水买的。"

太好了,他没有用父亲的钱。这样的礼物弥足珍贵。

"别让我打扰你学习,琵瑞雅哈尼姆!"他说道,"你要专心致志地迎接毕业,我也要全力以赴地忙自己的诊所……"

看来他并没有忘记我们最后一天在迪亚巴克尔说的话。

不到一周,他就带来了好消息。

"太棒了,我的工作搞定了!"

接着他详细地告诉了我。

"我有一个叫穆赫莫特的朋友两年前毕业。他来自马拉提亚,为人正派,我对他非常信任。之前他在希什利开了一家牙科诊所,生意红火,如今他想扩大规模,提议与我合伙。我立刻同意了。我得投资一笔钱,然后我们就能一起工作了!"

不顾爸爸妈妈在场,他兴奋地一把搂住我。

"你要是愿意的话,你也可以去那里工作。"他说道。

"我很高兴你在伊斯坦布尔找到了工作。"我笑着说,"不过我还是决定留校当助教。"

海瑟姆向我介绍了他的新商业伙伴,穆赫莫特。和海瑟姆的赞扬分毫不差,他脚踏实地,混身上下散发着迷人的自信。此外,他在私人诊所的经营方面更是经验丰富。

和海瑟姆见面机会少了,我却没有怨言。

他和穆赫莫特忙着策划诊所事宜,海瑟姆只告诉我一点点进展,就足以让我同样兴奋。

装修开始了,很快就可以开业了……

"我们基本上已经准备好了,"海瑟姆说道,"我最好先回一趟迪亚巴克尔。"

他还没有亲吻他父母的手,以庆祝服完兵役。虽然我明知这对他和他家人有多么重要,心中却萦绕着一种奇怪的恐惧感。

"我最多一个礼拜就回来,还有一大堆事情等着我做呢。"

临走前他还带上了我的出生证明,以便申请结婚证书。

我们两人一直都同意在迪亚巴克尔、在他们家举行婚礼……

海瑟姆走了。

我不断安慰自己,这将是我们最后一次分别。

我们每天煲电话粥,他告诉我所有客人都登门庆祝他服完兵役,每晚都有亲戚轮流宴请他。

今天是他离开的第五天,快了,快了,不久之后就能见到他了。

"你什么时候回来?"我问道。

"村里出了点问题,"他说道,"我得多待几天。"

"好吧,那你在这儿的工作呢?"

"我会和穆赫莫特说的。"

又一周过去了。

我开始坐立不安。显然迪亚巴克尔有事发生,可究竟是什么事呢?

是什么拴住了他离开的脚步,真相到底是什么,谁能告诉心急如焚的我。

"有人要见你,"西贝尔说道,"他等了你整整一上午。"

竟是穆赫莫特!

"琵瑞雅,我能和你说几句话吗?"他问道。

他在花园的长椅上坐下,脸色苍白。

"看看你的未婚夫都干了些什么!"他一声低吼。

"他究竟干了什么?"我的心怦怦直跳。

"他在迪亚巴克尔开了一家牙科诊所。"

我大惊失色,目瞪口呆,怔怔地盯着穆赫莫特,大脑一片空白。

"简直不可原谅!"他大发雷霆,"我们一起筹备,方案都定好了,还和室内设计师达成了一致。大家都等着海瑟姆贝伊回来就……"

这时,穆赫莫特发现了面色惨白、一动不动的我。

"难道你不知道吗?"

我愣愣地看着前方,摇摇头。

"对不起,"他说道,"你也没预料到会这样。"

真的没有预料到吗……

不,事实上,我已有所察觉!之前两天在迪亚巴克尔发生了那样的不愉快之后,我知道自己会受到惩罚。可是怎么也料想不到他们竟会做出这样的事。

穆赫莫特忘记了自己的麻烦,转而安慰我。

"你打算怎么办,琵瑞雅?"

是的,他知道,我受到的打击远大于自己,他向我投来同情的眼神。

他说得对。他完全可以凭自己的力量扩大诊所,或另寻新的合伙人,继续海瑟姆留下的工作。

可是我呢?

即使我能够对这件事一笑而过,继续沿着共同选择的道路,与他手牵手地走下去,但是我如何能再信任他?我真的能克服害怕被突然抛弃的恐惧感吗?

"海瑟姆在迪亚巴克尔开了一家牙科诊所。"我状似随意地对父母说道,仿佛这是天底下最平常、最自然的一件事。

我竭力维持着完美的平静,他们却交换了担忧的眼神,连连发问,拼命想安慰我。

"别担心,"我说道,"我很好。一切都结束了!对于这种从一开始就谎言连天,软弱得不敢自己做主的人,我怎么可能和他共度一生呢?"

不知如何作答的父母只好沉默。趁他们开口之前,我跑进了卧室。

要做的头一件事就是摘下订婚戒指,把它塞到枕头底下。

不,我还不能摘下它……第二天早上上学时,我还要戴着它。戒指在手,象征着婚约;但取下戒指,婚约依然没有解除。

我会让海瑟姆取消婚礼,到那时我再摘下戒指。

距离期终考试只剩一周的时间了。

七情六欲被我狠心抹去。此时此刻,我需要的只是开动大脑。

把对海瑟姆的失望化为学习的动力,如今的我壮志满怀,谁也阻止不了我取得成功。

绝望与喜悦都搁到一边,外面的世界统统与我无关。我疯狂地复习笔记,从夜幕降临直至黎明破晓,从压抑中爆发的力量令自己也大吃一惊。

就在第一门考试之前,海瑟姆打来了电话。

"琵瑞雅。"电话里传来了他发抖的声音。

他顿了顿。

"琵瑞雅,"他又开始说道,"穆赫莫特今天打电话给我……"

看来,他知道我什么都知道了。

"这事非我所愿。我原本想亲口告诉你……"

"哦？那你原本打算什么时候告诉我呢，海瑟姆贝伊？你是什么时候打算搬去迪亚巴克尔，给我们的计划制造这个小小的障碍？"

"我原本打算等你考试结束就回伊斯坦布尔。在电话里说不方便，我想和你面对面谈谈。"

"这有什么区别？反正木已成舟！"

"求你了，琵瑞雅，"他的语气里充满了哀求的意味，"听我解释。"

我静静地听着。就让他解释吧，解释他是如何软弱，如何对家人惟命是从，如何准备牺牲自己的将来，也同时埋葬我的未来。

"回家之后，父母给了我一个惊喜。他们在戈兹大街为我买下了一间牙科诊所，就在市场中心一栋新商务楼里。所有设备都是进口的，一应俱全。"

"替我祝贺他们，"我说道，"知子莫若父母啊。为了让你和不称他们心意的女孩分开，他们很明白该给你什么。以前是车……如今是一间牙科诊所。"

"你说错了，没人让我们分开。谁也没有这个胆量。他们只想让你来迪亚巴克尔，和我们住在一起。"

"他们再清楚不过了，我是决不会去的；如果非要我去不可，那只有取消婚礼。"

"换个角度想想，琵瑞雅，"他似乎没有听见我的话，继续说道，"摆在我面前的有两条路，一是在伊斯坦布尔做合伙人，二是在迪亚巴克尔拥有自己的诊所，还有这间办公室的房产契约，我必须二选一。重要的是，我可以在家乡工作，有一流的设备，有大批等着看病的病人已经预约……这叫我如何拒绝？"

"除了恭喜，我还能说什么呢？我只有祝你生意兴隆。"

"我只请求你一件事，琵瑞雅……我想让你明白，在这里、在属于我们自己的诊所里开创事业并没有那么可怕。"

"可怕的不是在迪亚巴克尔工作或居住,"我冲着电话大吼,"我害怕的是从这件事中折射出的你的性格。你喜新厌旧,一看见更炫更酷的玩意,就把手上的玩具抛在一边。我可不愿与这样的人过一辈子。"

"这怎么可能,"海瑟姆喃喃道,"我会以最快的速度去伊斯坦布尔!"

"想都别想!"我说道,"我忙着考试,没工夫搭理你和你的建议。"

"我明白,不过我想让你知道,当你考试结束的那天,我会在你身边。"

十九

在大学朋友中,只有伊森了解内情。不能和父母,甚至和姐姐说的心事,我都一股脑地告诉了她。

每考完一门,伊森和我都会在尼桑斯坦找一家不同的餐馆,大吃一顿午餐,好好犒劳自己。

这一天又是如此,不过这次不止我们两人。饭桌上我惊讶地发现,原本只告诉伊森一人的悄悄话竟然成了公开的秘密,一帮人正热火朝天地讨论着。

"听说海瑟姆不在希什利开诊所了,"西贝尔说道,"他们说你要去迪亚巴克尔做新娘。"

伊森这个大嘴巴!穆赫莫特和他的朋友肯定到处散布这个消息。迟早所有人都会知道,不过此刻还是保守秘密的好:我可丝毫不愿意看见自己的私生活成为所有人茶余饭后的谈资。

"我们还是先关注毕业的事吧,"我强挤笑容,"以后在哪儿还很难说。"

几天后,考试成绩陆续公布了。目前为止,在理论和临床两门课程上,我都名列前茅。

"真是太意外了,"伊森说道,"要是我遭遇你这样的处境,肯定门门挂科,可你却将光荣毕业。"

在她的鼓励下,我鼓起勇气敲开了牙科修复专业系主任的大门。

"我希望您能推荐我在贵系做一名助教。"

"正合我意,"教授说道,"还有谁比你更优秀呢?不过你也知道,必须先参加其他考试。"

"还有,"他似乎刚刚想起了什么,"你不是订婚了吗?"

"是的。"我立刻回答道。奇怪,他怎么会问起这个。

"你那英俊的未婚夫在哪儿?"

"在迪亚巴克尔。他自己开了一家诊所。"

教授皱了皱眉。

"那你计划怎么办?你不会打算结婚时一走了之吧?"

"不会的,先生,我不打算结婚。"

他的目光停留在我的订婚戒指上。

"那这是什么?"

"戒指是我们一起戴上的,我等他回来一起摘下。"

他靠在椅背上,嘴角浮现出一丝玩味的微笑,牢牢盯着我的眼睛。

"这样吧,"他最终开口道,"等摘了戒指,我们再谈……"

明天上午是最后一门考试,牙科历史。这门每周只有一小时课时的课程是最简单的,不用在临考前突击复习。

姐夫又为自己安排了一次商务旅行,于是今晚姐姐将带着孩子们过来……

我浏览笔记,对卧室外的吵闹声充耳不闻,门铃声也当作没听见。让妈妈或海蒂斯去应付吧,我对自己说道。这是我最后一次与世隔绝,一心学习的机会了,更多的世俗之事就留给其他人吧。

"琵瑞雅,"门外响起妈妈的声音,"有人找你,是海瑟姆。"

我猛地蹦了起来,冲进客厅。

这么多天,我一直苦苦等他回来,有太多话要摊开来说,为这段时间的不确定做个了结。而如今他就站在我面前,海瑟姆……

不顾在场的父母,他将我紧紧搂在怀里,我却一把挣脱了他。

"欢迎。"我不让自己的目光停留在他的脸上。

大家都坐下了。

爸爸担心我们会闹僵,到时候还需要他出面调解,于是坐在了离我们较远的对面。

我和我家人有些慌乱,不知从何说起;与之相反,海瑟姆仍是气定神闲。

他先是和爸爸寒暄一阵,随意聊了聊,从开办诊所的初期阶段,到订购设备,再到挑选候诊室的家具,我听得一头雾水。

最后,他话锋一转。

"如果您允许的话,我想带琵瑞雅去迪亚巴克尔,参加诊所的开业式。"

爸爸大吃一惊,犹豫了片刻。

"我不会同意,"他说道,"因为你不需要我的许可。琵瑞雅想去哪里就去哪里。"

自然,所有人都把目光投向了我。

"琵瑞雅不想去!"我说道,"没有我,诊所照样筹备完毕。如今没有我,诊所也照样能够开业。"

海瑟姆不慌不乱,饱含深情地看着我。

"你说什么?我大老远赶来,就是为了接你。没来得及与父亲道别,我就匆匆放下一切,风尘仆仆地来到伊斯坦布尔。这件事我只告诉了母亲,我说很快我就会带着你一起回去。"

"你错了。你什么时候才能学会不替我做主呢?"

海瑟姆转向妈妈求援。

"请您说几句吧。"

"该说的我们都说了,晚餐准备好了,先坐下来吃饭,吃完再说吧。"妈妈说道。

海瑟姆挨着爸爸坐下,似乎忘记了过往的种种,竭尽全力地表现自然,可是在我眼里,却是令人反感的厚脸皮。

当我端着空碟走向厨房时,姐姐站在厨房门口。

"醒醒吧,"她说道,"和他一起去有什么损失呢?他大老远地来接你。把他一个人打发走,你又有什么好处?只会让一手导演这一切的那些人心满意足。"

当姐姐滔滔不绝地说着关于妥协的话时,我总是左耳进右耳出,只当做她在发泄对婚姻的不满,妥协为她的婚姻带来的只有痛苦。然而这一次,我必须承认,她的话不无道理。

"考虑考虑吧,"她说道,"到头来你不会自责吗?你怎么知道,有一天你不会后悔得一声叹息,希望自己当时和他同行?去吧,别以新娘的身份住在那栋房子里,我不是这个意思……不过为了做出明智的决定,你该去看看。"

她说得没错。与其有一天满心苦涩,长吁短叹地说"要是当时……",我宁愿如释重负地大呼一声"幸好当时……"

尽管如此,我依然犹豫不决,做这个决定谈何容易。

海瑟姆站起身来。

"我订了两张明天去迪亚巴克尔的机票,"他说道,"你考试后我会来接你。如果你和我一起,那……"

海瑟姆告辞了,我们都静静地坐着,思绪翻腾,五味杂陈,不知从何说起。

"琵瑞雅,我们谈谈吧。"最后还是爸爸打破了沉默。

他一脸迷茫,一边是引导我做出生命中至关重要的决定的冲动,一边是应该放手让我选择自己道路的认知,究竟如何是好,他内心也在苦苦挣扎。

"孩子,"他轻声说道,"如果你去迪亚巴克尔,你就离这段尚不确定的婚姻更进一步。事实不可回避……"

"不,"我反对道,"我参加完开业典礼就回来。"

"看,你已经做出决定了,"他笑了笑,"我不妄加评论,也不会责备你。我只想说:如果出现意外,而你选择接受曾让你无法容忍的局面,然后结婚……"

他暂停了片刻。

"如果你真的相信自己做得到,相信自己足够坚强,能够战胜这段婚姻带来的各种挑战……别担心我们!影响你一生的决定必须由你一人做出。我只希望你能百分百确定,永远不会因为你选择的人生而责怪我们,更不会自责。"

"当你与内心、与理智交战时,千万别担心你的决定会惹怒家人。我们只有一个心愿,愿你幸福快乐。"

爸爸!亲爱的爸爸啊。

但愿海瑟姆的家人能和我的家人一样通情达理。但愿他们也能明白,未来在我们手中,在我们自己手中……

第二天上午当我走出大教室时,海瑟姆已经守在门外了。

几天来一直议论我们的朋友们全都目不转睛地看着。对于海瑟姆戏剧性的到来,他们会如何理解,这不难猜测。在他们看来,海瑟姆远在迪亚巴克尔筹备诊所时,我们的关系出现了裂痕,然而随着他的出现,我们又重归于好。

就让他们这么想吧,我只对伊森一人倾诉了自己摇摆不定的心情。

"我只是去参加新诊所的开业典礼……站在好朋友的角度。"

海瑟姆只是静静地听着,不予置评。

我转向他,说道:"别认为我的决定有什么其他的含义。"

我将一条连衣裙和其他几件衣服随意塞进小包。满脸焦虑的爸爸、妈妈和姐姐站在门口为我们送行。这趟旅行不仅仅是在迪亚巴克尔短暂停留。逐一与他们拥抱后,我和海瑟姆离开了,我离生我养我的地方越来越远了。

但愿不久后就能回来。我尽力忽略心里一个微弱却挥之不去的声音。它一遍一遍地告诉我,我熟悉的生活或许将一去不返……

二十

离阿图格鲁家越来越近了,我却没有一丝兴奋与期盼,更糟糕的是，或许连站在门口迎接的人都没有。从机场到市区，一路上我坐立不安、心浮气躁。

娜莱恩打开门，虽然有些不知所措，却勾起嘴角，做出微笑的模样，身子一侧，说道："欢迎，请进。"

我跟着海瑟姆走进客厅，心咚咚直跳。

一看见我们，拉米埃哈尼姆飞快地站起身来，给了我一个拥抱，又在我的双颊上各亲吻了一下，然后对海瑟姆做了同样的动作。她很高兴看见我吧，我暗想道。

有什么不高兴的呢？这不正是她期望的吗，准新娘对她屈服了……她将我紧紧抱了一下，宣告着她的胜利。

克纳恩贝伊似乎没有发现我们的到来。他的目光依然停在窗外的某处，一动不动，面无表情地坐着。

原因不言而喻！海瑟姆擅自去了伊斯坦布尔……克纳恩阿迦、位高权重的家族族长，岂能轻易容忍这样的事？

"欢迎，我的孩子，"拉米埃哈尼姆说道，"见到你真好……"

"我费了好大工夫才把她带来，"海瑟姆说道，"她本不想来。我花了几个小时说服她，没有她在场，开业礼也不会举行。"

海瑟姆转向父亲。"感谢你热情的欢迎。"他笑着说。

克纳恩贝伊显然无意站起身来，更别提和儿子说话了。

"和你无关，"拉米埃哈尼姆悄悄对我说道，"他在生海瑟姆的气。"

无视父亲不悦的举止，海瑟姆抓住他的手，克纳恩贝伊却一把甩开。

海瑟姆没有放弃，依然紧紧握住父亲的手，久久地握着，把手放到自己的前额，亲吻。接着他后退一步，看看父亲是否接受这无声的道歉。

"哎，你这个疯小子啊！"克纳恩贝伊长叹一声，冷漠的外表有了些许融化,"你要杀了我吗?不声不响地消失是什么意思?你就这么走掉了,似乎一去不回头。等你突然回来后,又希望受到热情的欢迎……"

"可是我确实回来了啊。"海瑟姆喃喃道。看他这副模样,活像一个明知理应受罚,却希望得到原谅的淘气孩子。

"算了,"克纳恩贝伊说道,"看在新娘的分上,这次就原谅你了,不过你最好记住,如果还有下次的话,我绝不轻饶。"

他转向我。"欢迎,我的孩子。"他伸出手,等待我的亲吻。

"既然都解决了,那我们可以喝茶了。"拉米埃哈尼姆说道。

就在这时,娜莱恩走了出去。

一分钟后,她端着茶盘回来了,身后还跟着一个身材娇小的年轻女孩,手上端着糕点盘子。

我定睛一看,原来是塞芮班!艾依塞毕比的孙女……

在拉米埃哈尼姆饱含悲伤的眼中,我读出了答案。

"艾依塞毕比去世了,"她低低地说道,"就在我们送你们回伊斯坦布尔的那个礼拜……一切正如她所愿,她在睡梦中走了,没有受苦,也没有打扰他人。可怜的塞芮班如今孤零零一人,所以我邀请她住在我们家,从今往后她就一直住在这儿了。"

艾依塞毕比去世的消息回荡在我耳畔。"下次你们来的时候,我恐怕已经不在了……"似乎她知道自己时日不多。一阵莫名的刺痛感爬上我的后背。

塞芮班端着盘子站在我面前,就像海瑟姆对父亲一样,她也拉起我的手,亲吻了一下。我抽回手。

"没必要,"我笑了,"我还太年轻,还不到接受吻手礼的时候。"

我站起来,给了塞芮班一个拥抱,一想到她遭受了失去亲人的悲痛,我不禁收紧了手臂,想给她安慰。她那双橄榄黑的眼睛直直地看着我,散发着温暖的气息。

眼前这个女孩看似纤弱,内心却拥有强大的力量,一种遗传自祖母的神秘气质……

虽然谁也没有明说,塞芮班却似乎受命帮助我,与我如影随形。

我们一起上楼,来到之前和妈妈住过的客房。塞芮班换上干净的床单,掸去床头柜和梳妆台上的灰尘,偶尔朝我投来腼腆的笑容。

打扫干净后,她走到我面前,眼睛却看着地板。

"你能来真好,姐姐,"她说道,"没有你,一切都不可能。"

我又给了她一个大大的拥抱,被她话语中的纯真深深打动,貌似简单的一句话,虽孩子气十足,却也如此深刻。

我心已明了,我们将会成为知己。甚至可以说,我希望塞芮班能成为我在这栋房子里最知心的朋友。

第二天一早,海瑟姆和我出发前往他的牙科诊所。

车驶过德尔特约尔的达科尼大门。穿过戈兹卡德塞大街。最后海尔姆把车停在右边一座高楼前。

"到了。"

乘电梯上了三楼。海瑟姆掏出钥匙,骄傲地打开门,我迈步进去,环顾四周,这不是小诊所典型的狭窄候诊室,而是宽敞明亮、舒适大方的套房,倒像是豪华公寓。

右边的候诊室与大多数人家里的客厅一样大小;往前几步是治疗区,先进的设备一应俱全;还有一间宽敞实验室,用于拍摄 X 光、制作牙科模具、进行修复术;最后我们来到了豪华的厨房,胡桃木的橱柜和餐柜排列整齐,洗碗机、烤箱、厨房用品应有尽有……

毫无疑问,这是所有牙医梦寐以求的诊所,我百感交集,心中的保留与犹豫是为哪般？是因为一切在没有我的情况下准备妥当，还是因为我深深地明白，这间令人向往的新诊所是海瑟姆父母抛出的诱饵，目的是让他违背我的心愿，留在他们身边。

"过来啊，"海瑟姆说道，"还有呢。"

在狭窄走廊的对面是一间卧室和一间起居室。

"这部分只属于我们两个人，"他说道，"这样一来，我们想休息放松的时候，不用待在严肃的工作地点，而是可以来这儿，有家的感觉。"

整个诊所我最喜欢的莫过于这间起居室了。这里有现代沙发组合和书桌：与我想象中的家一模一样。

我一下坐在沙发上，整个人陷在柔软的垫子中。

海瑟姆则坐在对面的扶手椅上。

"我们得谈谈，"他说道，"我们好好谈谈，做出最终决定。"

"你心意已决。不过你要知道，我并不是非赞成不可。"

对于这个崭新漂亮的诊所，我竭力维持着无动于衷的外表。

"拜托，"海瑟姆说道，"就一次，站在我的角度想想吧。面对这样的地方，我真能断然拒绝，转身离开吗？你比我更清楚，在伊斯坦布尔开一间这样的私人诊所有多难。况且，我的朋友和家人都在这里……我保证会有源源不断的病人。我来问你：我们在这里或在迪亚巴克尔定居和在伊斯坦布尔有什么区别？啊，假使你担心没有属于我们自己的家，那我理解。我也不想与父母同住。但是如今你也了解这里的人。如果结婚后儿子不和父母同住，这里的人甚至会'将新娘赶出家门'。琵瑞雅，以希米克地主的身份，怎么可能赶走家中的新娘呢。"

我一脸平静地听着，甚至频频点头，谁知他的最后一句话让我又陷入迷茫。

"你什么都仔细考虑过了，但是有一个问题你却忘了问自己：像我这样的女孩，来自伊斯坦布尔的琵瑞雅适合与公婆、小姑同住吗？"

"你说得对,完全正确……不过事到如今没有选择,我们只有咬紧牙关度过这一年,就一年。一年的时间足够说服他们。到那时我们再搬出去,建立属于我们自己的家。"

我必须承认,至今我始终反对的惟一一点,就是住在阿图格鲁家中。而这里绝对是理想的工作地点,如果眼睁睁地放弃,实在太愚蠢了……

姐姐说过,实地考察对我并无损失,看来她说得没错。

理性分析这种心态——一言以蔽之:"试试看"——令我更加纠结,更难做出最终决定。如果仅仅为了躲避与大地主一家人住在同一屋檐下,而在最后一刻取消婚约,有一天当我回想过往时,是否会说:"要是当时我能试试就好了,或许结果会令自己大吃一惊。"

想象我一走了之,将海瑟姆和迪亚巴克尔抛在身后……我能肯定自己将来不会把遇见的所有男人与海瑟姆作一番比较吗?实话实说,又有多少可能的求婚者能与他这样的人相媲美……

在一连串想法的促使下,我最终做了一个必然的决定:与其回到伊斯坦布尔,每天在自责中度过,我宁愿在迪亚巴克尔努力做琵瑞雅,总有一天,我会说:"庆幸当初……"

我长时间的沉默却让海瑟姆误会了。

"我发誓,我们明年就搬出去,建立属于我们两个人的家。"

"这又是你开出的一张空头支票。"我说道。

"绝无戏言,"他说道,"在迪亚巴克尔定居、在这里开诊所,对他们已经足够了……绝对足够了!"

他的语气中藏着一丝挑衅的意味。那是破釜沉舟的反抗。

他握住我的手。他一直真心待我,我如何逃得开。

"琵瑞雅,"他直视我的眼睛,"我们订婚的文件已经准备好了,只需选个日子。我们一起好好经营这间诊所,然后准备婚礼,好吗?让一切都尘埃落定吧……"

　　这是一场赌博,巨大的赌博……要么拥有一切,要么一无所有!
如果赢了,我们将幸福地生活在一起。

　　如果输了……最悲惨的结局是我抛下身在迪亚巴克尔的海瑟姆,回到伊斯坦布尔开始新生活。这不就是我来这里之前的情形吗?

　　是的,面对这场赌博,我即将下注,赌注是我的人生。

　　"好的,"我说道,"不过我有条件。"

　　他一下子冲过来,双手搂住我,亲吻如雨点般落下。

　　"我就知道,我就知道你不会离开我。"

　　此时的我并未察觉,当做出决定时,我想的是自己,而不是他。

　　"等等,"我推开他,"我还没说我的条件呢。"

　　"我听着呢……"

　　"我不想举行婚礼!一个简单的仪式绰绰有余……没有亲友见证的迪亚巴克尔婚礼,我感觉不到丝毫快乐。"

　　他顿了顿,然后开口说:"好的,如果你真的不想要一场盛大的婚礼……那就不要。"

　　"第二个条件……至少一年内不要孩子。这一年得静观其变。"

　　"就像是考察?"

　　"随你怎么说吧……如果你通过了,那就通过了。如果你没有通过,那一切回到如今的状态,只不过有一点大不同:那时的我们不是一对濒临分手边缘的订婚男女,而是一对婚姻即将走到尽头的夫妻。"

　　"你是说风险永远都有?"

　　"正是。"

　　"那好吧,"他说道,"我统统同意。我绝不会让你为今天的决定而后悔的。"

我与海瑟姆缓和的关系逃不过他家人的眼睛。籁扬阿芭拉欢迎我们时,我悄悄地观察她,还有拉米埃哈尼姆和娜莱恩,她们看看我,又看看海瑟姆,想一探究竟,到底发生了什么。

海瑟姆很快便解开了她们的疑惑。

"您可以和新娘讨论婚礼的事了,母亲。"他说道。

拉米埃哈尼姆向我投来欣喜的眼神,迫不及待地想确认我不再和她的儿子唱反调,并且接受了他的种种条件。

我点点头,给了她定心丸。

"诊所开业后我就回伊斯坦布尔,"我说道,"等我们定好日子,我再带妈妈和其他能来的家人过来。"

"为什么要回去呢?"籁扬插话道,"你人在这儿,也准备好了……回伊斯坦布尔做什么呢?"

又来了!她永远把我当作粗野愚昧、无家可归的女孩,和家人四处寻找避难所。

"别瞎说!"拉米埃哈尼姆出声制止了她,"她要回去准备嫁妆。然后在她应得的仪式上与娘家分离,来这儿和我们同住。我们的新娘值得这一切。"

拉米埃哈尼姆如此维护我,甚至不惜责备自己心爱的女儿,我满心感激。这里是否永远都会有惊喜?

"来吧,"拉米埃哈尼姆说道,"我该带你去看看绿房间了。"

对于这间我一直在心里念念不忘的传说中的绿房间,如今终于能够亲眼得见了。

走上顶楼,穿过中央大厅和我现在住的客房,再走过一道拱门就到了,这里倒像一套带小门厅的独立公寓。

拉米埃哈尼姆打开门厅后边的门,退到一边,让所有人进去。

这是一间宽敞却昏暗的房间,天花板是挑高设计。刷的一声,拉米埃哈尼姆拉开了厚厚的天鹅绒窗帘，房间立刻一览无余地展现在我眼前。

首先映入眼帘的是对面靠墙的一张超大号铜床。亚麻床单、床罩、备用枕头、一对床头柜、一张梳妆台、整面墙的白色喷漆壁橱，上面是用彩色粉笔和珍珠母绘制的嵌入式几何图案。

地毯和墙壁都是同样的颜色：淡绿色。

"绿色代表着美好的祝愿。"拉米埃哈尼姆说道，"我对儿子最大的心愿，就是他和新娘生活在这间房里。"

床头柜、地毯、窗帘、墙壁和谐统一。最吸引我眼球的则是由两面墙组成的巨大落地窗。

右边的入口，在两面玻璃墙的一角，是一扇通往阳台的推拉门。

床与阳台之间宽敞的空间里相对地摆放着两把围手椅，中间是一个圆形的咖啡桌。

"我们打算在这儿放一台电视机。"拉米埃哈尼姆指着空空的一角说道。

经过椅子，我们来到了露天的阳台，这里几乎与半个卧室一样大，大理石栏杆，花架和花盆里种满了美丽的鲜花，与其说是阳台，倒不如说是一座花园。

"那儿就是迪亚巴克尔。"拉米埃哈尼姆语气中充满了骄傲。

天啊，这里的景色美不胜收。不过，对于一间我一直以来不愿踏进的房间，我还是收回自己流连的目光。

"真美。"我对拉米埃哈尼姆说道，脸上挂着赞同的微笑。

回到屋里，我们又踏进了中央大厅的第二扇门。

拉米埃哈尼姆潇洒地打开门，这是一间宽敞漂亮的房屋，由大理石和瓷砖铺成。

"这是你的私人卫生间。"

第一部

顺着拉米埃哈尼姆手指的方向,只见在远处门厅的角落里有一个弯曲的小楼梯。

"这个楼梯直通花园,"她说,"也能通到楼下。不过我们通常都走里面的主楼梯。"

显然她的言下之意是,尽管同住一个屋檐下,我也能拥有独立的生活,享受私密的空间。

穿过中央大厅,经过现在我住的客房。

"跟我来。"拉米埃哈尼姆说道。

这一次我们来到了一个截然不同的小厅,在尽头的右侧,拉米埃哈尼姆打开了自己卧室的门,跳入眼帘的是一片蓝色。

如此安排的确巧妙:我们住在一座大房子同一层楼的两端……

拉米埃哈尼姆慈祥地笑了,似乎看穿了我的心思。"建筑设计真不错。"我咕哝道。

当我们一起下楼时,只听她轻声地自言自语:"还有好多事要做,得把那个房间上上下下彻底打扫一遍。"

海瑟姆走在最后,突然他凑近我,悄悄说道:"怎么样,你喜欢吗?"

他明知故问,我给他了意料之中的答案。

"很漂亮。"

此时此地,我实在不适合提起绿房间,这不正好给了拉米埃哈尼姆行事专断、一手包办的完美理由吗?新房的每一个细节都被安排妥当,一应俱全,却惟独少了新娘的参与,不见一丝新娘的心思……我是否只是你为这间房间精心挑选的一件装饰物,只为满足你多年的愿望?

事实上,扮演海瑟姆珍贵摆设的我竟没有丝毫不快,因为在这场属于我自己的戏中,我也是领衔主演……

开业这天,我更是将角色发挥得淋漓尽致。

与新诊所相比,来宾们似乎对我的兴趣更大,这让我生出一种莫名的快乐。

我不是温顺、愚笨的女孩,也不是生活在准丈夫光环之下的准妻子;恰恰相反,我是目光的焦点,是众人赞美的对象,是一颗闪闪发光的宝石……虽然贴上了海瑟姆的专属标签。

只见拉米埃哈尼姆偷偷地在桌上的一个本子里塞了一张"蚂蚁祈祷[①]"的纸条。

"可是,母亲,我们肯定不想让这里被蚂蚁占领吧?"我玩笑般的说道。

"你就瞧着吧,"她笑着说,"这间诊所的病人会和蚁丘里的蚂蚁一样多。"

对于这一点,我深信不疑!谁不想接受海瑟姆贝伊的诊治呢,他可是克纳恩阿迦的公子!迪亚巴克尔人绝对会像潮水般涌来,争先恐后地享受这一殊荣,对此我百分百肯定。

爸爸和妈妈也送来了贺礼,是由红玫瑰和白玫瑰组成的漂亮花束。开业礼接近尾声,宾客陆续告辞,这时爸爸妈妈打来电话,向海瑟姆表示祝贺。

"谢谢,"海瑟姆开心地说道,"不过我们还有比这重要一百倍的事情要庆祝。"

说着他把电话递给我。

"该做的我都做了,"我的声音听起来和海瑟姆一样喜悦,"明天我

[①] 出自古兰经,常用于祝愿生意兴隆。

就回去,你们最好开始着手准备。不仅是来接我,还有婚礼……"

电话那头一片沉默,我却没有注意。

"我们希望一个月后举行婚礼。你们觉得如何?"

"随你喜欢。"爸爸说道。

爸爸的声音是真的带着几分颤抖,抑或只是我的错觉?我分辨不清。谁又能告诉我,为了爸爸,我的声音中透出的喜悦是发自内心,还是迫不得已……

二十一

回到伊斯坦布尔的日子,每天都忙得马不停蹄。

"先准备你的新娘礼服。"妈妈建议道。

"拉米埃哈尼姆坚持要在迪亚巴克尔订做,"我说道,"我告诉她,准备婚房是女方的责任,既然她已经布置妥当了,所以礼服的事要交给我们。"

"你说得对。难道他们希望一手操办吗?你又不是孤儿。"

即将居住的房屋、我与丈夫拥有的卧室,丝毫没有我的参与。惟一能够打上我的烙印的就是结婚礼服!我将它捧在手上,轻轻抚摸着。

镶嵌宝石与珍珠的荷叶边礼服并不适合我。我选择的是一件简洁却不失优雅的透明硬纱裙,贴身收腰设计,裙摆上全是用珠子拼成的花朵图案。我又精心挑选了及肩的面纱,新娘捧花,绑带中跟鞋……

回到家中,妈妈打开木箱,取出我的嫁妆,这是她数十年辛苦积攒起来的。看着刺绣的装饰垫布、手工绣花的桌巾,我不禁怀疑,在拉米埃哈尼姆的家中,这些在哪里才能派上用场呢?

"放回去吧,"我对妈妈说,"需要的时候我会拿的。"

"开什么玩笑?"妈妈说,"难道你希望我的女儿两手空空地嫁人?"

我不再言语,只是看着她整理床单、床罩、蕾丝桌巾、茶巾……一切都在家中被洗干净、熨烫妥当,或是送去干洗店。

这还不是全部。妈妈又给了我几套她认为适合年轻新娘穿的衣服:沉闷的两件式套装、老式的连衣裙和毛衣套装,天啊,哪有机会穿这样的衣服,但愿永远没有。

就在我快要崩溃的时候,填写并发放请柬的任务终于完成了!

首先,爸爸和我列出所有应该邀请的人员名单,再整理出一堆需要亲自送到的请柬,以及更大一堆需要邮寄的请柬。

最先回应的人是伊森。她兴奋地给我打来了电话。

"世界上最美丽的新娘非你莫属,"她说,"即使你远走他乡,我也不会忘记你,永远不会……"

"别说了,你快把我弄哭了。"

"千万别哭!我想记住你笑脸盈盈、滔滔不绝的样子。"

"喂,我还在这儿呢!"

"我知道,所以我才打来电话。我和其他几个人正在组织晚上的聚会,这或许是我们最后一次在一起了。周六晚上你有时间吗?"

周六晚上,伊森和克尔韩来家里接我。

"你们抢先一步,"克尔韩说道,"等我服完兵役后,我们才结婚。"

"言下之意就是我能多享受一段自由的时光咯。"伊森哈哈大笑。

地点选在博斯普鲁斯一家优雅的餐厅。

我们走进大门时,所有人都冲了过来,排队和我拥抱:西贝尔、艾利、图瓦,还有欧默尔……

天啊,欧默尔也在,这个在我的订婚礼上缺席的家伙,居然今天在我的告别晚宴上现身了。

"他可是组织者。"图瓦指着欧默尔说道。

"这么看来,你还是娱乐活动的负责人嘛。"

"这是最后一次了,"欧默尔说道,"今晚过后,我就辞职了。"

看着一张张熟悉而友好的面孔,一张张在很长一段时间内或许都不会再见的面孔,天知道我有多想念和他们在一起的点滴时光。

晚餐后,我们来到一个庭院,一边俯瞰博斯普鲁斯海峡,一边品尝咖啡。

伊森和我边喝边聊,这时欧默尔走了过来。

"这么说,你最后还是决定做迪亚巴克尔的新娘了。"

"百分百肯定。"我的回答简单明了,还透着一丝轻蔑。事到如今,我可不想和欧默尔重新审视自己的决定。

不过这正是他想要的。

"多么感人的爱情故事啊!炽烈的感情竟能让崇尚自由的琵瑞雅神魂颠倒,千里迢迢寻爱到迪亚巴克尔……"

本打算不予回应的我再也忍不住了。

"根本不是你想的那样,欧默尔,"我开始还击,"我不想后悔,不想有遗憾……在今后陷入深深的自责……我必须试一试。"

"试一试?"他提高了音量,"你拿婚姻当试验品?就这么简单吗?万一试验结果不理想呢?"

"那我就会回来。"

"瞧,"他尽力保持平静的语气,"你知道我想起了什么吗?一座用水晶搭建的宫殿,虽美丽夺目,却一碰即碎……

"城堡是由一砖一瓦建立起来的,需要穷尽一生的时间。搭建水晶宫殿却轻而易举。美则美,却美得盲目。然后有一天,你突然决定将它摔得粉碎。到那时,你真的足够坚强,能够在废墟上重建吗?你还能创造出同样美丽的事物吗?"

"没有什么会被摔得粉碎!只不过从一个地方迁到另一个地方,看看它是否适合迪亚巴克尔。"

"你认为把伊斯坦布尔的树木连根拔起,移植到迪亚巴克尔的土壤中,它还能枝繁叶茂吗?这种想法是不是太幼稚了?"

我恨不得让欧默尔马上住嘴。我受够了他,更受够了他话中的隐喻。

事实上,他的话字字惊心。疑云始终与我如影随形,纵然我拼命将其隐藏、埋葬,它们还是像蚂蚁一般啃啮着内心。欧默尔比所有人都了解我,更比所有人都懂得如何在我的伤口上撒盐,让疼痛将我吞没。此刻他故意为之,因为他做得到。

那天,还是伊森挽救了局面。

她站起身来,带头鼓掌,又打开一个珠宝盒,取出一条心形宝石坠饰的项链,将它戴在我的脖子上。

"这样你就永远不会忘记我们的心与你一同跳动……"

瞬间,眼泪夺眶而出。

我亲爱的朋友们啊!

没有他们的婚礼将是何其平淡乏味……

回家途中,伊森和我坐在后排。

"要勇敢!"她紧握我的手,"他们在背地里纷纷议论,说琵瑞雅最多六个月就会打道回府。你一定要坚强,给他们一记响亮的耳光。"

六个月内,琵瑞雅真的会回来吗?

那时的她是否会低垂着头,带着满心悔意,站在水晶宫殿的废墟上?

啊,但愿我能知道答案……

二十二

姐夫又一次拿工作当挡箭牌,于是姐姐和孩子三人踏上了去迪亚巴克尔的旅程。

除了爸爸妈妈,伊斯坦布尔的亲友团只有纽斯瑞特叔叔和钠文婶婶。

克纳恩贝伊在电话里对爸爸说,他们希望"接新娘",这又是一个几乎被淡忘的传统,在伊斯坦布尔已经很少见了。爸爸巧妙地拒绝了。

当前来伊斯坦布尔接新娘的请求被婉拒之后,他们便声势浩大地去机场接人。鼓乐齐鸣的场面令所有人纷纷侧目。

海瑟姆送给我一大束玫瑰,以及一个更大的拥抱。

一路上,车队浩浩荡荡,喇叭开道,誓向所有人宣布海瑟姆成亲的大好消息。

当我走过前门时,拉米埃哈尼姆从仆人手中接过一个陶罐,摔碎在地。戈克斯和克塞斯睁大惊恐的眼睛,躲在姐姐身后。

"这是我们这里的风俗,"克纳恩贝伊解释道,"这样一来,好运将伴随着新娘……多福多寿。"

对于当地风俗,我已经习惯了,不过看着家人惊诧的反应,倒让我开心不已。

楼上所有客房的大门都打开了。先前我和妈妈住过的客房这次给了姐姐和孩子。爸爸妈妈住在右边一间;纽斯瑞特叔叔和钠文婶婶则住在对面的客房。

我暂时把行李搬进客房。和往常一样,塞芮班跟在我身边忙前忙后。

"姐姐,海瑟姆阿迦可是很爱很爱你呢。"

"你怎么知道?"我笑了。

"他的眼神呀。他看我、看他父母、看他姐妹是一种眼神;看你却是完全不一样的眼神。海瑟姆阿迦看你的时候,眼睛里装着满满的爱……"

这个女孩永远能带给我惊喜。

我细细地盯着她的脸,到底是什么令她如此与众不同,我想一探究竟。只见她紧闭双眼,双手掬成杯形,专心祈祷。

"阿拉保佑,愿这一刻永恒……每一天都如今天一般。"

一时间,在祷告的塞芮班身上,我竟恍惚看见了艾依塞毕比的影子。这位长者似乎就在我们身边,在女孩的祈祷中永生。想到这里,一股寒意窜遍全身。

"你一定想再看看你的房间吧,都收拾好了。"拉米埃哈尼姆说道。

这一次家人跟我匆匆环顾了这间我与海瑟姆今后生活的房间。

满意与欣赏写在每个人的脸上。

"你竟然想抛下这里的一切,回伊斯坦布尔,你疯了吧。"姐姐伏在我耳边说道。

如拉米埃哈尼姆所说,房间被彻底打扫了一遍,窗明几净,所有物品一尘不染,闪闪发光,仿佛涂上了一层薄薄的清漆。

姐姐把装着结婚礼服的盒子放在房屋中央。

海瑟姆好奇地想先睹为快,却被我一把拦住。

"婚礼前看礼服是不吉利的,"我说道,"这是我们的传统……"

"我在这儿有个老朋友,"叔叔说道,"他叫图纳,我们是空军学院的同学。能否也邀请他参加婚礼呢?"

"当然可以,"克纳恩贝伊说道,"我们都很欢迎。"

太好了,这下女方亲友团中又多了一名出席的成员。

虽然已经习惯了阿图格鲁家络绎不绝的客人,不过在日益临近的婚礼上,宾客名单似乎涵盖了这座城市的所有人,不论男女老少。

由于我拒绝在租来的大厅里举行盛大的婚礼,更加繁重的担子便落到了拉米埃哈尼姆肩上,她将在家中主持招待会。此外,一个隆重的仪式已经筹划周全,与我希望简单的公证结婚的心愿背道而驰。

仪式定在白天,随后是为期五天的短暂蜜月,第一站是伊斯坦布尔,然后是伊兹密尔。

这是我安排的。绿房间将不是新婚之夜的主角,拉米埃哈尼姆的希望落了空。屋里宾客如云,高朋满座,都是双方的亲朋好友,还有我的父母。在这栋拥挤的房子里,有些事情应该另寻他处。

新婚之夜我选择在伊斯坦布尔度过。海瑟姆提议之后再去伊兹密尔,在他服兵役的地方留下更多的记忆,只属于我们两个人的记忆。

在正式婚礼的前一晚是宗教仪式。

我戴着向拉米埃哈尼姆借来的头巾,坐在海瑟姆身边。

霍加①口中念着难懂的话语,然后突然转向我,用简单的土耳其语问道:"多少钱币?"着实吓了我一跳。

"钱币是为了你未来的安全,"海瑟姆低声解释道,"是假如我们离婚,我应该给你的钱币数。"

我脑子里飞快地思考一个有象征意义的数字,此时克纳恩贝伊却出声替我回答:"那就两百个金币吧。"

这算是交易吗?我极力忍住笑,这时霍加宣布我们结为夫妻。

在阿拉的眼中,海瑟姆和我已是夫妻……

婚礼当天的清晨,我们早早起床,今天要见的人、要做的事比平常多得多。

"别管外面那些乱哄哄的事,"拉米埃哈尼姆说道,"你惟一要做的就是梳洗打扮。"

美发师和三名助手来到家中……

自然,我是他工作的重点对象,但是他得先为妈妈、姐姐、籁扬阿芭拉和娜莱恩梳理头发。

终于轮到我了。

他们将我及肩的卷发松松地盘成一个高髻,别上小花。妆容虽然比平日更浓,却依旧十分自然,丝毫不显夸张。

在姐姐的帮助下,我在绿房间里穿上了结婚礼服,再戴上面纱,拿上新娘捧花……

"你绝对是个美丽的新娘。"姐姐由衷地赞叹道。

海瑟姆和我在楼梯口相见。一身米色无尾礼服把他衬托得格外

---

① 对穆斯林学校的教师的尊称。

俊逸。

他把我从头到脚打量了一遍,塞芮班说得对,他的眼神里的确有些异样的东西,那是专属于我的眼神。

"今天的你宛若水中仙女,琵瑞雅。"他在我耳畔柔声低语。

我们沿着楼梯走到一楼,来到屋外的花园。

碧绿的草坪上整齐地摆放着一张张桌子。虽不知究竟有多少宾客,但肯定人数不少。

在众人的掌声中,我们缓缓走到花园中间,坐在婚宴桌旁,所有宾客都能看清这里。

"在众人眼中,我们是夫妻了。"海瑟姆小声说道。

克纳恩贝伊领着主婚人坐在我们对面。我的证婚人是纽斯瑞特叔叔;海瑟姆的证婚人是海力特埃尼斯特。

天啊,我是在做梦吗,为什么周围迷雾笼罩,朦胧一片。

"现在我宣布,你们结为夫妻。"这句话仿佛一句咒语,迷雾在顷刻间烟消云散。

将我拉回现实的不是主婚人的宣言,而是爸爸低低的哭声。

站在旁观者的角度,爸爸看着自己心爱的小女儿琵瑞雅迈出试探性的一步,走向崭新的生活,心中压抑的情绪在这一刻得以爆发,泪水模糊了双眼,也哽住了喉咙。这样的爸爸是我从没见过的。

主婚人将结婚证书递到我手中。

接着他对爸爸说道:"女儿出嫁,心中定有千般不舍。不过我可以向你保证,她嫁到了一个好地方。我对这家人非常了解。几乎每周我都要为他家亲戚主持一场婚礼。我差不多就是这个家庭的一员……"

可能是这小小的笑话令爸爸破涕为笑,也可能他觉得应该调整情绪,爸爸清了清喉咙,擦干眼泪。

仪式结束后,客人们在桌前排起了长队,按照习俗逐一向新婚夫妇道贺,并送上金币和珠宝的贺礼。

天啊,这个场面比订婚仪式还要夸张。海瑟姆胸前和翻领别满了金币,淹没了特意为他挑选的厚绸缎面料。我的手臂上也挂满了金手镯,重得几乎抬不起手。

拉米埃哈尼姆在我的腰间系上一根传统的金腰带。这根腰带足足有三根手指粗,上面有人字形图案,完美地展现了婆婆对我的满意。

叔叔、婶婶,以及一对陌生的夫妻挤过人群,走到我面前。

"这位就是我对你说起过的,我的好友,"叔叔说道,"他叫图纳,这是他的妻子乌姆恩哈尼姆。他们就是你在迪亚巴克尔的叔叔和婶婶。"

乌姆恩哈尼姆给了我一个拥抱,大家像老朋友似的聊了起来。

"我的女儿嫁到了伊斯坦布尔,"她说道,"离家千里的滋味我非常了解。你会想念你的妈妈;我也会牵挂我的女儿。我们有同样的感受……"

"我们的大门永远向你敞开,这绝对是我们的真心话。"图纳贝伊说道。

这正是我想听的。礼毕人散后,只剩下孤零零的我。我多么渴望一张友好热情的脸、一颗感同身受的心、一对懂得倾听的耳朵。

佣人将食物从咕噜冒泡的大锅里盛进盘内,再将一叠叠高高摞起的盘子端到花园尽头。

阿迦家中设宴,必定丰盛无比。长长的桌上摆满了当地美食,每一道都是我见过或尝过的。

有人将一个装满小碟食物的托盘端上我们这一桌。面对琳琅满目的食物,我却对柠檬水情有独钟,只有它能滋润我干渴的嗓子。海瑟姆也没有胃口,托盘很快就被撤走了,里面的食物原封不动。

无歌舞不成宴席。宴席自然少不了娱乐项目。低沉的鼓声与尖锐的簧管声渐渐减弱,取而代之的是欢快的迪亚巴克尔舞曲。

据我所知,"哈雷"是当地文化不可或缺的一部分,其意义远胜过舞蹈本身:人们利用不可多得的机会,与心爱之人手挽手,合着节拍跺脚,尽情释放热情,挥洒喜悦。

一方面男女分桌而坐的传统世代延续,另一方面人们却抛开性别的差异,亲密无间,肆意跳起哈雷,这实在有趣。

作为婚礼的主人,站在队伍最前面的克纳恩贝伊挥舞手帕,挺直后背,骄傲地抬起下巴,真是一位优雅、与众不同的舞蹈高手。

虽然没有窈窕细腰,拉米埃哈尼姆却依然手舞足蹈,轻盈得好似一根随风飘动的羽毛。

海瑟姆一走进舞蹈队伍,女人们便异口同声地唱起"缇里利",歌声震耳欲聋,这又是一种永恒情感的古老的表达方式。

"很快就该出发去机场了,"籁扬阿芭拉说道,"你最好赶快做准备。"

太好了,这句提醒简直就是我的救命稻草。我们挤出人群,走进屋里。

首要任务是把身上沉甸甸的黄金交给拉米埃哈尼姆。

然后换下结婚礼服。

送我去机场的车队甚至比接我时更长。

看着窗外,我心里百味杂陈。一方面,我对蜜月期待不已;另一方面，我又希望与家人的分别来得越晚越好。

家人还要和阿图格鲁一家人待两天，但是我知道，等我回去时，已见不到他们的身影了。

妈妈和姐姐偷偷地抹眼泪，为了不惹我伤心，她们都换上了淡淡的微笑，可我却分明看到了笑容背后的苦涩。

她们的感受我何尝不懂。我们都耗尽了情感，都是因为我。

至于爸爸，我更是不敢看他的脸，他的抽泣声依然萦绕在我耳畔……这是第一次，也是惟一一次我见他落泪。此刻他的眼眶里虽然没有眼泪，但我知道，他的心在哭泣。

这一声艰难的"再见"饱含快乐与悲伤，甜蜜中透着苦涩……

妈妈、爸爸、姐姐……他们将面对的是没有我的生活。

拥抱过后，我咬咬牙，转身向登机口跑去。

海瑟姆牵起我的手，一股暖流从他的手掌蔓延到我的体内，令我安心不少。多么希望从他的力量中、从我对他的爱意中找到避风港，寻得慰藉……

二十三

塔拉比亚大饭店……

我们将在这个饭店的蜜月套房中度过新婚之夜。

"我们先好好吃一顿晚饭。"海瑟姆说道。

"只有新娘与新郎的晚宴。"我笑了。

"还有什么比这更美妙的吗？只有你和我的世界，远离所有人……我毫无怨言。"

这一夜,是我们人生中最最特别的一夜。

今生仅此一次的体验,我与海瑟姆分享。

我们点了鱼和白葡萄酒。

"鱼象征生活幸福,"海瑟姆说道,"希望这些鱼能为我们的婚姻带来好运与富足。"

他的手伸过餐桌,与我的手相握。又一次,我沉醉在他温暖的眼神中,不可自拔。

在葡萄酒的魔力下,我们感到惬意自在,一扫即将跨进新房的尴尬,还原最真实的琵瑞雅和海瑟姆,两人谈笑风生,仿佛又回到了初次相遇的那一天。

"我们不该把所有黄金都交给妈妈,"海瑟姆说道,"而是该兑换成现金,私奔,开始新生活。"

"现在也不迟呀,如果你真想这样的话……"

我无法告诉海瑟姆,这不正是我们此刻的写照吗,虽然只有一晚。望向窗外博斯普鲁斯海峡波光粼粼的水面,我被巨大的喜悦包围,这一特殊之夜,选择在这座城市度过,夫复何求。

巨大的玫瑰花花篮里静静躺着一瓶香槟、一盒巧克力。这是饭店送的蜜月礼物……

海瑟姆打开瓶盖,斟满酒。

"祝我们幸福。"他说。

"祝我们幸福。"我跟着说。

他从我手中接过酒杯,放在茶几上,紧紧握住我的双肩,将我拉进他的怀抱。

"我美丽的小新娘。"他的声音轻得犹如羽毛划过耳畔。

如此亲昵,对我是一种新鲜、陌生的感受,我不禁有些害羞,垂下双眼不敢看他。

不想让他看出我的感受,我将脸埋在海瑟姆的胸膛,明明想躲开他,却又不自主地靠得更近……

一阵晕眩,是酒精作祟,还是因为越来越向我靠近的海瑟姆?

我不知道……我不需要知道。

就让自己沉醉在他的臂弯中吧。

第二天上午我们飞往伊兹密尔,再开车来到临近爱琴海的切什梅小镇,这一站我们住在金海豚度假酒店。

我本打算整个蜜月都在伊斯坦布尔度过,可是当我看见金海豚时,便知道海瑟姆坚持来伊兹密尔是对的。

茂密的松树林、碧蓝的水面、如画的景致:这里宛若人间天堂。

这一次,我们隐瞒了新婚夫妻的身份,躲开了不必要的注意。

切什梅海滩的水晶沙、酒店的游泳池,处处都留下了我们的身影。

每次投入水的怀抱,我都会想起临行前拉米埃哈尼姆的叮嘱:"千万别让脚沾太多水,否则会凉到卵巢,大海和水池你可万万去不得。"

出乎意料的是,海瑟姆泳技不俗,竟能与我这样每年夏天与大海为伴的人齐头并进。

"内陆长大的孩子能游这么好,不赖嘛,"我赞叹道,"你的泳技是怎么练出来的?"

"在底格里斯河里,"他答道,"河水教会了年轻的我们。如果你能在底格里斯河里畅游,那么任何水塘或大海都不在话下。"

来自五湖四海的游客比土耳其本国人更多。他们发现我们国家的美景，不惜跨越千山万水，来此一饱眼福。

在度假胜地组织的"土耳其之夜"上，情况也是如此。各国游客兴致勃勃地品尝我们的美食，学习我们的文化，

他们把土耳其白兰地当果汁喝，很快就有了几分醉意，脚步不稳地倒在椅子上。相对比较清醒的人则走进舞池，趁着酒兴肆意放纵，本能地随着音乐摆动，学跳土耳其民间舞蹈。

肚皮舞更是将酒吧的气氛推向高潮。有些人一跃而起，跟着舞娘转圈，有些人则让她跳上酒桌。

眼前的肚皮舞舞娘是典型的土耳其美女：浑圆的臀部，炯炯有神的深色美目，一头乌黑的及腰长发。闪闪发亮的舞服里塞满了里拉、美元、欧元。她尽情地扭动姣好的身段，火辣撩人，却也巧妙地躲开了咸猪手的骚扰。

最后，她来到了我们这一桌。该给她小费。我看向海瑟姆……他正害怕呢，活像担心与肚皮舞娘的照片明天会铺天盖地地登在所有小报上的一国首相。可怜的家伙正手足无措地看看天花板，看看地板，又看看自己的指甲……

他从钱包里抽出一张钞票，递给我。我卷成一个小卷，塞进舞娘的低领里。她扭动着走向邻桌，海瑟姆这才长吁一口气。

我哈哈大笑。

不要变，海瑟姆，永远保持此刻的你……

你的琵瑞雅无法接受改变。

蜜月结束了。

该回到现实世界了。

不知为何，在离开迪亚巴克尔的这段日子里，我感觉与海瑟姆的距离更近了。他热情、体贴、细心、坦率；是人们口中名副其实的"我的

另一半"……

虽然满心不情愿,明天我们却将搭上飞往迪亚巴克尔的班机。他们正等着我,如今的我属于那里。

伊斯坦布尔留下了我人生的最初轨迹,见证了我的童年和少女时代,如今在迪亚巴克尔,我的人生即将掀开新的篇章,这是崭新的一页,宛如刚出生的婴儿一样纯净无瑕……虽然此刻只是白纸一张,却充满了未知与神秘,等待着我与其他人去书写、去填满……

我知道令人心醉神迷的蜜月一去不返,我也明白水晶宫殿可能摇摇欲坠,最终轰然倒地。

愿你一切顺利,琵瑞雅。

好运……

第二部

一

迪亚巴克尔……
我跨过一道狭窄的门槛,与你相遇。
此刻,我就在你面前站立。

请张开双臂拥抱;请打开大门欢迎。
我知道,你不是我抗拒的原因:
是那装在银盘里的果子露,举杯一饮,
满口苦涩,滴滴惊心。
别因琵瑞雅想留在伊斯坦布尔而将她一口否定。
她勇敢无畏,在遥远的安纳托利亚角落留下足迹。
她抗拒的不是迪亚巴克尔;而是迪亚巴克尔的某座宅邸,
是作为迪亚巴克尔某座宅邸的新娘盛装降临。
你的封建主义,你的高官贵人,在她眼里都是浮云。
你的传统风俗,你的古老文化,在她心里备受尊敬。
她心地善良,信奉平等主义,却也涉世未深,莽撞年轻……
试着理解她吧,就像她试着理解你。

她只是你土地上的一颗尘粒。

爱在伊斯坦布尔

拥抱她;给她栖身之地。
别让她漂泊无依……
张开你的羽翼;为她挡风遮雨。

你的城池固若金汤,铜墙铁壁!
呵护她的心却温柔似水,浓情蜜意。
千万别让伤害来袭。

此刻她就在你面前站立,
单纯自然,却也无招架之力,
她友好,带着满腔热情。

宏伟的迪亚巴克尔,城之传奇……
请将一生的爱赐予,
让爱的种子在遥远的土地上萌发勃勃生机,
长成参天大树,就在这里,在你的土地。
别让我的希望化为泡影。
别让他们说琵瑞雅不受欢迎。

你如此坚强,永远屹立,
而我,只是狂风中瑟瑟发抖的蒲公英,
冷语几句就能令我溃不成军。
我需要你的帮助,请让我偎依。

你的好客无人能及,
拥抱我,就像拥抱你自己。
千万别忘记。

第二部

二

回到迪亚巴克尔的我们受到了阿图格鲁家人热情的欢迎。全家人都坐在客厅里等待我们的归来。

喝茶时,海瑟姆把我们拍的照片拿给众人看。翻到我在泳池边做怪相的一张时,拉米埃哈尼姆不禁皱起了眉头。

"你居然下水了!"她语气中全是责备的意味,"但愿你没着凉。"

说着她转向娜莱恩。

"大衣橱最下面的抽屉里有毛袜。去给你嫂子拿一双来。"

天啊,现在可是炎炎夏日。光是想想毛袜,我就感觉有汗滴划过后背。

他们究竟把我当成什么了?他们是在担心宝贵的母鸡下不了蛋吗?

从娜莱恩手中接过毛袜,我一边朝卧室走去,一边说道:"我会把袜子放好的。"

海瑟姆跟在我身后。

"别介意,"上楼时,他说道,"他们满脑子都是未来的孙子。当面你就听着,点点头,过后就忘了吧……"

第一次,绿色的新房里只有海瑟姆和我两人,在今后的无数个夜晚,这间房间将是我们最后的避风港。

还没来得及收拾行李,门外便响起了敲门声。

我向海瑟姆投去疑惑的目光。他耸耸肩,还我一个茫然的表情。

门开了……是籁扬阿芭拉的丈夫塞威德特。

他示意海瑟姆出去。两个男人走出房间,籁扬阿芭拉走了进来。

"塞威德特是海瑟姆的男傧相,"她说,"这在迪亚巴克尔可是个重要的职责。"

她抿了抿嘴。直觉告诉我,此刻男傧相的妻子正打算履行她的职责。

"新婚之夜怎么样?"

"不错,跟正常的新婚之夜没什么两样。"

"没有什么问题吗?"

"没有。"

一时间,我又好笑又好气,心里还有几分反感。

不过我也暗暗告诉自己:至少婆家人没有守在新房外面,迫不及待地想看看血染的床单。

带着满意的答案,籁扬阿芭拉走出了房间。

片刻之后海瑟姆回来了,耳根子泛着微红,透出几分害羞。不用问,他被逼回答的问题比我更多。

为什么最亲密的夫妻闺房之事要说给别人听?即使我们的初夜并不顺利,与他们又有何干?

我搞不懂了。

"明天是新娘的第七天;希望你能来。"

"琵瑞雅的第七天;请下午光临寒舍。"

一早上拉米埃哈尼姆都坐在电话机旁,不知打了多少个神秘的电话。

终于她解开了我的疑问。

"新娘的第七天,即婚礼的第七天,在这一带可是个大日子,几乎就是第二个婚礼,是庆祝新娘贞节的仪式。要邀请亲朋好友,参加婚礼的所有人,缺席婚礼的人。她们都怀着对新娘的良好祝愿,前来赴宴,享受快乐时刻。哦,对了,仅限女性参加。"

嗯,听起来挺有意思。不过,我已逐渐适应了这些小小的意外。

第二天,海瑟姆去诊所上班,克纳恩贝伊也只能离开家,去一个朋友的商店打发时间。

这一天最特别的一点是,房子里变成了女儿国。

所有人的目光都会落在我身上,该穿什么呢,一时间我拿不定主意。

拉米埃哈尼姆化解了我的烦恼:

"你自然是穿新娘礼服!"

再一次,我向习俗低头……她们似乎丝毫没有发现,让我穿上象征纯洁、贞操、荣耀的白衣,是为了强调我已经失去的处子之身,可如今她们关心的却是我肚子里的动静。不过传统毕竟是传统,何必指出我衣着的格格不入呢?于是我依言照做……

戴上面纱,穿上礼服,我坐在客厅中间的椅子上,环顾四周,仿佛准备踏进新房的腼腆新娘。家具特意被重新摆放,此时此刻,女人们围坐成一个圈,圆心就是我。

前三天拉米埃哈尼姆准备的盛宴被吃光了,大家迫不及待地盼望着宴席开始……

迪亚巴克尔的音乐响起,突然之间所有人都站起身来,排成一排,纵情舞蹈。震耳欲聋的缇里利音乐回荡在房间的各个角落。她们不时将我拉进队伍中,教我手挽手地跳舞,我这个来自伊斯坦布尔的年轻新娘照着她们的模样,迈开了复杂的舞步。

一曲舞罢,大家回到各自的座位上,也许是跳累了。就在这时,所有人的目光都落在门上。只见娜莱恩和塞芮班端着盘子走了进来,盘子里插着燃烧的蜡烛。两人一边走,一边唱着我从没听过的民歌。很快,大家都跟着唱了起来:

> 一根蜡烛,两根蜡烛,三根蜡烛
> 四根蜡烛,十四根蜡烛
> 装满我的玻璃杯
> 多么完美的婚礼,哈尼呐
> 哈尼呐,哈亚尼呐……

当娜莱恩和塞芮班穿过房间时,摇曳的烛光熊熊燃烧。

娜莱恩牵起我的手,将我一把拉起。我不偏不倚地站在了她前面。随着旋律,我迈开脚步,扭动身体,模仿她的动作,虽有些茫然,却让本能引导着我。

拉米埃哈尼姆露出了大大的笑容,眼睛里也闪烁着赞许之色,看着儿媳迅速融入其中,她很是欣慰。

虽然婚礼和"新娘第七天"过去很久了,登门的客人依然络绎不绝。前来道贺、想见见新娘的客人层出不穷。

礼尚往来,我和拉米埃哈尼姆、海瑟姆、娜莱恩,偶尔还有籁扬阿芭拉也一同外出,走亲访友,亲吻长辈的手。

面对大大小小的互访,我暗暗告诉自己,就当成游戏吧,可是我却渐渐招架不住。天啊,我不是嫁给了海瑟姆,而是嫁给了他的亲戚朋友。

每天我与丈夫见面的机会屈指可数……清晨,海瑟姆匆匆吃完早饭就赶去诊所。晚餐则是一大家子人围坐桌前。惟一能够独处的地方只剩下卧室,属于两人的时间少之又少。

趁拉米埃哈尼姆和娜莱恩在厨房忙碌,我有时会偷溜进卧室,享受短暂又宝贵的私人时间。

塞芮班总是与我如影随形。她恬静温柔,无欲无求,她的出现无声无息,轻得仿佛一根羽毛,却让我有一种莫名的心安。渐渐地,她成了我的知心朋友、好伙伴。我看书时,她坐在我对面刺绣。除了晚上才在家的海瑟姆,惟一坐在围手椅对面令我开心的人便是她,塞芮班。

我和妈妈几乎每天通电话,不是她打给我,就是我打给她。

"我很好。"这句话成了我永远的开场白。

我明白,让妈妈放心有多么重要。

虽然一挂断电话,我便倒在椅子上,无精打采,任思念疯狂蔓延。

塞芮班似乎有一种天生的魔力,永远知道何时该做什么。每当我被思念吞没时,她总在我身旁,即使只是陪我静静地坐着,或给我一个温柔的眼神,却也是在无声地安慰我。

每次和妈妈通完电话,心里总是被想念填得满满的,这一次也不例外。放下电话的我陷入一片沉默,只是怔怔地盯着墙壁。

塞芮班站起身来,跪在我面前,紧紧握住我的手。接着,清澈的嗓音在耳畔响起,她低低地唱起了一首民歌,旋律熟悉,歌词我却从未在意。

> 别让他们把家建在高高的山冈
> 别让他们将女儿送往远方
> 别让他们嘲笑妈妈的小姑娘
> 但愿鸟儿啊,展翅飞翔

> 妈妈啊,爸爸啊,我对你们千思万想
> 牵挂的泪水滴落胸膛
> 还有伊斯坦布尔,那是我的故乡……

从她的眼神中我读出了她的心思,她愿意分担我的哀愁,可是在歌声中,我的心却越来越痛。

"嘘!"我说道,"别唱了。"

她却好像没有听见。

> 但愿爸爸有一匹马儿,翻山越岭,让思念得偿
> 但愿妈妈有一叶扁舟,扬帆起航,让思念得偿
> 但愿家人跋山涉水,风餐露宿,让思念得偿

泪水划过我的脸颊,滴落在我俩紧握的手上。我们四目相对,一起歌唱,分担忧伤。

> 但愿鸟儿啊,展翅飞翔
> 妈妈啊,爸爸啊,我对你们千思万想
> 牵挂的泪水滴落胸膛
> 还有伊斯坦布尔,那是我的故乡……

我抽回手。

"你为什么这么做?为什么让我更难过?"

她又拉着我的手,贴在脸颊上。

"这样你才不会苦苦压抑……如果不宣泄情感,你会中毒而死。"

塞芮班又一次深深地震撼了我。她的睿智,骨子里朴素的哲学思

想,她的同情之心,似乎与生俱来的慰藉人心、抚平伤痛的能力……她仿佛来自一个世界——一个只属于她的世界。

三

当天晚上,我对海瑟姆说起心中深深的空虚感。

"我很无聊,得找点什么事情做,不能就这么待着。"

"你愿意的话就去诊所吧,"他说道,"给我当助手。"

我明白,他说得言不由衷,只是为了让我好受,所以才脱口而出。或许,他的建议只是为了暂时安抚我的不安。

没有其他选择,尽管他的话并非出自真心,我却欣然接受了。

无视拉米埃哈尼姆满脸的反对,第二天一早,我便和海瑟姆一起出了门。

诊所为我打开了一扇与社会接触的窗,前几天憋在家里的沮丧一扫而光。

更棒的是,房里飘散的药味对我而言一点儿也不陌生。要知道,我也是受过专业训练的牙医。牙医待在牙科诊所,这难道不是再自然不过的事情吗?

海瑟姆指了指办公桌。

"打开预约簿,看看今天都有哪些病人,以及预约的时间。"

"你不会把我当成接待员了吧?"我大笑。

他却一脸严肃。

"难道这不算是帮我吗?"

第一个病人到了,海瑟姆领着他走进治疗室。门关上了,我和其他工作人员一样被排除在门外。

他叫进第二个病人。我则忙着准备局部麻醉剂。

"利多卡因①。"他说道,这一次我升级做了牙医助理。

第三个病人推开了大门,我打开橱柜,递给他补牙材料。

接电话,安排预约,忙碌一天之后,终于到了下班时间。

在病人面前,海瑟姆收起了丈夫的身份,甚至没有介绍我。

这一点我之前就发现了,却极力回避这个痛苦的事实:人前人后,海瑟姆判若两人,似乎向我流露爱意是可耻之事。

全家人吃饭时,他总是与我尽量保持距离。在他看来,让其他人看出自己对我的爱,有损男子气概,或是不得体的行为。

只有回到卧室,两人独处时,海瑟姆才会揭下冷漠的面具,流露真实的自己。面对他的"变脸",我该怎么办?受伤的我心烦意乱,却无计可施。

想想远在伊斯坦布尔的父母,携手走过三十年的他们从不掩饰对彼此的爱意,时间流逝,感情却只增不减……如今我明白了,我成长的家庭是一个洋溢着爱的家庭。

往昔的柔情蜜意涌上心头,令我无比怀念。结婚不到一个月,我竟开始怀疑,那些你侬我侬的情景是否只出现在梦境,抑或只是我的错觉?

海瑟姆在诊所的刻意疏远,或许是为了让我打退堂鼓,不再和他

---

① 一种局部麻醉剂。

共事。面对他,面对他对我专业技能的轻蔑,我统统视而不见,坚持做着接待员兼助理的工作。

我学会了如何应付繁琐的事务。穿上一件普通的白大褂便赐予了我足够的力量,忍受所有的轻视与无礼。

这天我正在工作,一件突如其来的事情仿佛一道阳光,点亮了我的心情。

送走一批病人后,海瑟姆和我正喝着凯瑟尔哈尼姆端来的茶。

"有人找。"她说着,领进来一对年轻的夫妻。

"开业大吉。"两人道贺后,开始自我介绍。

他们都是来自安卡拉的医生。丈夫埃米尔是外科医生,现在在迪亚巴克尔服兵役;妻子努古尔是眼科医生。她的诊所就在我们楼上,夫妻俩在奥弗斯租了一套公寓。他们都很喜欢迪亚巴克尔,哪怕只是短暂停留。

说话间,两人不时相视而笑,爱意在眼波中流转,更渗透在不经意的举手投足之间。没错,他们是幸福的,而幸福的理由很简单:与相爱的人在一起,不论是在迪亚巴克尔,还是其他任何地方。

与他们的相识后,我的生活变得丰富多彩。

一天晚上,我和海瑟姆首次拜访了努古尔的诊所,正好埃米尔也在。虽然这间诊所的设备不及我们的先进、齐全,却处处透着高雅与热情。

往后的日子里,努古尔和我常常互相做客。我仿佛在沙漠里口干舌燥、举步维艰的时候,无意间发现了一溪清流,喝一口,沁人心脾。

我们一聊就是几个小时,原来我们有这么多的共同之处,就这样两人越来越熟稔。在努古尔的身上,我常常看到伊森的影子。

对于我的新朋友,海瑟姆似乎很满意,也不抱怨我陪他的时间越来越少。

我与家中的其他成员鲜少来往,这被我视为一大成功。

只有当拉米埃哈尼姆希望贵客见见新娘时,我才会留在家里。否则,我不是在海瑟姆的诊所里工作,就是与努古尔共度闲暇时光。

四

"今天真是累得够呛。"海瑟姆说道。

这的确是艰难的一天,我们费了九牛二虎之力,才从病人的下颚骨里拔出一颗埋伏牙。

吃过晚饭后,我们拖着疲倦的身体回到卧室。

咦,床上用品和早上我们出门时不一样了。我又仔细看了看,没错,床单和被子都被换过了。

"这是什么意思?"我提高声调问道。

"什么什么意思?"

"趁我们不在家,有人连问都不问,就擅自换了床上用品……这是为什么?"

"你还想问什么?他们只不过洗了我们的床单。"他看着我,似笑非笑。"我猜职业女性需要有人帮忙干家务。他们做得没错,我们应该感谢才对,怎么能生气呢?"

"那我们的隐私呢?在这座房子里,我没有发言权,现在连自己的床单都做不了主。趁我不在的时候走进我的房间,你真的觉得这种做法对吗?"

"当然了,有什么不对?"

第二部

"你是否想过,我也有私人物品,不希望别人乱动?难道在这座房子里,没有一件东西是属于我的吗?甚至在这间卧室里也没有吗?"

"如果你不愿意别人动你什么东西,那就别放在外面。"

满意地结束这个话题之后,海瑟姆钻进被窝,很快睡着了。

如此简单……别把私人物品放在外面。他哪里知道,这件小事看似无关紧要,却藏着深刻的含义。这分明是对我们的隐私明目张胆的侵犯。

我挨着丈夫躺下,脑海里却出现大大的问号。在这座房子里,人与人之间有值得尊敬的界线吗?一时间,不安、愤怒、无助涌上心头。

努古尔和埃米尔邀请我们周末共进晚餐。

太好了,我太开心了。要知道,这可是来迪亚巴克尔之后,我第一次与朋友一起吃饭。

由海瑟姆负责将此事告诉家人:"周六晚上我们要出去和朋友吃饭。"

一开始,拉米埃哈尼姆和克纳恩贝伊虽然感到意外,却没说什么,只是隐藏自己的反应。

最后,拉米埃哈尼姆还是忍不住了:"朋友是谁?"显然,对于要与儿子和儿媳共度一整晚的人,不论是谁,她都表示反对。

海瑟姆告诉了她。

他详细介绍了这对新朋友,不放过任何一个细节,所有他认为能够获得母亲赞同的方面,他都一一述说,希望给母亲留下无害的印象,似乎在为父母眼中作奸犯科的两人洗清罪恶。

我只是静静地看着,一言不发,眼前的海瑟姆就像一个竭力说服父母让自己晚上出去玩的孩子……

解决我们共同问题的担子可以落在海瑟姆的肩上。剪断连接我们与这座房子之间的脐带——这个任务只有他能承担。

努古尔与埃米尔口中的家是一个两居室的公寓,面积虽不大,却显得舒适温馨。

在他们共同筑造的爱巢中,每个角落都摆放着精致美丽的物品,彰显了两人共同或各自的品位。充满现代风格的客厅家具;瓷柜里的小饰品;架子上成排的水晶杯和珐琅咖啡套杯:件件都透着主人的骄傲与心思。看着这间两人一手装饰、充满爱与欢乐的公寓,我不由得心生羡慕。

海瑟姆则毫不在意地环顾四周,眼神中带着几丝鄙视,这个简陋的家与自己那富丽堂皇的家简直是天壤之别。他根本没有发觉,这里的每件家具都是两人共同的回忆。

客厅角落的圆桌上摆好了四人的晚饭。为了准备这一顿美味的饭菜,今天努古尔特意提前离开诊所。满桌的杯盘碗盏使我想起了在伊斯坦布尔常吃的食物。

"真是麻烦你了,"我说道,"饭菜太棒了。"

"要不是埃米尔帮忙,我一个人可做不出来,开胃菜和沙拉都是他做的。"

桌上是同样的两对夫妻,生活却大不相同,想到这里,我不禁一声叹息。

海瑟姆和我从没有一起下过厨房,更别提有说有笑地做沙拉了。一起做菜招待客人是什么滋味,我们无从得知。

撇开海瑟姆不说,我自己也从没有进过厨房!那是拉米埃哈尼姆一人的领地,绝对不许他人踏进半步。她一手包办所有饭菜,一个独享所有褒奖。

身为大地主家少爷的海瑟姆贝伊在厨房里帮女人干活,天啊,谁能想象这样的画面?

喝完咖啡,我们站起身准备告辞。

"时间还早。"埃米尔说道。

"他们会担心我们的,"海瑟姆笑了,"他们不喜欢我们这样外出……"道谢之后,我们离开了。

可惜我们不能回请他们,想想真郁闷。如果对海瑟姆说起,我可能会好受一些。可是他看起来好遥远……

"他们的公寓跟火柴盒差不多大。"他撇撇嘴。

原来丈夫的观点与思想和他的家人如出一辙,想到这里,我的心情更差了。不行,我不允许自己细想。

到底要不要把盘旋在脑海里的想法告诉他,即使这些想法是善意的,他可能也会反感。我实在拿不定主意。

吃自己做的饭菜,在必要时亲手换自己睡的床单,不用征求同意,随心所欲地邀请朋友,在自己的家中接待朋友……这会是什么滋味?如果我告诉海瑟姆,我有多么怀念生活中那些简单的事情,想做不能做的我有多么痛苦,他会懂吗?

别自寻烦恼了,琵瑞雅!

在心底偷偷羡慕努古尔的二人世界,你就满足了吧。

五

天天在诊所上班,虽然忙碌,却也减轻了我在家中的不满。

这一天,海瑟姆的预约簿从早到晚排得满满当当。

首先推开门的是一对来自希米克的夫妻。

我帮助海瑟姆为一个矮胖的男人填补蛀洞,据介绍,此人是村庄的伊玛目①。

他站起身来,指了指坐在门外的女人。只见她戴着头巾,穿着一件及地的浅色长大衣。

"你能给我妻子看看牙吗?"

"当然可以,"海瑟姆说道,"请她进来吧。"

"是这样的,"他突然有几分不好意思,"如果不介意的话,我想请你的妻子给她看病。"

显而易见,他不愿让男医生碰妻子。

海瑟姆犹豫了片刻,不知如何是好。

然后他转向我。

"这个病人由你负责。"

天啊!我没有听错吧?

我冲向门口,太好了,终于能够扮演合格的牙医了,这是我应得的角色。

"请进,姐姐。"我说道,"请坐到椅子上。"

她的两颗臼齿,从齿冠到牙根全是蛀洞。我先在蛀洞上打孔,再补上临时性填料。

"好了,"我对她丈夫说道,"今天就这样了,下周她还要来一趟。到那时她的牙齿应该有所好转,能够做永久性补牙。"

过了一周,他们如约来到诊所,这一次还多了一个年长的女人。

"这是我母亲,"伊玛目说道,"请你也看看她的牙吧。"

---

① 清真寺内率领伊斯兰教徒做礼拜的人。

听到这话，我内心雀跃无比！感谢他们，是他们提醒了我，我是一名合格的牙医。

为妻子用汞合金补牙后，我又专心诊治母亲。

"她的左下颌需要装假牙，"我说道，"这比较困难，而且很昂贵……要继续吗？"

"没问题，"伊玛目说道，"请你多费心了。"

他们来回一趟不容易，于是我决定趁他们在这里时马上开始。

尤姆阿姨比我想象中更坚强。我注射了三个剂量的利多卡因，等她的牙龈完全麻醉后，拔出五颗牙。整个过程，她一句抱怨都没有。

我对病人的口腔做了一个初步的蜡制印模，又做了一个治疗的模型，最后给她装上一个暂时的牙桥。

我忙着治疗，海瑟姆则站在一旁给我当助手，面对这一百八十度的大转弯，他有些哭笑不得。

"下周早点来。到时候最后的模子就好了。"

"愿真主保佑你，阿迦的新娘。"伊玛目紧握我的手，印上一吻。

海瑟姆无法干预，只有沉默地看着，脸上浮现出不满的神色。我撇过头去，假装没看见。

我们收到了第二次晚餐邀请，不是好朋友，也不是阿图格鲁家的亲戚，而是图坦安卡①和乌姆恩特伊兹②。

真希望再次见到他们。婚礼后我们几乎没有机会聊天，他们是我在迪亚巴克尔最亲密的家人。

我建议拉米埃哈尼姆和克纳恩贝伊和我们一起去。

---

① 安卡，土耳其语，意为"叔叔"。
② 特伊兹，土耳其语，意为"婶婶"。

"乌姆恩特伊兹在电话里说,也邀请你们赴宴。"我说道。

"我们不去陌生人家里做客。"拉米埃哈尼姆说道。那就这样吧。

陌生人也可以做朋友,再说我跟着他们有礼貌地踏进了几十户陌生人的家,算了,何必说这些,何必逼他们去呢?看得出来,他们很不满海瑟姆和我刚会完朋友,又要外出吃饭。

虽然海瑟姆没有特别兴奋,却还是毫无怨言地陪我一起去。

图坦安卡和乌姆恩特伊兹住在耶尼赛赫尔区里塞卡德塞一栋高层公寓里。

孩子都长大自立门户了,家中只有他们两人。这又是一对完美夫妻,依靠爱与尊重,他们携手走过了漫长的婚姻之路,一路上幸福相伴。

主人的热情款待化解了我们初次拜访的尴尬。图坦安卡是个谈话高手,他机智的头脑与亲切的举止很快令海瑟姆彻底放松。乌姆恩特伊兹也是如此,笑容从心底蔓延至眼角的每根皱纹。

大家一见如故,我更是把他们视为在迪亚巴克尔的亲人。看着乌姆恩特伊兹精心准备的可口饭菜、漂亮的桌饰、灿烂热情的笑容,在我心里,她就是我家中可爱的一员。

吃过晚饭,我帮她把碗碟端进厨房。

"就把我当做你妈妈吧。"她说道。

"那您得先把我当做女儿。"

"没问题。"

她笑了。

"既然你现在是我的女儿了,那我问你:婚姻生活怎么样?和他家人相处得融洽吗?"

"一切都很好。至少目前如此。"

"迪亚巴克尔是个好地方,可是对于新娘,对于儿媳来说,或许就没这么好了。你背井离乡,住在他们家,这种痛苦与不易别指望他们能理解。"

她好像能读懂我的心思。不过我们只是初次做客,现在就将我的疑虑与怨言和盘托出,还为时过早。

"我没有抱怨,"我说道,"我知道自己要面对的是什么。"

"毫无疑问,你是个坚强的姑娘,不过千万记住:如果你需要诉苦,我就在你身边。"

不一会儿,我们喝完咖啡便告辞了。

走进门,我发现客厅的灯还亮着。这个时间对海瑟姆的父母来说已经很晚了,显然,他们在等我们。

当我们推开花园门的时候,灯灭了。我走进大厅,听见楼梯顶上响起了脚步声。

别担心:这对爱情的鸟儿已经归巢。晚安,好梦。

六

"我已经把牙具模型送去实验室了。"我对海瑟姆说道。

就在我为尤姆特伊兹治疗的同一天,海瑟姆也有一个需要装假牙的病人。

两天后,两个假牙送来了。

先到的是海瑟姆的病人。

"过来,"他说道,"仔细看着,学习如何正确处理!"

要知道,上大学时,我可是成绩优异,曾经还打算留校当助教呢。

我张了张嘴,最后还是忍住了,就让海瑟姆自诩比我更优秀,有资格做我老师吧。

可是,我的沉默并没有令他改变越来越刺耳的语气,其中更是带着轻蔑的意味。

"假牙不能与牙龈贴得太紧,"他说道,"否则会导致严重的问题。像你这样缺乏经验的人不应该做这样的治疗,但只能由一个人来完成……"

显然,我成了愚笨的学生,需要老师高明的教导与指点。

"我给你示范的每一步你都要牢牢记住;伊玛目的母亲明天来的时候,你可千万别让我失望。没人会责怪琵瑞雅哈尼姆……这是我的诊所,就算你搞砸了,那也是我的错。"

第二天尤姆特伊兹在儿子的陪伴下来到诊所。

"祝福你,阿迦新娘,"伊玛目说道,"我的妻子常常夸你,她的牙治好了,现在可开心了。"

我取下临时性牙桥,换上了永久性的假牙;又检查了一番,确定安装到位,不会引起牙龈组织的问题,也不会出现松动的现象。

我把病人送出门外,并叮嘱道:"下周再来一次,我看看情况如何。"

安装假牙的一周后,海瑟姆的病人来诊所做例行检查,比预约时间提前了两天。

"我实在受不了了,海瑟姆阿迦,"他连连道歉,"你放在我嘴里的东西一直挤压我的牙龈,就像一只小了两号的鞋。疼得我睡不着觉。"

"张嘴,让我瞧瞧。"海瑟姆脸上露出不可思议又防备十足的表情,那是习惯于一帆风顺、成功唾手可得的人面对自己失败时的表情。

可怜病人的牙龈严重发肿,假牙半陷在敏感的牙龈组织里。

"我们会摘下假牙的,"海瑟姆说道,"这种情况我们见过,这是由于病人的牙龈过分敏感而导致的。"

他不会承认错误,不会低头承认自己的安装出现了失误。堂堂阿迦的话绝对正确,穿上白大褂后的牙医也不可能犯错。海瑟姆无法,或不愿区分这两者。

见此情景,我还是回避为妙。留在这里只会令他尴尬难堪,让他以为我在幸灾乐祸。不过就诊室里还是传来时断时续、痛苦的叫喊声,可想而知里面是怎样一番情景。

尤姆特伊兹上门复查,这一次陪她来的不仅有儿子,还有一个陌生的女孩。

伊玛目介绍道:"你给我母亲看完后,能否也看看她,我实在感激不尽……"

"我很乐意,"我说道,"不过我得先看看你的母亲。"

可千万别遇上昨天海瑟姆的麻烦,我心里有些担忧。

诊治接近尾声时,尤姆哈尼姆说道:"真主保佑你,孩子。我感觉重获新生,你给我装的假牙太自然了,仿佛牙齿又长出来了。"

我又检查了一遍。她说得对,假牙严丝合缝。

谢天谢地,大获成功,我在心底暗暗对自己说道。

女孩的一颗智齿挡住了新牙的生长,已经有好几个月了。看来别无选择,只有拔掉这颗牙。

可是海瑟姆的病人就等在门外。

"请你给我十分钟吧。"我说道。

"好的。"他皱了皱眉头。

我先使用局部麻醉剂。牙齿排列正常,这颗牙齿的三分之一已经冒出了牙龈。即使如此,我却顺利地拔下了它,动作熟练,不慌不乱,连我自己也不敢相信。

"不久整个村庄的女人都会来找你,"伊玛目说道,"她们将排队亲吻阿迦新娘的手。"

"必须先预约才行。"我笑了,递给他一张海瑟姆的名片。

"说真的,请让大家先打电话预约。"

成功地拔下智齿,又招揽了更多生意,希望这能够弥补让海瑟姆等待的歉意。可是,他的脸色却更加阴沉,许久没有缓和。

他带着病人进了就诊室,丝毫不掩饰满腔的怒气,虽然生气的原因我百思不得其解,但是有一点毋庸置疑,他这火是冲我发的。

一时间,我竟看不透他了。

以前的海瑟姆难道不会祝贺我的"开门红"吗?以前的海瑟姆难道不会拍拍我的背,为他的琵瑞雅感到骄傲吗?

可如今,他为什么是这样的反应?没错,从一开始我就知道他反对我来诊所,虽然他没有明说。但是,如果他想要的是一个整天坐在家里接待客人的新娘,那又为何选择我?

如果我成功的诊治是他怒火的源头,那么我能想到的原因只有一个:嫉妒。然而,他怎会自降身份地与我斤斤计较,怎会嫉妒自己妻子优异的表现呢?换做是我,定会万分激动、欣喜若狂……

难道他没有发现,在这些日子里,我最开心的就是在诊治病人的时候吗?假如他明白,情况是否会有所不同?

七

今天早上,早餐的地点改在了花园,餐桌上似乎多了一位客人——春天,今年的春天来得格外早……

春天……一派生意盎然的景象,玫瑰、雏菊、紫罗兰在春姑娘的召唤下竞相绽放……

空气中弥漫着沁人的香味,我深吸一口气,屏住呼吸,真想就这样留住香味。

其他人和我有着同样的感受:在满是春天气息的花园里,我们比平时多逗留了一会儿。塞芮班又上了茶,喝完茶,海瑟姆和我就该上班了。

"已经六个月了吧?"拉米埃哈尼姆问道。

我静静地等着下文。

"你们结婚已经半年了。"她把话说完整了。

海瑟姆和我点点头。

"可我们还没有听见怀孕的喜讯……"

"太早了。"海瑟姆笑道。

"别以为还太早,等你们知道太迟,就追悔莫及了。"

我有些坐不住了。怀孕不该是夫妻间的事吗,被冷不防地这么一问,我心里有些生气。

拉米埃哈尼姆把手伸进裙子的口袋,掏出了什么东西,先是攥在拳头里,又扔在餐桌上。

"这是什么?"她问道。

天啊,竟然是我的避孕药!

"你拿这些东西做什么?"忍无可忍的我终于愤怒地问道。

拉米埃哈尼姆没有理会我。

"这个你叫做避孕药的该死东西……它们会使女人的子宫缩小、变形,功能减退,最后变成一个硬邦邦、毫无用处的小球。"

克纳恩贝伊装作没听见,摆出一副毫不在意的模样,却依然端坐于桌旁。显然,妻子提起如此隐私的话题,是经过他的默许的。

拉米埃哈尼姆直接冲我"开炮"。

"总有一天,你的子宫将无法怀孕。到那时,你才会拼命想挽回错误。你呀,只有等到子宫被毁了,才会发现自己大错特错。以前口口声声不想要孩子,可到那时呢,你会不顾一切地寻找怀孕的方法。看遍所有医生,可所有人都无能为力。"

拉米埃哈尼姆的一席话让我既茫然疑惑,又羞辱难当,只得在椅子上蜷缩成一团。

突然,海瑟姆的话响起,仿佛一根救命稻草。

"冷静点,母亲,这是我和琵瑞雅共同的决定。请让我们自己决定什么时候要孩子吧。"

拉米埃哈尼姆大惊失色,随即又恢复了正常。

"记住我的话,你们会后悔的。有一点我要说清楚:除非你们生下一个姓阿图格鲁的儿子,不然你们就没有尽到身为儿子和儿媳的责任!"

她将药片扔给我。

"给,随你便吧。不过如果你没有为丈夫和婆家生下子嗣,那你必须给我一个交代。千万别做错事……"

将药片放进包里,我飞也似的跑了出去,海瑟姆紧紧跟在我后面。

上班途中，谁也没有说话。

他提醒过我，别把私人物品放在外面，可我不听。擅自更换床单的那双手如今更大胆了，竟然肆无忌惮地伸进了我抽屉里最隐蔽的角落。

和海瑟姆谈论这事已毫无意义。将他家人的行为怪罪于他，这样不公平，更何况在我最需要他的时候，他挺身而出了。

是的，第一次，为了保护我，海瑟姆不惜得罪家人。他兑现了当初的承诺——正是因为这个承诺，我才同意搬到迪亚巴克尔。他信守诺言。

这一点我无法否认。

与其继续纠缠这个话题，我想我应该心怀感激。

"赶快，预约簿都满了，今天可是忙碌的一天。"海瑟姆说着，走进卫生间刮胡子。

这个早上，我却不在状态。究竟是谁进了我们的卧室；趁我们不在的时候，他们都干了些什么……我的脑子里全是问号，整个人萎靡不振，一副无精打采的模样。

我开始铺床。

对角折叠床单，再用手展平，谁的手又会在不久之后碰到它们呢。我居然发现，自己在不知不觉中采用了医院床单的折角铺叠法，以防他人随意更换。我抬起床垫一角，有什么东西突然吸引了我：在床与床架之间，洒落着好多黑点。

弯腰仔细瞧了瞧，像是茴香籽，可又不是。也许是老鼠屎，可这么小的空间，老鼠又怎么钻得进去呢？

海瑟姆电动剃须刀的嗡嗡声把我从猜测中拉了回来。赶快，我得加快速度。

我从梳妆台上抓起一张化妆棉，撒上几滴古龙水，按在黑点上。

半眯着眼睛看了看白色化妆棉上的黑点，时间来不及了，我将化妆棉对折，放进手提包里。

迅速换衣服，化妆。

当海瑟姆走出卫生间时，看到的是一间整洁的卧室，一张收拾完毕的床，以及准备和丈夫一同上班的琵瑞雅。她的内心虽然狂风暴雨，外表却一派平静，嘴角甚至还挂着浅浅的微笑。

翻了翻预约簿。上午的病人都由我负责。

几个小时紧锣密鼓的工作，哪有休息的空隙。午饭后，我又帮助海瑟姆诊治他的第一个病人。

"你累坏了，"他说道，"去喝点什么吧，茶或咖啡都行。"

太好了，我等的就是这句话。

"我想和乌姆恩特伊兹喝咖啡，"我说道，"我能离开一个小时吗？"

"没问题，"他笑着说，"替我向乌姆恩哈尼姆问好。"

接着他又略带嘲笑地补了一句："我能想象你们肯定有很多话要说。"

我按响了乌姆恩阿姨家的门铃，但愿她在家。

谢天谢地，她没有出去。

"琵瑞雅！"她高声喊道，"太意外了！我正想打电话给你呢。好长时间没有你的消息了。最近还好吗？"

"很好。"

我顿了顿。

"你说过如果我遇到什么问题，可以来找您。所以今天我来了。"

"出什么事了？快跟我说说。"

我从包里拿出那张化妆棉，让她看了看黑点，随着古龙水的蒸发，黑点变得更加明显。

"这是什么啊，乌姆恩特伊兹？"

她抓起几个黑点放在手掌上，细细研究，用手指拈了拈，又闻了闻。

"我也不敢肯定，"最后她说道，"我猜是种子，不过也不一定。"

她抬起目光，仔细地审视我的脸。

"大老远地来我家，不会就是为了问这些种子吧。你在哪儿发现的？"

"在我的床上。"

"啊，这就对了。"她哈哈大笑，一连笑了好几分钟。

突然她又脸色一沉，整个人变得严肃起来。

"听着，琵瑞雅，你得明白，这种事在当地很常见。人人都这么做……别放在心上，就当你从没发现。"

"好的，不过到底是什么？"

"是一句咒语！爱的咒语，使两个人走到一起，或将他们分开，或躲避邪恶之眼……我不信这种东西。不知道你怎么想，可是如果你问我，我觉得咒语本身并不重要；关键在于施咒者的意图。找到始作俑者及其目的，你就能知道要面对的是何种局面。"

"直觉告诉我，这个人没安好心。"

"你最好装作没发现……"

我将化妆棉紧紧攥在手中，她却从我手中一把夺走。

"你拿它做什么？"

"我要把它扔进干净的流水，被咒语保佑的流水……"

"万一又出现了呢？"

"把这事彻底忘掉。保持纯洁的心。别被这种东西吓倒。哦，还有,千万别告诉你妈妈。没必要让她白白担心。"

到底是谁干的,我心里已有答案,可是为什么呢?
回办公室的路上,我不停问自己。
为什么,为什么。其实,我知道原因。
虽然没有人公开表示无礼或蔑视,但我知道,我不是他们期望的新娘。他们眼中的我任性固执、一意孤行。我不愿乖乖待在家里,做个听话的妻子,恭顺地服侍婆婆,照顾丈夫,而是执意在丈夫的诊所里做医生。天天与陌生人打交道,结交他们反对的朋友。常常带着丈夫在晚上外出聚会,剥夺他们与儿子相处的时光……
最最不可原谅的是,我竟然拒绝生育他们渴望已久的孙子,使阿图格鲁家遭遇后继无人的危险;我还得到了海瑟姆的支持,这无疑是火上浇油。
他们的意图还不够清楚吗?
让我消失!或许不是从地球上消失,但绝对是从海瑟姆的生活中消失。拆散我们……第一步就是浇灭海瑟姆对我的爱。
这就是神秘黑籽的含义所在。
如今,我终于明白了,我要面对的是怎样一种局面……

八

海瑟姆和我有个共同的约定,两人分别承担上午和下午的工作,这样一来,我们都能休息半天,拥有充足的个人时间,除非其中一人需要另一人的帮助。

在充裕的闲暇时间里,我读书,和努古尔互访,边喝咖啡边聊天,去市场逛街,欣赏橱窗,购物……

我与海瑟姆的关系也有了好转,少了几分紧张。每对模范夫妻都明白,两人寸步不离有多么难;诊所里工作繁重,家中没有私人空间,任何一段感情都会经历的起起伏伏:有时我们的心情跌入低谷,也就不足为奇了。

今天,我休息上午的半天。

先看了会儿书,然后去找努古尔,她没有病人,于是两人边喝咖啡边聊天。

下午我回到诊所,准备工作。

"你出去转转吧,"我对海瑟姆说道,"放松放松。"

"没错,"他说道,"我好长时间没去戈兹克塞卡了。去那儿欣赏欣赏风光,对精神也有好处。"

记得他带妈妈和我去戈兹克塞卡游览时曾说过,当他觉得累了或心情沮丧时,就会去那儿转转。

站在门口,我朝他挥挥手,转身回去工作。

我一直忙到晚上,没有休息,只有凯瑟尔哈尼姆偶尔催我喝一口茶。

送走了最后一个病人,又来了一对夫妻。

"我们没有预约……"妻子说道。

"没关系,"我说道,"你们来得正好。我刚刚看完了最后一个预约的病人。请跟我来,就诊室在这儿。"

"我们俩都是教师,"妻子告诉我,"学校准假,我们才能出来。"

做完自我介绍,艾伊藤哈尼姆说起了自己的病情:齿冠阵阵发疼,尤其是在夜里。

"得拍 X 光,才能看清楚。"我说道。

问题显而易见:牙根周围有一个囊肿。

听到"囊肿",艾伊藤哈尼姆大惊失色。

"没那么严重,"我安慰她,"不过已经发炎了。是牙根脓肿,必须先消炎。"

我给她开了一种强效抗生素。

"五天后回来复查。"

"要拔牙吗?"艾伊藤哈尼姆问道,又是一脸惊恐。

"那是最后的方法,别担心,我们会尽量保住它的。"

"我也有问题,"丈夫伊卡恩贝伊说道,"不管喝热的还是冷的,我左下方的牙齿就疼。能麻烦你看看吗?"

"没问题。"我一边说,一边示意他坐到妻子刚刚坐过的椅子上。

伊卡恩贝伊有两个轻微的牙蛀蚀。

"只需要一些基本的填料,马上就能处理好。"

"那就动手吧。"他说道。

牙蛀蚀很小,用不着局部麻醉剂。

"连暂时性的填料都不需要,"我说道,"我们已经及时处理了。要是再晚些时间,它可能会恶化。"

就在我准备化合材料时,门铃响了。从打开的门缝看出去,只见凯瑟尔夫人正慢慢地穿过大厅,去开前门。

海瑟姆走了进来,手上还捧着一大束玫瑰。他在就诊室门外停住了脚步,不一会儿就消失在大厅里。

或许他不想打扰工作中的我吧。

牙蛀蚀填好了,我检查了一遍,确保化合材料光滑平整。

"下次你和艾伊藤哈尼姆来的时候,你要是愿意,我再为你洗牙。"

我说道。

病人千恩万谢,然后离开了。

"我能走了吗?"凯瑟尔夫人问道。

她早已拎着手提包,坐着等我看完病人。

"是的,"我说道,"晚安。"

海瑟姆手捧玫瑰,坐在候诊室里。

一看见我,他便将花放在我脚边。

"送给你的。"他喃喃道。

我弯腰拾起花束。

"可惜你没有想出更好的送花方式呀。"

他从椅子上跳起来,抓住我的肩膀,一阵摇晃。

"你这是干什么?你想把我逼疯吗?"

我从没见过他这副模样,怒气冲冲,一触即发。

"我干什么了?"

他松开我的肩膀,双手像铁钳一样紧紧掐住我的手臂,力气大得出奇。

"你和一个男人搂搂抱抱,现在却不知羞耻,装作若无其事的样子。"

哦,这太过分了。我拼命挣脱了他。

"难道你不记得了吗?"我说道,"我也是牙医,和你一样都是牙医!他不是'一个男人',他是我的病人。"

"你和他贴那么近,你竟然连口罩都没戴。"

天啊,局面即将失控。可是我无力撤退,他践踏我的尊严、污蔑我、羞辱我,我岂能忍气吞声!听之任之!

"你不配做医生!"我吼道,"你每次弯腰诊治女病人的时候,莫非脑子里都在想入非非吗……"

他又一把捏住我的下巴,动作粗暴,我只好连退几步,背靠墙壁。天啊,他使出了浑身的力气,我的下巴疼得厉害……

"闭嘴,你敢再说一句,我就杀了你……"

他眼里的怒火熊熊燃烧;双手朝我挥来;拳头如雨点般落下,口中爆出一连串的咒骂与威胁。可是我不害怕。如果此时的我还有什么感觉的话,那就是不顾一切的愤怒。愤怒排山倒海一般向我袭来,天啊,我忍无可忍。

我使尽全身力气推开他,他却飞快地攥住我的手臂,又将我猛地按在墙上,我身体一滑,啪的一声坐在地上。

他一把抓起我。

"我绝不会让人家说海瑟姆阿迦的妻子背地里和别的男人鬼混!"他咆哮道。

"我才不在乎什么尊贵的地位!"我尖叫着,"我不是你的农场工人!如果你是阿迦,那就别做有失身份的事!"

他的手扬在半空中,作势要朝我扇来。

"来啊,打我啊,"我说道,"你不就是这样的人吗?"

然后……我尝到了巴掌的滋味,好似一根鞭子,狠狠地抽打在脸上,火辣辣的疼,带着海瑟姆的狂怒与沮丧。

马上离开……

逃脱这个噩梦……

这是我的全部想法。

我拔腿跑向卫生间。

镜子里是一张狼狈不堪的脸。被撕裂的衬衣,乱作一团的头发,脸颊上俨然五个清晰的青紫色指印。

我掬起冷水不断往脸上泼,不够,还不够,我索性把头伸到水龙头下。

不顾头上还在滴水,我冲出卫生间,抓起手提包走出诊所,站在走廊上。

我要做什么?我还能去哪里?

拖着灌铅似的双腿,我上了楼,来到努古尔的诊所。

"你怎么了?"看到失魂落魄的我,她吓得惊声尖叫。

此刻的我已耗尽了最后一丝力气,整个人如死一样的平静。

努古尔轻轻地摸了摸我的脸颊和湿漉漉的头发。

"你没事吧?"

"我没事,真的没事。"

"到底怎么了?"

"海瑟姆和我打架了,狠狠地打了一场……"

她无需多问,我也无需多答,一切已然明了。看我的模样,她什么都知道了。

"我要回伊斯坦布尔,越快越好。"

"我能帮你什么吗?"

"不用了。谢谢……能让我给伊斯坦布尔打个电话吗?"

"没问题,你随便打。不过……你不觉得最好还是稍后再打吗?"

"别担心,我什么也不会说的。现在我就是想听听他们的声音。"

"喂……琵瑞雅,是你吗?"

"是我,妈妈……我想听听你的声音。"

"真高兴你打来电话。我正要打给你呢,只是不知道你什么时候是一个人。"

"出什么事了吗?有什么我不知道的事吗?"

"是你姐姐,她要离婚了。"

"她闹离婚都好几年了。"

"不,这次是认真的。阿莫特为秘书租了一间公寓,两人同居了。你姐姐和孩子现在和我们住在一起。"

"她以前不是也经常回家住吗?"

"这一次他们提交了离婚申请,双方都找了律师。他不要孩子的抚养权,也没有其他异议。一场听证会后,离婚就生效了。"

妈妈的声音在颤抖,似乎眼泪即将决堤。

"我们都忧心如焚,琵瑞雅。我拼命在你姐姐和爸爸面前掩饰悲伤,可我真是难以承受。她年纪轻轻就离了婚,还带着两个孩子,搬回来和父母同住。真不知该怎么安慰她。你爸爸也整天愁眉不展,血压上升,我也十分担心他的心脏。我到底该怎么办。"

"妈妈,离婚对他们来说未尝不是一件好事。为什么我们总是一副世界末日的模样呢。很快她就会自问,为什么不早点离婚。这一点我敢肯定。"

"够了,"妈妈叹气,"你还好吗?最近这么多麻烦事,我也没有时间问问你过得怎么样。"

"别担心我,妈妈,我很好。"

"琵瑞雅,你要是在就好了。我们家就属你最坚强、最勇敢。你能给我们精神上的支持。"

"我原本打算回去住几天。不过似乎你现在很忙,那我还是晚些时候回去好了……"

"现在就回来吧,你又不是外人。"

"还是等你先冷静下来吧。我处理完这边的事就尽快赶回去。"

我不能回去。

第二部

此刻的我怎能出现在那座房子里,姐姐刚宣布离婚,我如何能抛弃丈夫,独自回娘家。那会要了爸爸的命。先是海蒂斯,如今又是琵瑞雅……不行,这样对他们太残忍了。伊斯坦布尔我必须回,但至少要等几天……

"愿意的话,今晚你就和我们住在一起吧,"努古尔说道,"埃米尔一会儿就回来了。我们可以一起回家。"

"谢谢,"我说道,"不过我得去另一个地方。"

我把眼睛藏在墨镜后面,飞快地下楼,走上街头。

在车站跳上最先开来的出租车。

"到里塞卡德塞。"

和努古尔一样,乌姆恩特伊兹一看见我就慌了神。

她轻轻拉着我的手,带我走进客厅,轻手轻脚,压低声音。

图坦安卡正坐在客厅里,为了不让他过分担心,我打算说得轻描淡写,可是很快却发现自己原原本本地说出了每一个细节。

他们听着,脸上全是难过与震惊,但是为了让我一吐为快,他们极力压抑着,就像真正的爸爸妈妈会做的那样。

事实上,告诉他们比告诉家人更容易。所有的怀疑,全部的心事,几个月累积的沮丧,我统统说了出来。

他们静静地听着,没有插话,没有反驳,没有提议,一个字也没说。他们越来越明白,安慰我、使我平静下来有多难。

最后,乌姆恩特伊兹开口了。

"下一步你打算怎么办?"

"回伊斯坦布尔。明天或后天就走。"

姐姐的离婚阻挡不了我回家的步伐。我必须尽快逃离迪亚巴克尔。

"如果你们不介意的话,回去之前我能住在这儿吗?"

"就把这儿当做你的家吧,孩子,想住多久就住多久。"图坦安卡说道。

我来对了地方。在他们心中,我就是真正的女儿,他们像天下所有父母一样,分担我的失望与痛苦。

"只有一件事。"乌姆恩特伊兹说道。

她咬咬嘴唇,拿不准我会作何反应。

"有一件事我必须说……我们得通知海瑟姆你在这儿。"

我猛地站起身来。

"不!你不能告诉他。"

"听着,琵瑞雅,"她好言劝道,"这里是迪亚巴克尔。如果你失踪了,只会雪上加霜。如果你瞒着所有人,偷偷跑回伊斯坦布尔,很快就会有人议论,说他们家的新娘抛弃了丈夫。"

"只要我回去了,我才不管别人怎么说。"

"别这么说,让我们打给海瑟姆吧。我们会告诉他,你在我们这儿做客,仅此而已。"

拒绝的话我说不出口,眼下我没有其他地方可去。反正他很快就能找到我。

我在一旁听乌姆恩特伊兹打电话。

"琵瑞雅在这儿……她要在我们这儿住上一阵子。她没事……不用担心。好的,我会转告她的。"

她挂了电话,走到我面前,摸了摸我的头发。

"他听起来难过极了。他……他问候你。"

"我真不明白,"图坦安卡说道,"他看起来是如此正派庄重的一个年轻人。怎么会这样呢?"

"这有什么奇怪的,"乌姆恩特伊兹说道,"只要施展巫术,就几乎足以令你相信。"

坐在餐桌旁,我味同嚼蜡,即使饿得肚子咕咕叫,仍难以下咽。

随意拨弄着米粒,用叉子沿盘里的图案画着,就像听话的孩子没有父母的命令不敢离开餐桌一样……

乌姆恩特伊兹不让我帮忙收拾桌子。撤走一堆餐盘后,不一会儿她又端着咖啡走进客厅。

我静静地坐着,脑海里不断闪过那些梦魇般的画面,庆幸此刻自己坐在这里,可这里并不是真正的家,一想到此,心又阵阵发疼。

突然门铃声打断了我的思绪。

"肯定是大楼管理员,"乌姆恩特伊兹边说边开门,"他来收垃圾了。"

门口响起了一连串的脚步声,我本能地强打精神,准备面对最糟的局面。

拉缇弗哈拉和海力特埃尼斯特走了进来,后面跟着籁扬阿芭拉和丈夫塞威德特,走在最后的是垂头丧气的海瑟姆。

我闭上眼睛,这些人我谁也不想看见。

啊,乌姆恩特伊兹……你为什么要告诉他们我在这里呢?

对于这一群不速之客,图坦安卡给予了恰到好处的欢迎,示意他们坐下。

拉缇弗哈拉在我旁边坐下,拉着我的手,似乎在无声地支持我,给我传递力量。我抽回手。不,即使是我一直喜欢的阿姨,此时此刻,她的到来也令我难以忍受。

客厅里鸦雀无声。谁也不知道从何说起,大家都在等着有人先开口。

对于整个家庭而言,此事非同小可,身为长辈,海力特埃尼斯特清了清喉咙。

"这对小夫妻之间出现了一个不幸的误会。我代表海瑟姆向琵瑞雅道歉。不过,我还是认为,最好在同一屋檐下解决问题。所以我们来这里,想接新娘回家。"

"这事只有琵瑞雅能决定,"图坦安卡说道,"是走是留,完全由她选择。"

"琵瑞雅走后发生了什么,我们都看见了,"籁扬阿芭拉说道,"她像逃离火灾一样逃到你们家。如果她当时找到我或拉缇弗哈拉,事情就不会闹到如此地步。这是家务事。至少原本应该是……"

图坦安卡清了清喉咙,很有分寸地回应道:"籁扬哈尼姆,如果今天换做是你,你会怎么做?你肯定会直接跑回父母家,对吗?琵瑞雅只不过做了和你同样的选择。我们就是她在迪亚巴克尔的父母,她来我们这儿不是天经地义的吗?难道你不认为她的行为无可厚非吗?"

拉缇弗哈拉狠狠地瞪了籁扬阿芭拉一眼。

"事情的关键不是跑到哪里。我们很感激你们做的一切。不过,正如我丈夫所言,我们必须解决问题。我们想带琵瑞雅回家。应该让她和海瑟姆两人单独谈谈,弥补裂痕。"

够了,听够了,我站起身来,冲进厨房。

乌姆恩特伊兹和拉缇弗哈拉紧随其后。

"琵瑞雅……亲爱的孩子,"拉缇弗哈拉一边低语,一边轻拍我的后背,"我非常了解你。你一点儿没错。不知道海瑟姆当时中了什么邪,不过你我都清楚他不是坏人。我不会替他辩护,都怪他年轻气盛,阅历不够……但是你会发现:他会变成熟,变稳重;也会学习如何控制脾气。"

"拉缇弗哈拉,我不想等他成长,我心意已决,非回伊斯坦布尔不可。"

"哦,亲爱的琵瑞雅……在这些地区,掌控男人比登天还难哪。你知道吗,就连在这儿土生土长的我,结婚这么多年了,还是觉得这是一件几乎难以完成的事。至于回伊斯坦布尔,千万别一时冲动,赌气做出草率的决定,不然你只会后悔。"

这些陈词滥调我听够了。当初就是害怕后悔,我才来到这里。难道我给海瑟姆和他家人的机会还不够多吗?有多少次我告诉自己"等等看"?

"我请求你留一周,"拉缇弗哈拉说道,"回家吧。冷静、彻底地好好想想。尽量客观考虑。你有两个选择:留下或离开。谨慎地权衡利弊,看看天平朝哪边倾斜,再做出最终的决定。"

乌姆恩特伊兹没有说话,只是点了点头,我知道她同意了。

留一周有什么损失呢?我大可以明天或后天飞回伊斯坦布尔,余怒未消,不给自己冷静期。

可是伊斯坦布尔的父母该如何迎接我呢?刚刚接回遍体鳞伤的大女儿,他们能否承受二女儿回家的无奈与痛苦呢?

是的,我可以给自己一周的时间。我笃定最后的结果不会改变。惟一的区别在于那时的我已经冷静,确定自己做了正确的决定。

拉缇弗哈拉觉察出了我的犹豫不决,知道自己的话起了作用。

"如果一周后你依然坚持,我保证将亲自陪你去伊斯坦布尔。"

我站起身来,走到客厅,对图坦安卡说道:"如果您觉得没问题的话,我愿意回家。"

"由你决定,孩子,不过我真心希望这样的事情下不为例。"

他扫了一眼海瑟姆,看看这句婉转的警告是否奏效。

又一次,房间陷入一片沉默。

不过这一次,每个人都如释重负,大家都相信因我的倔强而导致的棘手问题如今得到了满意的解决。向乌姆恩特伊兹与图坦安卡道别之后,我和婆家人以及丈夫离开了。

回到家中,从门廊到客厅,海瑟姆朝所有人点点头,示意逃跑新娘回来了。我不理会他,径直走回卧室。

推开门,我一下瘫在扶手椅上,紧闭双眼。如果拼命忘记发生的一切,忘记所见所闻,我是否就能把这个噩梦从大脑中抹去,能否就能将这根毒刺从心底拔走?

海瑟姆坐在对面的椅子上。

"琵瑞雅,"他声音颤抖,"我真的想死!害怕失去你的恐惧,对自己所做所为的羞耻……相信我,我真的想一死了之。"

不在乎我的无动于衷,他继续说道,半带乞求,半带忏悔。

"我不知道发生了什么……我完全失控了。当我看见你靠近陌生男人,靠得那么近,近到能够感觉他的呼吸,我就失去了理智……我不奢求你能原谅我。我知道自己做了多么可怕的事情。不过我请求你试着假装这一切从未发生。你会看到,我将使你忘记整件事。"

"别白费口舌了,"我呆呆地看着前方,"别误会我留下来的理由。我的决定不会更改,我会尽快回伊斯坦布尔。"

不想听他的回应,我起身从床上抓起睡衣,走到卫生间换衣服:我无法在他面前宽衣解带。

钻进自己的半边被窝,被子是冷的,心更冷,而他躺在另一边,我转过身去,这注定是一个无眠的漫漫长夜。

以为我还在熟睡,海瑟姆悄悄地穿好衣服,走出房间。

他一走,我便爬下床,头痛欲裂,全身酸疼,这一切全拜某人所赐。

这个曾经的亲密爱人,我却蜷起身子,躲了他整整一晚。

我该拿你怎么办,我不断自问。疲惫不堪、心灰意冷的我根本没有力气将决定坚持到底。胆小鬼、懦夫,我在心里狠狠骂自己。

"早上好。"

是塞芮班,此时此刻,我连见她的力气都没有。

"拉米埃哈尼姆想让你去楼下吃早餐。"

"跟她说我不去了。"

她安静地离开了房间,一如她悄无声息地进来。

不一会儿,她又回来了,手上端着托盘。

"她让你先吃早餐,然后再下去。"

"把早餐端走,跟她说我不去。"

塞芮班置若罔闻,她拉开窗帘,打开窗户,整理床铺。

收拾完毕,她离开房屋,留下了早餐,希望我能吃上几口。

突然响起了敲门声,也许又是塞芮班吧。

可是我猜错了,这一次来的人竟是拉米埃哈尼姆!

她走到对面的椅子上坐下,同时向我投来不同寻常的温柔目光。

"我的孩子,"她边说边轻抚我的手,"肯定是邪恶之眼。但愿他们双目失明。他们的嫉妒变成了你的不幸,像浑浊的洪水一样将我们卷走。如今一切都过去了,别再纠缠了。"

我冷冷地看着她,她垂下双眼,透出几分畏缩的神色。

"哎,琵瑞雅……你还如此年轻,涉世不深。需要时间的洗礼,你才能逐渐变得成熟。给自己一个成长的机会,也给海瑟姆一个成长的机会吧。"

如果不是太过了解,我会认为坐在对面的是其他人。是因为前一天的不快,所以拉米埃哈尼姆才对我如此温柔和尊重吗?

"男人就像孩子,要靠女人来管教。那是我们的命运……一点迁就加上一点纵容,他们就会变成听话的羔羊。"

莫非她就是这样"管教"克纳恩贝伊的吗?她如何迁就他?又如何纵容他?

我见证了她做出的每个重大决定。希米克的大地主对她言听计从。真正的阿迦不是他,而是她。自然,像她这种身份的人给我上一堂如何管教丈夫的课,那是小菜一碟。不过我对她的策略依然怀疑,这真能用到我的婚姻中来吗……

她看了看原封未动的早餐。

"你什么也没有吃。别忘了,你需要力气。"

说着她站起身来。

"吃完早餐下楼。我们一起喝咖啡……"

不知为什么,我有一种神清气爽的感觉。

拉米埃哈尼姆出去了,我将视线转回到早餐上,从昨天中午到现在,我米粒未进,于是三下五除二,我把盘子里的食物吃得一干二净。

换上衬衣长裤,又梳了梳头发,好了,可以下楼和拉米埃哈尼姆喝咖啡了。

昨天发生的事不能怪她。她的儿子才是始作俑者。

他一手犯下的罪恶,应该由他一人承担。

自那天起,我再也没有踏进诊所半步。仿佛正在康复期的病人,我整天足不出户,靠休息与阅读打发时间。

与海瑟姆的冷战却让我渐渐拉近了与拉米埃哈尼姆和娜莱恩的距离。我们几乎称得上是朋友了。

如今选择坐在餐桌最远角落的人不是海瑟姆,而换成了我。我与拉米埃哈尼姆、娜莱恩,甚至克纳恩贝伊谈话,单单对海瑟姆沉默到底。

在家里得到的种种安慰使我推迟了回伊斯坦布尔的计划。姐姐和姐夫将在十天内对簿公堂。我静静地等待结果……

"六月初我们要去村庄一趟,"拉米埃哈尼姆说道,"克纳恩、娜莱恩和我都要去……今年海瑟姆不去,所以我想最好我陪克纳恩一起去。"

说到这里,她眨了眨眼。

"你和海瑟姆能过一段时间的二人世界了。"

见我默不作声,她又大胆地说道:

"如果你们有个孩子……这是惟一缺少的一环。说真的,我的孩子,难道你不觉得该停止吃药了吗?你这是在毒害自己。"

她的语气中充满了关切,仿佛一位慈爱的母亲。不过我深深地明白,在这番话的背后是她的望孙心切……

我不想告诉她,自那天之后,我就没再吃药。假如我告诉她,我划分了楚河汉界,不许海瑟姆越界,因此无需避孕,她会作何感想?她能理解吗?未必。

一个持"女性被打得鼻青脸肿后,依然在夜里钻进丈夫怀抱"的观念的人,如何能理解我的坚持,她如何能懂我执意不让海瑟姆碰我,就像当初新婚之夜我坚决不回这座房子一样。

九

大家都走了。

我们送走了所有人,只剩下住在小平房里的看门人和他的妻子赫森娜哈尼姆,这段时间她将到厨房与塞芮班一起帮我做饭。

突然之间,房子显得格外空空荡荡。从底楼开始,我逐一推开每间房间的门,似乎想再确定一遍所有人真的走了。

来到厨房,只见赫森娜哈尼姆正在里面,于是我将她也打发出去了:"不用忙了,今天的晚餐我自己来。"

琵瑞雅,你就承认吧,下厨的机会千载难逢,没错,这正是我最想念的家务事。

我挽起袖子,开始做鸡肉薄煎饼,塞芮班和赫森娜哈尼姆看得目瞪口呆。我让赫森娜哈尼姆去花园烤茄子,当做烟熏味沙拉酱的材料。其他的菜还有"西格拉波雷依"(羊奶干酪馅雪茄状油炸糕),橄榄油煎罗马豆……

今天,海瑟姆提前下班回家。

看见桌上丰盛的饭菜,他喜形于色。

"琵瑞雅为丈夫洗手做汤羹。"大大的笑容挂在他脸上。

"没什么可兴奋的,"我说道,"曾经我确实想为你下厨。可是今天,我这么做只是为了证明自己会做菜。"

不理会我的解释,他伸手将我搂在怀中。对于这样的意外,我暗自对自己生气。

"离我远点,"我挣脱开来,"休想有什么改变。我现在的心情和昨天、前天别无两样。"

我们坐下来吃晚饭。每吃一口他便夸我一句,更是津津有味地把所有盘子都吃个底朝天,在我看来,他是在夸大他的喜悦。

"太棒了,"他说道,"我有了新婚的感觉。你不愿住在这儿是对的。夫妻只有拥有自己的生活,才能发掘婚姻的快乐。我想这就是我们的问题所在。"

除了简要、辛辣的作答之外,我一直尽量避免与海瑟姆说话。可是此刻这座大房子里只剩下我们两人，保持沉默并不容易。

"这样吧，"海瑟姆说道，"今天我们假装一对刚结婚的夫妻。不妨试一试吧。我们也找找二人世界的感觉。夏末，最迟秋天，我们就搬出去住。还记得我的承诺吗？"

"太迟了，"我说道，"你动摇不了我的决心。我最多在十五天内就回伊斯坦布尔。"

"留一个月，好吗……我带你回伊斯坦布尔，我正计划在七月初关闭诊所。到时候我们会有一个月的假期，可以从迪亚巴克尔开车出发，经过安特普、阿达纳、默辛、安塔利亚……然后去爱琴海，穿过伊兹密尔和布尔萨，最后到达伊斯坦布尔。回来后，我们再找一间只属于我们两人的公寓。你说呢？"

"我只同意去伊斯坦布尔，其他的就免了吧。我会留在伊斯坦布尔。你自己一个人回来好了。这一路的长假也没有必要。如果你坚持，那我就自己回去。"

"好吧，"他说道，"就这么定了。七月初我美丽的娇妻和我将一起享受假期，只有我们两人的假期。"

看他四两拨千斤地挡回我的话，我怒火中烧，却怎么也狠下不心来彻底拒绝。

"不妨明晚邀请努古尔和埃米尔来做客吧？"

他的确摸透了我的心思！

我实在无法压抑雀跃的情绪。

"好的。"声音虽镇定，内心却狂跳不已。

我几乎忘记了，与朋友共度夜晚是人生最大的一种乐趣。

几个月来，当我与越积越深的失落与孤独作战时，我以为自己想家了。

如今我才明白，或许友谊才是我最怀念的，只有当与朋友围坐在餐桌旁，天南海北地聊天，无拘无束，享受友情与阳光时，我才意识到这一点。

餐桌被安排在花园里：努古尔、埃米尔、海瑟姆、我……

大家把一个个盘子端出来，这是我在赫森娜哈尼姆和塞芮班的帮助下，忙碌一天的成果。

海瑟姆和埃米尔负责烧烤。

"这是男人的活儿。"海瑟姆说道。

肉已经腌过，串在烤肉扦上。

"我们得准备一些'乙兹姆沙拉特'①。"海瑟姆说着跑进厨房，却没有叫上帮手。我跟着他走了进去，只见他将成熟的西红柿、青椒、欧芹、薄荷一一切碎，再加上自制的番茄酱和石榴糖浆，用大刀的刀刃搅拌，最后盛进盘子里，这下大功告成了。

"瞧啊，"他骄傲地将盘子放在桌上，"这可是海瑟姆大厨的拿手好菜。"

这是海瑟姆最好的一面。他是村庄地主娇生惯养的独子，从小过的是衣来伸手饭来张口的日子，可当兴致大发时，他却能挽起袖子露一手……

"你知道吗，"他边倒酒边说，"这可是这座房子里开的第一瓶红酒。要是被父亲知道了……他会杀了我的。"

埃米尔笑着说："我们也不在我父母家喝酒。"

"干杯，"海瑟姆说道，"敬我与琵瑞雅的新生活……"

对于那天可怕的事，努古尔和埃米尔一清二楚，也知道我们的关

---

① 一种土耳其开胃菜。

系尚未缓和。可是看看兴致高涨、满口谈论未来的海瑟姆,身为客人的他们怎好扫兴。于是他们两人表现得一切正常,似乎我们已经原谅对方,甚至是全然忘记了那件事。

面对我好转的情绪和客人明显的赞同,受到鼓舞的海瑟姆朝我挪了挪椅子,更是伸手环住我的肩。

"朋友们,我是世界上最幸运的人了,"他说道,"因为我拥有如此完美的妻子……"

"看见你们这样真好,"努古尔说道,"我们都担心一切结束了。"

"结束?"海瑟姆说道,"试想相机的连拍,每张照片都色彩鲜艳,笑颜如花……然后你却发现有一张色彩灰暗……你会因为这一张而将所有照片统统扔掉吗?"

就这么简单吗?如果我不发一言,他会认为我默认他的话。不行,我不允许这样。

"再想想那张灰暗的照片,"我说道,"它会像染色剂一样扩散到其他照片,将它们统统染黑。你别无选择,只有扔掉一整套。"

"没错,我们就是要统统丢掉,这样才能拍出新的照片。"海瑟姆接过我的话说道。

"要是这么简单就好了。"我撇了撇嘴。

"为什么不能这么简单呢?"埃米尔说道,"从你头脑中将这个黑点抹去有那么难吗?"

他朝我笑了笑,又继续说道:"就这么一次,他做了严重的错事,你能说我们这位朋友是坏人吗?"

"我自罚一杯。"海瑟姆说道。

突然,他脸色一转,变得异常严肃。

"最重要的是,我想让你忘记那一天。假如我失败了,至少我希望给你无数个快乐的日子,让这些甜蜜的回忆赶走你脑海中痛苦的回忆。回到我身边吧,琵瑞雅。"

> 他心中的伤痕与我一样深重……
> 我不愿看他头颅低垂,屈膝卑躬……
> 把我狠狠推开吧,就像上次的冲动,
> 他颤抖的声音中带着伤痛,
> 他的目光似乎要将我眼中的寒冰消融……
> 不!海瑟姆,快停下来!
> 这样陌生的你只会让我更不知该何去何从……

在花园门口挥别努古尔与埃米尔时,我感到双腿阵阵发软,眼前一片模糊,身形不稳,连忙靠住海瑟姆。

"是酒精的关系。"我勉强扯出一个微笑,含糊不清地说道。

海瑟姆环住我的腰。

"我扶你进去吧。"

"不用了,我自己能行。"我一边说,一边摇摇摆摆地走回屋里。

眼看我就要摔倒在地,海瑟姆眼疾手快地抓住我。

"我连走路都忘了。"我傻傻地笑了笑。

"你会忘记的,"他在我耳边轻声说道,"不是走路,而是我们之间的不愉快。"

他靠得如此之近,温热的气息拂在我的脸上,我只觉得浑身无力。

有些事我应该记住,可那些事似乎不再重要。

过去的已经过去,剩下的只有现在。

此时此刻,我在这里,这就是一件何其美妙的事。我感觉身体越来越轻。

海瑟姆强有力的手臂扶着我上楼。依偎在他怀中的我,安全又安心。

第二天我醒得很晚,海瑟姆已经离开了。

哦,该死,头痛欲裂,全因昨晚……

我走进卫生间,打开淋浴头,冷水很快唤醒了身体,我又恢复了神清气爽的模样,仿佛熬过了噩梦般的一夜之后,在一个清新宜人的早晨醒了过来。

塞芮班和我高兴地一起吃早饭。我的内心满溢着快乐,连眉梢眼角都带着笑意。她知道肯定有好事发生,却没有打听,只是分享我的好心情,还我一个浅浅的微笑。

刚吃完早餐,我还没来得及安排今天的事务,电话铃就响了。

"我想你,"电话那头的海瑟姆说道,"真希望你在我身边。"

那天之后我就再也没去过诊所,现在的我准备好推开那扇门了吗?一时间我举棋不定。

海瑟姆的下一句话却打断了我的犹豫:

"坐出租车来吧,我等你。"

"你属于这里,"海瑟姆说道,"你我都属于这里。"

他笑了笑,继续说道:"不过你可不会无所事事。我为你安排了两个病人,就是那个教师和她女儿。他们今天下午来。"

我只是静静地听着,没有回应。他是在示意我们重新来过?抑或只是他弥补过错的另一种方式?

"哦,"他又说道,"巧了,今天的两个病人都是女性。我妻子和我都是牙医。如果男性病人上门,显然你也会为他们诊治的。"

我难以置信地看着海瑟姆。

他哈哈大笑:"但是你得戴口罩……"

海瑟姆把我的时间占得满满的，新花样层出不穷，好给他的琵瑞雅解闷。

"这个周末我们去湖边吧，"他提议道，"把努古尔和埃米尔也叫上。下周我们去马迪恩。你说呢？"

哈扎尔湖距离迪亚巴克尔大约一百四十公里，距离埃兹拉四十公里。两座城市的人们都喜欢来此旅游。

我们在湖边的一家餐馆里吃鱼。

海瑟姆指着岸边大大小小的避暑别墅与度假屋说道："我父亲在这里有些地产。你觉得如何，琵瑞雅？我们应该在这里盖座房子吗？"

这倒不失为躲避迪亚巴克尔高温的好去处，这里既适合过夜，也适合野餐。不过整个暑假都待在这儿，我却不太情愿。

"这样的话，那我们整整一年都待在迪亚巴克尔……"我说道。

"好吧，"海瑟姆笑了，"我明白了。琵瑞雅哈尼姆想念锡纳西科了。年年在海边度假消暑的人，一个湖泊如何能满足她呢？"

转眼又到了周日，这一次我们出发去马迪恩。

这是一座使人迷醉的城市。美索不达米亚平原陡峭的山坡上一座座古老的砂岩房屋层层叠叠，前一座房屋的屋顶就是后一座房屋的庭院，木门精雕细琢，巧夺天工的建筑技艺渗透到每个细节。

难以想象住在这样的房屋里是什么感觉，不过身为游客，我开心地穿梭在狭窄的小巷里，手拿相机，不停按动快门。

黑皮肤的女人们脸上文着花纹，孩子们在庭院里跑来跑去，夕阳的余晖将浅色的石头染成玫瑰色。将马迪恩的美景定格在相机里，我心满意足地回了家。

十

姐姐和姐夫正式离婚了。

电话里妈妈的声音平静了很多,有些无法阻止的事情只能听天由命。

"这个周末我们要去锡纳西科,"她说道,"希望你也能去。"

日历翻到了七月。

我们关了诊所,开车上路了。

首先,按照海瑟姆计划的路线,我们选好了要走的高速路、旅行的最佳地点以及过夜的城市。

地图上散布的红点说明,我们将开始一段漫长而又重要的旅行。

第一站是乌尔法。

当车驶进这座城市,首先引起我注意的是,老城区房屋的建筑风格与马迪恩非常相似:共用的庭院与屋顶,屋檐相连的房子……不过也有所不同,乌尔法的新商务区全是高楼大厦与林荫大道。

最有趣的景点当属巴林克里盖尔,也叫艾恩扎里哈,即圣鱼湖。据传说,有一位暴君将先知亚伯拉罕活生生地扔进火葬堆,就在这时天却奇迹般的下起了倾盆大雨。雨水浇熄了火焰,并且形成了这个湖泊。那堆木材则变成了今天湖里成千上万条鲤鱼。

一条条精心喂养的大鱼成群结队地在湖泊里懒洋洋地游来游去,

只有当食物被扔进水中时,它们才恢复活力,争先恐后地一拥而上。

"不知道清蒸或烧烤这些鱼是什么味道。"我对海瑟姆说道。

"你想都别想,"他答道,"可别让其他人听见了!当地人相信,亵渎这些鱼的人将永远失明。"

离开乌尔法,我们一路向前,经过加济安泰普,来到了阿达纳,打算在这里过夜。

"来阿达纳哪能不尝尝著名的阿达纳烤肉串呢。"海瑟姆说道。

于是他带着我去了城里最好的一家烤肉馆。

我让他点菜,不过叮嘱不要太辣。即使在迪亚巴克尔住了几个月,我还是不太习惯东南部辛辣的食物。

海瑟姆将肉卷进叫做"杜伦"的薄面包片里,做成卷饼。我手握刀叉,看着眼前的比塔饼。

"没人像你这样切比塔饼,"他说道,"你得用手。"

这可不是伊斯坦布尔女孩受的教育。我实在做不到……

"不行。"我说道。

海瑟姆叹了口气,把我的肉串放进一片比塔饼里,撒上莴苣末,卷成三明治,递到我面前。我用一张大纸巾包裹着,小心翼翼地,生怕弄脏了手,或把馅料掉到腿上。

"看你这副模样,我真想拍张照片,"海瑟姆忍俊不禁,"伊斯坦布尔的琵瑞雅哈尼姆大吃特吃阿达纳烤肉串。"

第二天上午我们启程去默辛,那里有水晶沙滩,布格萨克波光粼粼的蔚蓝色大海。几个月来,我第一次尽情地投入大海的怀抱,在地中海的阳光下,戏水徜徉。

整整三天,我们宛若置身天堂。

一天傍晚,我们又出发了,却发现急弯与蜿蜒的陡坡路适合在光线充足的白天行驶,可惜太迟了,只得硬着头皮往前开。

两人都感到紧张,有些反胃,于是只好在安纳穆尔停车。

主路旁边有家不错的小旅店,在这儿过夜再好不过了。

前台站着一个胖胖的中年男子,他是这家旅店的老板,鼻梁上架着一副近视眼镜,镜片后的眼睛细细地打量了我们一番,犹豫片刻,才把房间钥匙递给我们。

炎热潮湿的天气,加上弯弯曲曲的公路耗尽了我们的力气。此刻,两人都累得快散架了。

正打算跌坐在阳台的藤椅上,敲门声却吓了我们一跳。

旅店老板端着托盘走了进来,里面是新鲜的金黄色的杏、果汁、切成薄片的西瓜。

"这正是我们需要的,"海瑟姆说道,"太感谢了。"

"两位是度蜜月吗?"老板露出腼腆的微笑,问道。

"没错,"海瑟姆看了看我,"我们正在度蜜月。"

我们大口大口地吃着冰冻西瓜。海瑟姆说道:"瞧,看见我们的人都以为我们是新婚燕尔。"

"老夫老妻还差不多。"

"我们永远不会老。"

有些憋了好久的话,现在该说出口了。

"我原本一开始就想问你……你为什么想长途旅行?难道不能直接开往伊斯坦布尔,再去锡纳西科吗?你为什么选择沿海岸的路线,一副旅游观光的架势?"

"我来告诉你为什么吧,"海瑟姆说道,"你听说过这样一句话吗:只有在旅途中,你才能真正了解一个人。我想更进一步了解你,也想让你看见你以前从未见过的我的另一面。不同的地方,共同的回忆,远离一切……难道我这么想错了吗?"

"不,"我说道,"这样很好。至少我知道,当崎岖不平、左弯右拐的公路让我头晕目眩时,你就在我身边。"

"你可以从中体会到,只要我们手牵手、肩并肩,就没有过不去的弯道。不知道你注意了没有,生活就是一个又一个的挑战。我们面对的是一次又一次的考验。"

我能说什么呢?他的话完全正确。感谢他给我机会,让我看见完全不一样的他。

"哦,还有一件事,"海瑟姆邪邪一笑,"据说要想了解一个人,还有另外一个地方,那就是酒桌上。我敢说在这方面,我们也是天生一对;你说呢?"

我不敢看他的眼睛。

天啊,他的暗示如此露骨,我不得不承认,这绝对是大实话。

除了黑海,我们几乎走遍了土耳其海岸线,最终到达了锡纳西科。

我打起精神,准备面对萎靡不振的姐姐,可想而知,那座避暑屋里肯定笼罩着低沉的气氛。

然而我错了,错得离谱。

一打开门,姐姐就兴高采烈地迎了上来,如今的她无婚一身轻,哪有半点因离婚而悲伤的影子……妈妈和爸爸跟着走了出来,看来也彻底想通了。就连戈克斯和克塞斯都忙着享受假期,把爸爸忘得一干二净。

"我要去工作了。"姐姐宣布道。

天啊,这真是一个大惊喜。尽管如此,我还是忍不住担心,离开学校早早结婚的她,没有学历,能做什么呢?

"我要自己创业,开一间日托所。这个夏末我们就要大干一场。

爸爸也会帮忙……"

"没错，"爸爸插话道，"我们家这条街的不远处就有一个底层，还带一个小花园。住户一个月内就会搬走。这正符合我们的要求。"

"对戈克斯和克塞斯也有好处，"姐姐说道，"如果我去别处工作，只能让妈妈照看孩子，我不愿给她添麻烦，这样一来，就可以工作、看孩子两不误。"

看着曾经憔悴的家庭主妇如今脱胎换骨，变成了雄心壮志、打算凭自己一双手打出一片天的事业型女性，我按捺不住心中的喜悦。

"开业礼你一定要来，"她说道，"这么重要的日子，我希望看见你。"

海瑟姆和我在海边的避暑屋里度过了三天田园诗般的生活，未来的新生活也变得更加清晰。

假期结束了，我们开车直接返回迪亚巴克尔，途径安卡拉、开塞利、马拉提亚。

"这次假期真是太完美了，"海瑟姆说道，"每分每秒都弥足珍贵，一定会长久留存在我们的记忆中。简直就是世上最棒的假期。"

又一次，我与海瑟姆的看法完全一致。只是与家人分别的不舍与悲伤溢满心间……

这是最后一站，离迪亚巴克尔不远了。海瑟姆和我在哈扎尔湖边喝茶。

"难道你不觉得是时候了吗？"他问道。

"是时候干什么？"

"停吃避孕药。你原来打算等一年……"

他还不知道，我已经快两个月没碰避孕药了。到那天他自会发现，不过眼下我还是保守秘密的好。事实上，我也急切地盼着早日告诉他好消息……

"假如我没吃避孕药,却没有怀孕。你会怎么做?"

"我什么也不会做,"他笑了,"可是我不能代表我的父母。他们可能会安排一个'库玛',不会顾及你的感受。"

库玛?纳妾?第二个妻子?他自然是开玩笑,可我还是觉得背后一阵凉风。

是的,他在开玩笑,对此我笃信不疑。但是假如我无法为阿图格鲁家生下子嗣,延续香火呢?

那时他们肯定会让我生不如死。我相信,如有必要,海瑟姆会勇敢地挺身而出,和我一起并肩与父母作战。即使如此,我还是在心里默默地祈祷,但愿这场考验永远不要降临。

十一

大家都从村庄回来了。房子里恢复了往日的模样,所有人都回到了原来的生活状态。

我也是如此,惟一不同的是,白天上班、夜晚在家的生活不再是压在我心头的一块大石头。海瑟姆极尽温柔,婆家人对我也以礼相待。终于,我找到了轻松、自在、平静的感觉。

在享受刚获得的一派宁静时,却有一件事困扰着我:停药好几周了,为什么肚子里迟迟没有动静,为什么海瑟姆一直期盼的好消息没有来临,为什么我不能向他报喜?难道真被拉米埃哈尼姆说中了,我亲手破坏了自己的子宫?莫非子宫真的变成了硬邦邦、毫无用处的小球?

努古尔向我推荐了一个医生。

"她可是迪亚巴克尔最有名的私人产科医生。"

于是我们一起去了她的诊所。

我首先注意到的是她长长的红指甲。还好她戴着外科手套,所以手指尖尖的触摸感觉不那么难受。

躺在检查台上,我默默祈祷脚踝能使冰冷的金属翘脚蹬[①]有一丝温暖。

一番检查后,她说道:"你可以坐起来了。"

努古尔和我焦急地等待着诊断结果。

"卵巢正常。不过子宫偏小,并向骨盆倾斜,这种情况在医学上叫做'子宫后倾'。子宫偏小会造成受孕困难;倾斜则有可能导致不孕不育。"

天啊!拉米埃哈尼姆竟然一语成谶!我无法生育,我永远不能拥有自己的孩子……巨大的恐惧瞬间将我吞没。

"别这么悲观,"医生继续说道,"情况没这么严重。首先,我们会让你接受为期三个月的疗程。如果还不行,我建议你做一个简单的子宫复位手术。"

她开了药,包括两盒安瓿[②]、补充维生素和荷尔蒙的药片。

"从经期第五天开始,"她说,"每月开一次药。三个月后复诊。"

"别瞎担心,"努古尔安慰道,"好好吃药,肯定会没事的。"

可是她的话我一个字也听不进去,尚未从沉重打击中恢复的我一副失魂落魄的模样。最可怕的噩梦竟然成真。

---

① 妇女躺在手术床上做妇科检查时放脚的地方。
② 装液体的密封小瓶,尤指注射针剂。

"最好别告诉海瑟姆，"我说，"暂时别告诉他。"

"那你就得打起精神来。可别让他看见你这个样子。"

从药房取了药，为了安全起见，我托努古尔保管，这东西最好别放在我的诊所或卧室里。

我们回到努古尔的诊所时，海瑟姆正和埃米尔喝着茶。

"有好消息，"海瑟姆一见我就兴高采烈地说道，"我们要去伊斯肯德仑、艾塞兹过宰牲节……"

如果没有刚刚遭遇的噩梦，我肯定会乐得飘上天。可惜此时此刻，度假也唤不起我的精神。

不过我还是表现得欢天喜地。

兴奋的海瑟姆滔滔不绝地说着具体的度假路线，对我内心的煎熬浑然不知。

海滩边的一家酒店。

夏天的脚步离我们越来越远了，能在海边抓住夏天的尾巴，我们何其幸运。

暂时把那些担忧抛在脑后，好好享受每分每秒吧。

眼下的我无能为力。医生让我从第五天开始，根据我的经期规律，那就是下周的周末。

在那天到来之前，就让我心无旁骛地投入假期的怀抱吧。

"你什么时候开始吃药？"努古尔问道。

"在等经期开始。"

"晚了吗？"

"只晚了几天。季节交替时，这种情况时有发生。"

"这几天你心事重重的。有时这样也会造成经期延后。"

是的,有可能。我正在接受生育治疗,我的子宫倾斜、偏小。不可能有其他的原因,不是吗?

到了第十天,我心底冒出一丝希望。

真的是这样吗?有可能吗?

"做个孕检吧。"努古尔说道。

"明天是我们的结婚周年纪念日,要是结果是阴性,会扫了兴的。还是晚些时候再说吧。"

"老是推迟有什么好处。来吧,现在做刚刚好……"

努古尔拿着我的一管尿样跑到商业区一楼的实验室,试管上写的是假名。

我在屋里焦急地来回走动,全身冒汗,仿佛一个阳性的结果就决定了我的一生。

十分钟后,她回来了,带着茫然的表情。

"是阴性的,对吗?"

她呆呆地看着我,一言不发。

"你说'阴性'是什么意思?"突然她尖叫起来,"你怀孕了!"

我们紧紧地搂在一起。

"快呀,快告诉海瑟姆。"

我飞也似的冲下楼,跑到他面前。

"嗨,"他说道,"我有个想法要告诉你。明晚我们干吗不与努古尔、埃米尔一起吃饭?和他们共同庆祝,你会更开心的。不过说心里话,我更愿意只与你共度我们的纪念日。"

"你想做什么都行,我没意见,"我耸耸肩,"不过对我来说有点夸张了。"

"怎么了,"他的脸上写满关切之色,"最近你有些憔悴。"

"我没事。只是……我为你准备了一份纪念日礼物,我想现在就给你,可以吗?"

"有什么不可以呢?"他笑着说。

我拿出包里的化验结果,递给他。

他看着,愣了好一会儿。

"这份礼物实在是……"他把报告扔在一边,给了我一个熊抱,欢呼不已。

"太好了……你太棒了!这是我收到的最好的礼物。"

他做了个深呼吸,闭上眼睛,竭力平静下来。

然后他打开办公桌的一个抽屉,将一个丝绒衬里的盒子放在我手中。

是一枚钻戒。

"我对自己说,你值得拥有它。"

我感到既骄傲又快乐,并在心里偷偷告诉自己,他说得一点儿也没错。张开双臂,我搂住海瑟姆的脖子。

结婚纪念日快乐,琵瑞雅!更加幸福的生活就在前方……

这个好消息在家里掀起的波澜远超过我的预料。

拉米埃哈尼姆几乎要将我揉碎在她的怀里。就连对我一直冷淡的娜莱恩也给了我一个拥抱,并亲了亲我的双颊。

"我就知道,"拉米埃哈尼姆说道,"最近琵瑞雅的睫毛看起来又长又浓。"

我忍俊不禁。为什么大费周章地化验?原来只需要观察睫毛,就能找出答案!

克纳恩贝伊也连声祝贺,这是我第一次看见他脸上的表情相当接近于微笑。

"祝贺你,我的孩子,"他说道,"你给我们所有人带来了快乐。"

虽然在众人面前塞芮班默不作声,但只剩下我们两人时,她便高兴地跳起了快步舞。

"姐姐,"她亲吻我的手,"这个孩子,你的孩子……意味着你在家里的地位安全了。"

这只是塞芮班逗趣的话罢了。

抑或是真的?如果没有怀孕,我在这里的地位是否岌岌可危?

算了,如今有孕在身,我何必为这些问题伤神呢?我是阿图格鲁家受到关爱的新娘,我将为他们生下渴望已久的孩子。

拉米埃哈尼姆将消息通知了我的父母。她肯定认为我害羞得不敢说,于是替我揽下这个任务。

妈妈、爸爸、姐姐……我和他们通电话,轮流接受他们的祝贺。

"我一直在盼着这一天。"妈妈激动得泣不成声。

奇怪,我怎么不记得她提过孩子的事。

与此同时,他们也带给了我一个好消息:爸爸租下了那间底层公寓,正在装修与粉刷。姐姐甚至谈妥了几位老师和助教。

"下个月就开业。"她说道。

"请你理解,"我说道,"我去不了。现在我不能冒险长途旅行。"

十二

怀孕的日子里,一切顺利。大家口中常说的反胃与贪吃,我统统没有。

"你有什么想吃的,尽管告诉我,"拉米埃哈尼姆说道,"我马上去做。孕妇想吃某种食物,这是相当正常的反应。别憋在心里。记住,有特殊需要的实际上是孩子。我们可不想拒绝他的任何要求。"

克纳恩贝伊打算周末去村庄。

"我们干吗不一起去呢?"拉米埃哈尼姆提议,"带上琵瑞雅,在生孩子之前让她看看村庄。"

村庄对我而言是个完全陌生的地方,我只从他们的只字片语中有些许了解。

来自伊斯坦布尔的琵瑞雅去村庄走走看看,和村民们彼此了解,这也不错嘛。

于是一大清早,我们就出发了。

拉米埃哈尼姆和娜莱恩坐在后排,克纳恩贝伊和籁扬坐在塞威德特姐夫的车里。

"昨天我已经告诉他们了,"拉米埃哈尼姆说道,"他们会准备烤全羊。"

听到"羊"这个字,我若有所思地舔了舔嘴唇。

"我想吃南瓜肉末烤茄片,再加上欧芹。"我喃喃道。

这句话脱口而出,连我自己也吓了一跳,似乎味蕾有自己的意识。我从未因为怀孕而提出特殊的要求或抱怨。为什么这一次突然想吃南瓜肉末烤茄片呢?

"你说什么?"拉米埃哈尼姆把头凑到前排,问道,"你刚刚说的是肉末烤茄片吗?"

"无所谓,"我有些不好意思,"我也不知道怎么就说出来了。其实我也不太喜欢这道菜。妈妈只做过几次,我都不爱吃。"

"没关系,"拉米埃哈尼姆说道,"如果你想吃肉末烤茄片,那就吃肉末烤茄片。一到家我就给你做。"

车经过希米克,开进了村庄。

一大群人守候在村庄入口。我们还没下车,村民们就朝克纳恩贝伊、拉米埃哈尼姆和海瑟姆弯腰鞠躬,亲吻他们的右手。

我也成了夸张礼仪的对象,看着比自己年纪大两倍的女人亲吻我的手,我有些别扭,也有些尴尬。

"他们是在表示尊重,"拉米埃哈尼姆解释道,"年纪不是问题,他们尊重的是你的地位。"

对农村而言,阿图格鲁家的房子显得相当豪华。虽然不及城里的富丽堂皇,但这座两层楼的小型宅邸依然气势不凡。

走进前门,穿过大大的门厅,我们来到了一间宽敞的大厅。地上铺着手工编织的地毯,墙边全是大大的垫子,到处都巧妙地放着低矮的木桌。房间中央是空的。

大家盘腿坐在垫子上,我也有样学样。

不一会儿有人端上来冷冻果子露。几分钟后,有人来禀报,午餐准备好了。

跟着其他人穿过后门,我踏进了一个景色优美、似乎无边无际的巨大花园。天啊,我从未见过如此动人的美景:果树、精心照料的花床、中间的大喷泉……仿佛置身伊甸园。

在一个用木头搭成的凉亭下,摆着一张长长的桌子,抬头一看,格子屋顶上爬满了葡萄藤。桌上杯盘碗盏,盛着各式各样的食物,有冷有热,荤素一样不少……桌子正当中是一个大大的圆盘,里面放着一只烤全羊,下面是一层"德雅克利佩拉维"——蔬菜炒饭,还有包在厚厚的面团里的肉块。或许我是惟一看到这道菜不会垂涎欲滴的人。其他我认识的菜还有常见的辣生肉丸子、亚夫卡薄干脆饼、油炸面饼、烤面包、埃克里科菲特、新鲜西红柿和香蕉椒做的沙拉……

也许是舟车劳顿的缘故,我一点儿胃口也没有。

这桌盛宴显然是许多女人辛苦的结果,然而上菜的只有男人。环顾四周,竟不见一个女人的身影。我还在暗自琢磨,突然面前出现一个惊喜。

不知从哪儿冒出一个戴着棉头巾的女孩,她将一个小盘子放在桌上,然后和来时一样迅速离开了。

天啊,我简直不敢相信自己的眼睛:竟然是南瓜肉末烤茄片!是一人份的……只是为了满足孕妇的食欲。

其他菜肴再也吸引不了我的注意;我的眼里只有南瓜肉末烤茄片。

一勺接着一勺,一口比一口美味,我第一次真正品尝到了食物的美味……

拉米埃哈尼姆看着我,摇摇头,又笑了笑,俯身在我耳边说道:

"你瞧,在族长家里,一切愿望都会实现。"

对这些迷信的信仰,我从不认同。然而心里却有另一个我几乎在怀疑,此话或许确有几分真实。

十三

"我找到了,"海瑟姆宣布道,"终于找到了我们一直寻觅的家……相信我,城里的每一套出租公寓我都看过了。"

这段时间我发现他常常几个小时不见踪影,原来是在忙这件事。

"我想在签约前带你先看看。"

第二部

在我面前的是奥弗斯区一栋崭新的八层楼房,令我不禁想起了伊斯坦布尔高档社区的楼房。

电梯带我们上了四楼。

"到了。"海瑟姆说道。

四间卧室加一间客厅;光线充足,通风良好;贴着瓷砖的厨房和卫生间装修精致;使用的全是最高档的材料:毋庸置疑,这是一套理想的公寓。

"难道你不觉得有点大吗?"我问道。

"不,一点儿都不大。和我们现在住的小房间相比,或许显得大。不过别忘了,很快住在这里的就是三个人了……难道你不喜欢吗?"

"喜欢?我爱死了!闭上眼我就能看见自己住在这里的模样。"

"那就这么说定了。我们租下这套公寓。"

"那你的父母呢?你打算怎么告诉他们?"

"这事就交给我吧,今晚我就说。"

这天吃过晚饭,海瑟姆冲我眨眨眼,我退到屋角,静观其变。其实我应该留他和父母独处,可是好奇心战胜了一切。

"我想和琵瑞雅搬到我们自己的家,请求你们同意。"海瑟姆开始说。

尽管明知父母不会轻易点头,他还是以礼貌的建议作为开场白。

"那栋楼的大多数房子都是空的。如果你们愿意,我们可以再租下对门的公寓。换个更现代的地方住住,你们会喜欢这种变化的。"

克纳恩贝伊紧盯着海瑟姆,眼里全是可怕的神色。

"你是说让克纳恩·阿图格鲁住在租来的房子里吗?"

"那有什么问题?只要每月月初付租金,那儿就是你的了。房子大着呢,足够你、妈妈和娜莱恩住,还有剩余的房间可以做保姆房……"

拉米埃哈尼姆决定开口阻挠。

"你开什么玩笑,孩子。你能想象克纳恩阿迦挤在你租来的几间屋子里吗?"

"那你告诉我,我、我妻子和我们的孩子如何挤在你家中的一间屋子里呢?你想过吗?"

克纳恩贝伊沉思了片刻。

"但愿你一切顺利,"最后他说,"但愿你的新家能为你带来快乐。"

克纳恩贝伊同意了,可是要说服拉米埃哈尼姆却不容易。在她眼里,羽翼丰满的儿子即将飞离自己的怀抱。

"别管她,"海瑟姆说道,"她会接受的……"

她接受了……或者至少不再那么强烈地反对。

当我收拾家具,打包行李时,不满的她在一旁袖手旁观,看着怀孕的儿媳独自一人忙里忙外,却全然不为所动。

不只拉米埃哈尼姆,连籁扬阿芭拉和娜莱恩也冷眼看着,哪怕最小的帮助也吝于给予。三个女人态度一致:让她一人动手吧。

海瑟姆和我去阿达纳看家具。这是他的主意。"我只想要最好的。"

我们开心地挑选了满满一屋子的家具,每一件都凝聚着对新家的热情与期盼。

到了搬家这一天,我最大的帮手除了塞芮班,便是乌姆恩特伊兹。一连几天她都和我一起,不知疲倦地干活,像我自己的妈妈一样。如今公寓整洁明亮,阿达纳运来的家具摆放就位,全都准备妥当,只等新主人入住,这一切最应该感谢的人就是乌姆恩特伊兹。

除了私人物品,我们几乎没有从阿图格鲁家带走任何东西。

最令我割舍不下的就是塞芮班。

听到我问她是否愿意搬来和我们同住时,她开心地一蹦三尺高。

"就算你去到世界的另一边,我也愿意陪着你,姐姐。"她伸出手臂环住我。

告别的时刻到了,我们准备亲吻拉米埃哈尼姆和克纳恩贝伊的手。尽管拉米埃哈尼姆拒绝向海瑟姆伸手,但两人对我却少了几分冷淡。不忍亲眼看见我们离去的背影,她走进了长长的走廊。

"她会想通的,"海瑟姆安慰道,"她最终会接受一切……"

显然,我也在这"一切"之间。

海瑟姆说对了。拉米埃哈尼姆怎能忍受与儿子长期分别。搬家一个星期后,她便邀请我们做客,籁扬夫妻作陪。

我们受到热情的欢迎,似乎什么也没发生过,似乎我们从未搬家,夜深人静时我们还会上楼回自己的卧室……

晚餐后,我们坐在花园里喝茶。

该给孩子取名了,更准确地说,是拉米埃哈尼姆觉得该给孩子取名了。

"不管是孙子还是孙女,名字已经取好了。"她说道。

我就像一个代孕母亲。孩子刚一呱呱坠地,我就得恭顺地把他或她交到他们久等的手中。与孩子有关的一切,统统由他们做主。

"如果是男孩,就叫克纳恩,"拉米埃哈尼姆说道,"克纳恩·阿图格鲁!他将继承祖父的名字。"

谁也没有说话。我沉默地坐着,表面很平静,内心却掀起了惊涛骇浪。这是他们盼望多年的男孩和继承人,我如何能掌握他的取名权呢?

"如果是女孩,"拉米埃哈尼姆接着说道,"那就叫穆露维特,沿用我母亲的名字。"

她太过分了……

我这个温顺的新娘能够紧闭双唇,但平息内心的波浪却非易事。所有人似乎忘记了琵瑞雅的存在!

如果是男孩,那么我无法反对克纳恩这个名字,有时必须向传统低头。但如果是女孩,我绝不同意穆露维特这个名字陪伴她一生。

"谢谢您的好意,母亲,"我尽量放低、放缓声音,"不过据我所知,没有女孩继承家族名字的传统。反正她将来要冠夫家姓,她的教名也就不那么重要。话说回来,如果您真的这么希望孙女继承您母亲的名字,那为什么不让籁扬阿芭拉的女儿叫穆露维特呢?"

拉米埃哈尼姆被问得措手不及。

海瑟姆连忙出来打圆场。

"我想你们都同意,我在这件事上应该有发言权……"

他,未来孩子的父亲,怎能被排除在讨论之外?从他的语气中,我感到了他的不满。而他接下来的一番话更是出乎我的意料。

"我想孩子的名字应该由怀胎十月的这个人说了算。当然,大家都可以提建议,不过最终的决定权还是在孩子的母亲琵瑞雅手中。"

事实证明,无论何种情况,只要涉及孩子,父母都会手拉手、心连心、肩并肩地团结一致,战斗到底。一条界线在拉米埃哈尼姆和其他人心中清楚地划出。而我,从他们的眼睛里也看到了愤怒,如此清楚,一如我们刚刚划下的界线。

转眼怀孕六个月了,孩子和我都很健康。每个月我都会去迪赛勒大学做检查。

还记得我去找第一个产科医生时,她拿着检查结果惊呼:"这怎么可能!你竟然怀孕了!到底是怎么回事?"看来我得换一个医生。

于是我立刻找到了艾腾医生,对于她的医术,我百分百放心。

上周做超声波时,艾腾哈尼姆建议我不妨听听孩子的心跳。

"你想知道性别吗?"她问道。

"不。"我下意识地回答。

现在为什么非要知道孩子是男是女?我希望的,只是将怀胎十月的骨肉顺利地带到这个世界上,让其体会生命的宝贵与美好。此外,不知道性别会令兴奋与期待加倍,虽然海瑟姆和阿图格鲁家的人好奇得快疯了……

拉米埃哈尼姆肯定地说是个男孩,根据就是我喜欢吃甜食。

"甜儿酸女嘛。"

究竟是男是女,答案很快就会揭晓……

十四

妈妈认为我应该回伊斯坦布尔待产。

"这怎么可能!"我大呼,"阿图格鲁家的所有成员都是在迪亚巴克尔出生的。"

我越来越像迪亚巴克尔人一样思考问题了,这对我的决定产生了如此深刻的影响,着实让我吃惊。

伊斯坦布尔的琵瑞雅却执意在迪亚巴克尔待产,心意坚决到竟然反对自己的母亲。谁能告诉我,到底是谁扭转了我的想法?或许最终我将在这座新城市扎根。

我只知道有一点是坚定不移的,那就是我孩子的出生证明和身份证"出生地"一栏中,填写的必定是"迪亚巴克尔"。

见女儿坚决不回伊斯坦布尔,失望的妈妈只好带着为孩子准备的两大袋东西,在我预产期前的十五天来到了迪亚巴克尔。

随着妈妈的到来,发誓决不踏进我们公寓半步的拉米埃哈尼姆也妥协了。在籁扬阿芭拉和娜莱恩的陪伴下,她来我们家,欢迎妈妈。

她们拘谨地逐一参观各个房间,当走进儿童房时,表情终于变得柔和。

一切都布置妥当,只需收拾收拾妈妈为孩子买的东西。

"等孩子生下来后再准备小床,"拉米埃哈尼姆说道,"坐月子期间也不要整理床铺。这些是不吉利的……"

妈妈皱了皱眉,打算开口反对。

"好的,"我抢在她前面说道,"我们会按你的吩咐做。"

然后我转向妈妈:"等我从医院回来后再铺孩子和我的床单。"

看着妈妈疑惑不解的脸和拉米埃哈尼姆满意的神色,我对自己笑了笑。此时此刻,我竟然顺从婆婆的心愿,而惹恼了亲生母亲。我逐渐地适应了这座居留的城市,天啊,原来自己竟是如此随遇而安。

面对拉米埃哈尼姆将延续了几百年的旧式传统强加于我,我不再生气。不管这些传统看起来多么荒唐,还是顺从她吧。希望妈妈能很快适应新的我,也接受拉米埃哈尼姆。

宝宝在我肚子里已经住了整整九个月。妈妈陪我找艾腾哈尼姆做最后一次常规检查。

首先,她看了看我的资料。

"你的预产期大约在十天以内。"

为我做完全身检查后,她扬扬眉毛,脸色凝重起来。

"现在比预期提前了,"她说道,"宝宝已经在产道里了。"

第一次,我生出丝丝恐惧。

"提高警惕,"艾腾哈尼姆说道,"如果出现强烈的收缩,滴血……只要一发现异常情况,马上来医院。"

一回到家,妈妈便开始收拾住院所需的物品。

"这些得提前准备,"她说道,"免得到时候一团乱。"

塞芮班端上了午饭。

"先躺一会儿吧,"吃过饭后,妈妈说道,"你看起来很累。"

我蜷曲在沙发上看报纸。妈妈和塞芮班回到各自的房间。

刚要睡着,下腹部传来阵阵隐痛,越来越强烈。

"塞芮班!"我大喊,她赶忙跑了出来,"快叫我妈妈。出事了……"

两人围在我身边,一脸焦急和关切。

"感觉到收缩了吗?"妈妈问道。

"没有,不过我从没有那种感觉。我觉得像是抽筋,一阵一阵的……你最好通知海瑟姆。我想让他陪着我。"

海瑟姆和拉米埃哈尼姆同时赶来了。

拉米埃哈尼姆摸了摸我的腹部。

"还没有准备好生产,"她说道,"只是宝宝在动。"

她用四根手指丈量我胸部到腹部的距离。

"还有些时间。如果要生了的话,应该足够我一手的距离。"

脸色苍白、焦虑不安的海瑟姆在一旁看着自己的母亲做检查。

"听听不同的意见没坏处,"他说道,"还是上医院看看医生怎么说吧。"

坐在车上,一波波的不适感更加强烈。同时,拉米埃哈尼姆说起了她诊断的种种依据。

"可能是消化不良或胀气。"

"她压根没吃多少午饭，"妈妈说道，"只吃了一点沙拉。"

"早产的都是女孩，"拉米埃哈尼姆喃喃自语，"男孩都是足月的。"

被腹部陌生感占据的我不由得对自己笑了笑。这一笑让拉米埃哈尼姆认定我并非要生了。她似乎坚信，只要能延迟生产时间，就一定是男孩……

"我是说过你的预产期比我们想象的提前了，"艾腾哈尼姆说道，"可居然当天你就回来了。躺下……这可能不是子宫收缩，可能是因为我们上午说的那些话造成的。"

检查完后，她笑了："你的子宫颈已经张开了十公分，孩子快出来了。"

她抚摸我的头发，说道："一切都会顺利的。你非常幸运，有些女人的收缩要持续几天，子宫颈才能完全张开。"

她转向助理。

"送病人去产房。"

周围全是医生、护士，我一定是备受重视的病人。

"你应该能够顺产，"艾腾哈尼姆说道，"我们不需要干预。"

几个小时过去了，收缩突然停止。艾腾哈尼姆决定静脉注射药物。

"现在最好催产，"她解释道，"没有收缩，孩子生不出来。"

腹部的疼痛被一种奇怪的收缩感取代，然后是熟悉的疼痛，一波胜过一波。

艾腾哈尼姆看着时间，告诉我间隔了五分钟、三分钟、一分钟……

最后疼痛接连不断地袭来。

"深呼吸,平稳地深呼吸。"

我一直在深呼吸。目前为止,我还没有大哭大喊,连呻吟都没有。一心专注身体的变化和呼吸,我无暇顾及其他。

一个男医生在仪器上监视胎儿的心跳。

"祝贺你,琵瑞雅哈尼姆,"他说道,"我妻子两周前刚刚生产。她的叫声震得窗户都格格作响。你却一声不吭……"

好渴;口干舌燥。一个护士不时在我的嘴唇上滴几滴水。

"太多水会让你作呕。"艾腾哈尼姆解释道。

另一个护士擦了擦我额头上密密麻麻的汗珠。

"最后一次用力,"艾腾哈尼姆说道,"就要出来了!"

就是现在。

据我了解,医生此刻肯定在剪脐带。

我费力地稍稍抬头。艾腾正抱着一个小小的孩子,走到房间的另一头,交到另一个人手中。孩子的手脚一动不动。莫非死了?

艾腾哈尼姆向我走来。

"恭喜恭喜,你生了个千金。等给孩子洗完澡,包裹好了,就抱给你看。"

太好了,我长长舒了一口气。我的孩子没问题。

"怎么了?你一心想要男孩?"

"不是……她不哭也不动,我还以为……"

"她完全正常,是一个漂亮的小姑娘,你现在做妈妈了。"

就在这时,我听到了世界上最美妙的声音,像小猫的叫声,也像细细的呻吟声。没错,那是我女儿的声音!

欢迎来到这个世界,我的宝贝!欢迎你,我的女儿……

我们的人生绝对不同。

十五

天底下没有什么比做妈妈更美妙的滋味了!

巨大的喜悦无法形容,无法解释,只有亲身经历过的人才懂。这是一种赐予,神圣珍贵,难以言表;是阿拉赐予女性的礼物。

海瑟姆同样沉浸在新生命诞生的快乐中。第一次他轻轻地抱起我们的女儿,眼里荡漾着从未有过的温柔,脸上写满了初为人父的骄傲。

"我们该给她起什么名字呢?"他问道,"你负责取名。"

"我想了一个。不过如果你有什么建议,就告诉我。"

"都交给你了,你是她的妈妈,你比任何人都有权决定她的名字。这份取名的快乐是你的。"

按捺不住心中的激动,我把几个月盘旋在脑海中的名字轻轻说出口,不知道海瑟姆会作何反应:

"迪济莱①……"

海瑟姆眼中闪烁着惊喜的光芒。

"迪济莱,"他重复道,"迪济莱·阿图格鲁。太完美了。"

"感谢迪亚巴克尔,"我说道,"是它将你带到我身边,现在又赐予我一个小生命。为了表达感恩的心,我给女儿取名叫迪济莱。"

听到我的决定,阿图格鲁家的人欣喜不已。

---

① 迪济莱是底格里斯河的土耳其名字。

作为一家之长的卡纳恩贝伊第一次来到我们公寓,按照传统为孙女的名字赐福。

宣礼完毕后,他在孩子的耳边轻声重复了三遍:

"迪济莱……迪济莱……迪济莱。"

迪卡巴克尔大地赐予你生命,迪济莱,愿在它的庇佑下,你一生顺利。愿你的一生如水:纯净无瑕、奔流无阻、永不枯竭。

拉米埃哈尼姆和娜莱恩每天都会来公寓。

拉米埃哈尼姆为每个下午登门看孩子的大批客人准备了叫做"产妇果子露"的饮品,里面添加了磨碎的丁香和肉桂。

客人在场时,拉米埃哈尼姆总是一副骄傲的模样,然而送走客人后,她便不再掩饰没抱上孙子的失望。

"既然阿拉赐予我们一个女儿,那他一定会再赐予我们一个儿子。"她对所有人不断念叨。

一个孙女自然不能令他们满意,但是我总算通过了这项重要的测验。如今事实证明,我能够生育,也就没有理由生不出儿子。

在我看来,何必操之过急?

拉米埃哈尼姆却另有打算,不厌其烦地在我耳边唠叨。

"籁扬生下女儿后不到一年又有了儿子,这样一来既令婆家开心,也省去了我们不必要的担心,"她一边说,一边对自己的女儿做了个手势,"你也学学她。两个孩子还能一起成长。"

我眼前浮现出一个大腹便便的孕妇,腿上还坐着一个婴儿,这样的女人惟一的人生目标就是传宗接代。对于她的话,我不加理会。

何时再怀孕由我决定。现在就讨论生二胎未免太可笑了,我才刚刚开始适应母亲的身份,眼前的迪济莱怎么也看不够,抱不够,亲不够。

我颤颤巍巍地走到孩子面前,小家伙如此娇弱,我生怕一个吻就伤害了她。看着客人们把她抱来抱去,我实在是提心吊胆。

她温热的体温,乳白色的皮肤,可爱的模样,令妈妈、海瑟姆、塞芮班和我心里涌起浓浓的满足感,哪舍得用我们粗糙的手指碰触她娇嫩的肌肤。可是我们却不能同样对客人约法三章。

"我真想日日夜夜亲吻她,"我大声抱怨道,"可是她太娇弱了。"

"我有办法。"塞芮班说道。

她用手包住迪济莱握紧的小拳头,轻轻地,几乎没有肌肤碰触。

"包住她的另一只手,姐姐,"塞芮班说道,"感觉暖流从她的灵魂融入你的灵魂。"

我依言而行。

妙不可言!首先是我手掌的温度,一股暖意很快蔓延至全身。这是另一种感受,一种比亲吻和触摸更深刻的骨肉相连的感觉。

"谢谢你,塞芮班。"眼前这个少女究竟将教会我多少?

"在孩子的肚子上涂点咖啡渣,"籁扬阿芭拉建议道,"我对我的两个孩子都是这么做的。"

"脐带残端多久才能脱落?"

"布莱克是二十五天;布瑟琳是二十天。"

"看来咖啡渣也不能加速脱落,"我笑了笑,"据我所知,脐带残端通常在三周内就会自行脱落。"

按照艾腾哈尼姆的指导,我们一天两次用蘸酒精的纱布轻拭脐带残端。第七天时残端脱落,比正常的时间早了些。

现在我的小女儿准备好迎接生平第一次沐浴了。

自然，在拉米埃哈尼姆手中，这次沐浴变成了一种历史悠久却早已过时的仪式。在一个公共浴室常用的铜盆里装满温水；再撒上金币、护身符以驱赶险恶之眼；祷告；最后将盆中之物倒在迪济莱头上。

她们拿出一种奇怪的自制的粉末，名叫"汉格尔"。

"先把奶嘴蘸上粉，再给她用，"拉米埃哈尼姆说道，"这样一来，她不仅能够更快适应奶嘴，还不会患胀气痛。"

妈妈和我将信将疑，拉米埃哈尼姆则说起了这种粉末的详细配方，相信我们日后定会感激她的自制秘方。

"我给我三个孩子都用过。做法复杂……蔗糖、姜、丁香、茴芹籽……将所有材料倒入研钵内，用研棒捣碎。粉末细到能穿透薄纱，就能给孩子用了。试试吧，你以后会感谢我的。"

听上去像是民间药方，与脐带残端的方法相似。试试也没坏处，毕竟是无毒的。

虽然妈妈有些担心，我还是把奶嘴放进白色粉末里，又蘸了少许放在迪济莱的嘴里。

不可思议的一幕发生了。一直抗拒的迪济莱竟然吸住了橡胶奶嘴。过了一会儿，我又在奶嘴上蘸了一些粉末。显然，我的宝贝女儿喜欢这种新滋味。

"谢谢，母亲，"我说道，"您的汉格尔产生奇迹了。"

迪济莱出生四十天后，妈妈启程回家了。

如果不是因为家在伊斯坦布尔，她怎舍得这么快就与小外孙女分别。

妈妈一走，家里只剩下我、孩子与塞芮班。

给迪济莱喂奶、洗澡、哄她睡觉……我的生活被可爱的小精灵填得满满的。她就是我世界的中心。

小宝贝喜欢水。她一生气、哭闹,我们就把她放进浴盆,她便开始玩水,乐得咯咯直笑,甭提多开心了。或许名字真的有辟邪的魔力……底格里斯河,即迪济莱河的河水。我的女儿,水中她是如此纯真与快乐。

孩子长得飞快。

"每晚我回家,她都不一样。"海瑟姆说道。他回家的第一件事就是抱抱心爱的宝贝。如果走运,她会静静地在他的臂弯里躺几个小时。"该放进小床里了。"总是经我提醒,海瑟姆才恋恋不舍地把孩子小心翼翼地放在床上。

"我已经开始想念她了。"早上刚出门,他便嘟囔道,"实在等不及下班,真想再把她搂在怀里。"

"我得面对现实,看来我失宠了。"我笑道。

"你永远是独一无二的,"他说,"况且,如果没有你,怎么会有迪济莱呢。"

十六

一转眼,迪济莱已经七个月大了。

一向文静的小姑娘这几天变得有些烦躁。

"她要长牙了,"拉米埃哈尼姆说道,"看看谁先发现新牙。"

根据习俗,看见婴儿第一颗乳齿的第一个人会得到礼物。我有些纳闷:假如海瑟姆和我两人同时最先发现,那么谁该送我们礼物?

谁知发现者另有其人。

这天早上,听到塞芮班的叫声,我急匆匆地跑到儿童房。

"瞧啊,"她自豪地笑着说,"就在那儿,露出了一点点牙齿,你看见了吗?我可是第一个发现的哦。"

海瑟姆回家后,我犹豫着该如何告诉他这个好消息。

"我们的女儿今天做了一件特别的事,"我开口说道,"猜猜是什么?"

"她开始说话了?"

"当然不是,亲爱的……从早上到现在,她怎么可能学会说话。"

"她开始走路了?"

"也不是,"我骨碌碌地转转眼睛,"她遇见了第一位追求者。今晚迟些时候他就会带着家人上门提亲。"

看他一通胡猜,长牙这件大事竟被他忘得一干二净,我暗暗生气。

"新上任的爸爸!"我嘟囔着,"她长第一颗乳牙了。"

"我们得做牙齿'赫迪克'。"拉米埃哈尼姆说道。

我只知道赫迪克是一道用煮小麦做的菜,可牙齿赫迪克又是什么呢?

"在这里,婴儿的第一颗牙齿非常重要,"她解释道,"我们要邀请所有亲朋好友,做一大锅煮小麦,以示庆祝。"

我明白了,这些社交活动总是在阿图格鲁家举行。好吧,我不反对。

我给迪济莱换上了新的大红色连衫裤,又在柔软的头发上别上发夹——她已经开始长头发了。我的小姑娘准备要参加人生中的第一个庆祝礼……

这又是一次仅限女性参加的聚会,人群中夹杂着或熟悉或陌生的脸庞,大家都穿上最美丽的衣服,盛装出席,好像电影里新娘结婚前一晚的告别单身派对。

拉米埃哈尼姆牵着我的手,带我走进厨房,指着两大锅赫迪克。

"主要的材料是煮小麦,"她说道,"喜欢的话你就尝尝。一种是甜的,一种是咸的。"

我先尝了尝像汤一样的赫迪克,上面以新鲜百里香做装饰。

"真好吃……"

甜甜的滋味使我想起了"阿舒瑞",一种用小麦、豆、大米、干果、石榴籽、胡桃、玫瑰水等材料做成的布丁。但不同的是,布丁更加凝固。煮小麦里加了糖,我能尝出干果和胡桃的味道。

旁边是一盘谷粒。

"我们要将它倒在迪济莱的头上,"拉米埃哈尼姆说道,"谷粒象征如意与富足。"

客厅的长桌上摆满了常见的丰盛菜肴,这一次餐桌中心的摆饰则换成了一个大大的铜盘,里面放着剪刀、一面镜子、一支钢笔、一本书,以及其他物品,没一样是食品。

拉米埃哈尼姆抱起迪济莱,让她坐在盘子中间。伴随着所有人唱起缇里利的歌声,谷粒被倒在迪济莱的头上。大家都屏住呼吸,等待接下来的时刻。

"如果她抓起剪刀,那她将成为裁缝;"拉米埃哈尼姆解释道,"如果是镜子,她将对自己的容貌十分在意;如果是书或笔,她将接受良好的教育……"

所有眼睛都注视着迪济莱,等待她做出决定。

她先是盯着周围的人,看见众多面孔,她皱起了眉头,然后开始在盘子里摸索。一件也不像她的玩具。此时的我也凝神静气,她到底会抓起哪一件呢?

她向镜子伸出手……又摸了摸剪刀,最后向钢笔靠近。

"不愧是妈妈的女儿,"拉米埃哈尼姆笑了,"和她妈妈一样,我的孙女也要上大学。"

我把迪济莱从盘子里抱下来,从头发上摘下谷粒,紧紧地搂在怀里。女儿,妈妈以你为傲。或许她真的会跟随妈妈的脚步:琵瑞雅的小宝贝。

客人们纷纷送上礼物:毛毯、连衫裤、手织毛衣、背心、玩具……我给塞芮班套上一个金手镯,这是她发现乳牙的奖励。

大家开怀畅饮,品尝美食。我抱着迪济莱,坐在拉米埃和客人中间。

"我已经在盼望下一次赫迪克了。"拉米埃哈尼姆说道。

其中一个女人仔细研究着迪济莱的脸,高深莫测地点了点头,宣布:"下一个孩子会是男孩。"

拉米埃哈尼姆顿时笑逐颜开:"我也是这么想的。"

看着一头雾水的我,她转身对我解释道:"孩子脸上的特征和表情预示着下一个孩子的性别。你看看迪济莱,就能清楚地知道她会有个弟弟。看她的眉毛、抬头的样子、抬下巴……"

又来了,永远是这一个话题。

"最好别浪费太多时间。"有人说道。

邻居点点头:"可别让拉米埃哈尼姆等太久。"

眉开眼笑的拉米埃哈尼姆不住点头,有意无意地扫了我一眼,确定我听见了刚才的话。

她的眼神仿佛告诉我:听听她们的话,我已厌倦了等待……

收拾完迪济莱的礼物,塞芮班和我便回了家。

"你听见了吗?"我说道,"她们老是念叨着男孩。"

在塞芮班面前,我可以畅所欲言,因为她是我的知己。

"别被她们那些男性继承人的话糊弄了,"她说道,"她们或许没有发现自己矛盾的心理。"

我目瞪口呆地盯着她。这个疯狂的女孩到底在说什么?

"她们这是左右为难,"她接着说道,"没错,她们渴望子嗣继承阿图格鲁的姓氏。但是内心深处,她们也许正暗自庆幸你没有享受到生下男性继承人的荣誉。"

这一点我压根没有想过。塞芮班是对的吗?

"想想吧,假如你生下的不是迪济莱·阿图格鲁,而是克纳恩·阿图格鲁,难道你不明白自己将拥有多大的权力吗,甚至是凌驾于拉米埃哈尼姆之上?她想抱孙子不假,不过她真的甘心看见母凭子贵的新娘摇身一变,掌握这个家的决定权吗?恐怕对她来说没这么容易吧?当然孙子会为她带来无比快乐,但也会为她带来痛苦。"

天啊,这番话竟然出自塞芮班之口,更令我惊讶的是她冷静的语调与条理清晰的分析。又一次,我深深震惊了,这个女孩啊,她究竟从艾依塞毕比身上学到了多少?

"那我该怎么做。"透过塞芮班,我仿佛在问艾依塞毕比。

"赶快生个儿子!堵住她们的嘴。别让她们在你背后嚼舌根。"

"可是怎么能肯定下一胎是男孩呢?"

"如果是女孩,那就再生第三胎。别无选择。"

"现在就考虑再生孩子太早了。迪济莱才七个月大。如果我再生,她会受到冷落。我可不希望这样。"

"你说错了。如果你生了男孩,她只会更受重视。现在在她们眼中,她只是个无足轻重的女孩,但是假如身为男性继承人的姐姐,她的身份就大不同了,自然会得到应得的一切,就像她的妈妈一样。"

第二部

我感觉自己再次走进了一个陌生的世界。

原本打算三年后再生第二个孩子的计划,我只好放弃了。

日期必须提前,可是具体何时呢?

等到迪济莱满一岁吧……到那时再认真考虑。正如塞芮班所说,别无选择。

十七

热浪突然袭来,叫人难以忍受。

空调公寓里,迪济莱和我足不出户,仿佛被关在四面墙内。

"你不能这样,"海瑟姆说道,"我带你去伊斯坦布尔。我可以住几天再自己回来。"

"好主意,我们可以和我的家人一起庆祝迪济莱的一周岁生日。"

我们也决定带上塞芮班。这是她第一次坐飞机,第一次踏上伊斯坦布尔的土地……她一如既往地平静与从容。

爸爸与外孙女的相见几乎让我落泪。一见到迪济莱,爸爸就张开渴望已久的双臂,将她紧紧抱在怀里。

看着离开时只有四十天大的婴儿如今已经长成了蹒跚学步的孩子,妈妈自然激动不已。此刻,可爱的迪济莱正安安静静地坐在外婆的腿上。

"海蒂斯呢?"我问道。

"你觉得呢?"爸爸笑了,"她在工作。你姐姐如今可是真正的职业女性了。你愿意的话,我们现在就去看看她吧。"

这是一间漂亮的日托所,远胜于我的想象。她还为年纪较大的孩子开办了学前班。

游戏室、餐厅、休息室、干净整洁的新厨房……一应俱全。

推开侧门,眼前是一个花园。

"这儿都是我们的,"她说道,"孩子们需要足够的新鲜空气和玩耍的地方。"

我坐在秋千上,将迪济莱放在腿上。她银铃般的欢快笑声在我听来仿佛优美的旋律。

花园里大大小小的孩子都有。"他们全是幼儿园的孩子,"她指着年纪较小的孩子说道,"与戈克斯和克塞斯玩耍的这几个孩子是学前班的。"

"你有休息的时间吗?"我问道。

"没有,"她笑了笑,耸耸肩,"他们的父母都要上班,我全年无休。不过我已经安排了一个月的假期。这个周末我们就去度假。"

海蒂斯提议在日托所里举办迪济莱的生日聚会。

太好了,在这里迪济莱能够蹦蹦跳跳,能够和其他孩子一起玩耍,实在找不出比这里更棒的地方了!

这是我们第一个没有在阿图格鲁家举办的庆祝礼。

迪济莱穿上粉红色的荷叶边裙子,活脱脱一个可爱的小仙女。

姐姐亲手做了蛋糕,上面还装饰着用巧克力做成的动物形状,中间插着一根蜡烛,点点烛光,却照亮了心底。我们一起吹蜡烛。

海瑟姆用相机将这美妙的一刻定格成永远。按下最后一次快门时,迪济莱为爸爸摆了一个可爱的姿势,下巴上沾着巧克力,衣服上留着和伙伴们打闹时弄脏的青草印。

生日快乐,亲爱的宝贝。你一定要快乐,加倍快乐……

第二天清晨,我们将迪济莱交给父母照顾,带着塞芮班游览伊斯坦布尔。

每到一处,她都惊讶得睁大眼睛,兴奋不已,欢乐是会传染的,海瑟姆和我也兴致高涨。

我们畅游博斯普鲁斯海峡。

"原来世界竟然如此美丽。"塞芮班赞叹道。

她转身直视海瑟姆的眼睛。

"海瑟姆阿迦,你知道琵瑞雅姐姐有多爱你吗?"

我们都等着她的下文。

"她抛下这一切,孤身去迪亚巴克尔,只为你……还有谁能做到呢?"

海瑟姆伸手搂住我的肩。

"没有人能做到。所以我娶了她,所以她就是我的全世界。"

很快他将独自回迪亚巴克尔。想到这里,我与他靠得更近,就这么依偎在他身边吧。

周一送走海瑟姆后,我们前往锡纳西科度假。

除了丈夫缺席的遗憾,在这所避暑屋中,我享受到了从未有过的快乐:姐姐寻回平静与自我;迪济莱是大家的开心果;塞芮班和我的心贴得更近了。

我的小宝贝还是那么喜欢水。带着婴儿泳圈,她与大海有了第一次亲密接触。听着她咿咿呀呀的声音,看着她粉嫩的小脚在水里摆来摆去,我心中涌起无比的激动。要是海瑟姆能看到,该有多好。

费了好大力气,我才哄着迪济莱离开大海的怀抱,把她交给外婆。现在该让塞芮班领略大海的魅力了。

也是生平第一次,我给塞芮班上了一堂游泳课。

我用手撑住她的身体，教她仰泳。

"大海与底格里斯河截然不同，"我说道，"海水是咸的，有浮力。就算你想沉也沉不下去。你试试吧。"

她放松身体，兴奋地发现自己漂浮在水面上，我也与她同样兴奋。

接下来，我握住她的手，她面朝下，用脚划水，最后信心十足地用双手双脚划水，脱离了我的帮助。

这一天快结束时，她已经能像专业游泳运动员一样划水和蹬水了，虽然只是在浅水区。

"你真是个多才多艺的女孩。"爸爸对她赞叹道。

我笑了。

他哪里知道塞芮班的天赋……

姐姐的假期结束了。两天后我们回到伊斯坦布尔。

然后我登上了飞往迪亚巴克尔的航班。

我给自己的时间到了。

谁也没有发现，我准备好再次怀孕。

这次的我轻松了不少。怀迪济莱时遇到的问题如今不会出现了……

十八

迪济莱从一个嗷嗷待哺的婴儿，长成了活蹦乱跳的孩童，我也逐渐回归了以前的生活。

第二部

塞芮班是个能干的帮手,照看孩子比我更在行,这下我可以毫无后顾之忧地去诊所上班。虽然工作时间缩短了,但已经开始有了稳定的预约病人。

可是我不愿等到晚上和海瑟姆一起回家。看完最后一个病人后,我便推开门,径直朝家的方向走去。

每天分身乏术的我实在没时间结识大楼里的邻居。我们的关系仅限于在走廊和电梯里相遇时打个招呼,寒暄两句。

不过楼上的一户人家却一直对我们很热络。天长日久,不管我们是否愿意,他们还是成了我们生活中的一部分。

贝克尔先生是个敦实的中年农民,住在迪亚巴克尔,在比斯米尔拥有土地。他有两个妻子,一个是法律认可的合法妻子,另一段婚姻则是"艾曼姆尼卡赫利"①;虽然一九二六年颁布了一夫多妻的禁令,他依然举行了宗教仪式,迎娶了第二个妻子,即"库玛"。再娶的理由是第一个妻子不孕。有趣的是,如今的他依然膝下无子。

两个女人都渴望与我交朋友……事实上,她们似乎在暗暗较劲。

一天,第一个妻子端着盘子敲开了我家的大门。

"我做了些'朵而玛'②,希望你能喜欢。"

第二天,第二个妻子送了我一盘埃克里科菲特,证明自己同样精通厨艺。

我微笑着向两人道谢。尽管我没有礼尚往来地送去食物,她们依然频频光顾我家,热情丝毫不减。

这一天,第一个妻子又从半开的门里递进来一盘饼干,我注意到

---

① 土耳其语,意为"宗教婚姻"。
② 葡萄叶作馅,伴以碎牛肉、羊肉糜、香草或大米做成的一种土耳其包子。

她的脸上透着几分不安。

"想进来坐坐吗?"我第一次问道,"我给你倒杯咖啡。"

受宠若惊的她将盘子交给塞芮班,跟着我走进客厅。

难得有人听自己诉苦,刚一坐下,她便将一肚子的苦水往外吐。

"我十三岁时就嫁给了他。那已经是十五年前的事了,我日日盼望,夜夜祈祷,但是阿拉却没有赐给我一个孩子。于是丈夫娶了第二个妻子贝尔芙,希望她能生下一个男孩……可她的肚子也不争气。想想我们两个不能生育的女人真是命苦。悲惨的还在后面。结果发现,原来问题不在我们身上,没有生育能力的人竟是贝克尔阿迦。他才是症结所在。城里的一个医生做了检查,我们终于找到了原因。天啊,简直难以置信。从没听说男人也可能无法生育,我还以为只有女人才会有问题呢。"

"你的咖啡凉了。"我指了指茶几上塞芮班倒好的咖啡。

端起杯子,她继续诉说自己的悲惨遭遇。

"他本不想再娶,那都是他母亲的主意。她极力坚持。直到现在她都不肯相信问题出在儿子身上。她常把'男人都有孩子'这句话挂在嘴边。要是按她的意思,我丈夫还要娶第三个妻子。于是我们搬到城里,希望他能在这里接受治疗,但是一直不见效。一切都是为了贝克尔。人人都认为我和贝尔芙做不了妈妈。没人在意我们没有孩子。告诉我,妹妹,难道我抱怨也有错了吗?"

听了她的故事,我无法不动容,这个女人啊,确实可怜。

我该说什么来安慰眼前这个无助的女人,这样的情况着实让人无能为力。我正苦苦思考,这时门铃响了。

是贝尔芙,她从门缝里探进头。

"姐姐……你没关炉灶。我替你关上了。"

"进来吧,贝尔芙,"我说道,"让塞芮班也为你倒一杯咖啡。"

话音刚落,她便坐在她"姐姐"的旁边。

虽然两人明争暗斗,但年纪较轻的妻子还是依照风俗,对年长的姐姐以礼相待,尊重有加。在她面前,贝尔芙恭敬地一言不发。两人起身离开时,她发现了那盘饼干,看来两手空空的自己在这一回合的较量中败下阵来。"厨房里有些面团,我一会儿给你做些芝麻面包来。"

送走两人后,塞芮班扑哧一声笑了:"她们不愿和对方分享你。"

"但是她们却分享了一件不能被分享的东西——丈夫。"

从伊斯坦布尔度假回来已经六个月了。我没有吃避孕药,也没有采取其他避孕措施……可肚子迟迟没有动静!

我急忙与艾腾哈尼姆预约。

"你的左卵巢里有个小囊肿,不过目前还无需手术。通常这种囊肿会自行消失,没有任何症状。我担心的是你的输卵管,你好像有些炎症,可能是感染了。我给你开一种强效的抗生素,以及两个月的激素治疗。"

没用!药物无济于事。

三个月后,我又来到了艾腾哈尼姆的诊所……我还是没有怀孕。怀迪济莱之前的恐惧感又紧紧地抓住了我,而且比上一次更严重。

"有一个刚刚从安卡拉来的新医生,"努古尔告诉我,"你去他那儿看看吧。"

我去了,只要有一丝希望,我都必须牢牢抓住。

"一切正常。没有感染的迹象,"新医生说道,"可能是妊娠排异现象,完全是心理因素。压力会干扰激素分泌,例如忧郁症。"

他甚至没有开药。

妊娠排异。怎么可能!多谢这位高明的医生,如今我的压力更胜以往了。

"平静下来,"努古尔说道,"下次你去伊斯坦布尔时,再找专家问问。"

没错,伊斯坦布尔是我最后的救命稻草。到那时,一切都将变得明了,疑问终将寻到答案……

十九

初夏的热浪刚刚袭来,迪亚巴克尔的家家户户就忙活起来。遵照传统,女性,尤其是像我这样的"外来新娘",要带着孩子和家人一起去凉爽的山地或湖畔的避暑屋。至于男人,夏天回归单身生活的他们满心欢喜,一派惬意。

我也入乡随俗。自从有了迪济莱,每到夏天,我便在锡纳西科和家之间两头跑。海瑟姆也和我们短暂地待上几天,一起往返于两地。

今年的我比往常多了几分急切,盼望着暑假早点到来。我掰着指头数日子,快呀,快呀,赶快回伊斯坦布尔,才能找医生检查。

姐姐和我找了所有一流的医生。

"一定要找最好的,"我说道,"这不是我第一次会诊。这一次我要的是确切的答复,不论好坏。"

对于过程,我已经很熟悉了:先是漫长的检查,然后是超声波。

"你的输卵管堵塞,"医生说道,"两边都是。所以你无法受孕。"

"能够治疗吗?"

"输卵管的管壁粘住了,抱歉,我们无能为力。"

"你的意思是……"

"意思是你不能再有孩子了。"

"你是说我无法生育?"

"很遗憾,是的……"

这就是结果……完了,一切都完了!最微弱的一丝希望的火苗都已彻底熄灭。我无法生育,不能给阿图格鲁家生下男孙。

妈妈和姐姐竭尽全力地安慰我,却无济于事。医生的话犹如五雷轰顶,我只觉得天旋地转,该如何接受?不,我怎能接受如此残酷的事实。

"我们去锡纳西科吧,"姐姐说道,"在那儿你会好受些。"

此时的我心灰意冷,精神恍惚,实在不适合去避暑屋或度假。我要回家,马上回家,把这个坏消息告诉海瑟姆。

迪济莱和我登上了最早一班回迪亚巴克尔的航班。

家里没人。我去伊斯坦布尔后,海瑟姆和塞芮班搬回到了阿图格鲁家。

这样也好。我想和海瑟姆单独谈谈。

"我们回来了,"我拨通了他的电话,"我想和你谈谈。"

十分钟后,门开了。

对妻女朝思暮想的他一进屋便给了我一个大大的拥抱,又紧紧搂住迪济莱,再拥抱我,接着又是迪济莱……

然后他静静地看着我,眼睛里闪烁着期待的光芒。

"无能为力了,"我说道,"没有希望,我不能生育。"

他呆呆地盯着我,大惊失色,等待我的解释。于是我把事情原原本本地告诉他——我一向对他毫无保留。

"恐怕事情就是这样了。你得放弃我,要做什么你就去做吧。"

他还没从震惊中回过神来,一时间无言以对,只是看着我的眼睛,脸上毫无表情。

"我甚至想过干脆不回迪亚巴克尔……可是在电话里我怎么也说不出口。"

"你真是疯了!"他终于开口说道,"你真的以为我会抛弃你,就因为你不能再生孩子了吗?"

他抱起迪济莱。

"我们有女儿!"他紧紧抱住她,"拥有你们两人对我来说已经足够了。"

"但是你父母呢……一个不能生育的新娘会令他们满意吗?"

"别担心他们。你嫁的人是我,外人休想拆散我们的婚姻,不管别人怎么说……"

"把一切都告诉他们吧,"我说道,"不要隐瞒。我想让他们知道,不用再逼我了。"

房间里陷入片刻的沉默。

"把塞芮班带回来。"我说道。

"好的,我先带迪济莱回去见见爷爷奶奶。他们都很想她。你该休息休息……我很快就回来。"

三个小时后,海瑟姆终于回来了。

他肯定与父母有过一番长谈。

塞芮班脸上不见一丝血色。显然,她偷听了他们的谈话,对不幸新娘的意见与宣判统统落入她的耳中。

我走进儿童房,将迪济莱放在床上。塞芮班一声不吭地跟在我后面,她没有一句疑问,一切答案却已了然于心。

够了,我受够了,这本不是我的错,我为什么要为自己辩护?一切悉听尊便!

我喂迪济莱吃早餐,一个煮鸡蛋、奶酪、蜂蜜、用茶稍稍泡过的饼干……她开心地大叫,把勺子舔得干干净净。

门铃响了。走廊里响起了塞芮班的脚步声。

"拉米埃哈尼姆来了,姐姐。"她说道。

我将迪济莱的勺子交给她,走进客厅。拉米埃哈尼姆依然站着,透着几分拘谨、几分生硬,似乎对这里并不熟悉。

"请坐。"我指了指扶手椅。

我们对面而坐,各自寻找着合适的开场白。

"海瑟姆把一切都告诉了我,"她的声音低沉而平稳,"你对他说的,他一字不差地都对我们说了。"

"是的,我想所有人都应该知道。"

"这里有一种说法:基兹吉斯利。你知道是什么意思吗?"

我摇摇头。

"那我告诉你吧……新娘生下女儿后,子宫变硬,无法再次生育。那么她就是基兹吉斯利:拥有独女的不孕母亲,就像你一样。"

她细细地观察我的脸,想看看这番话对我产生了多大的影响。

"我从没见过哪个基兹吉斯利后来又生了孩子。这种情况无药可治。"

我顺从地听着。她之前的话无关紧要,我感兴趣的是她的下文。她此行的目的是什么?莫非是向我传授什么秘制偏方?一种现在不为医药科学所知的古老疗法?

她微微向前俯身,声音变得柔和。

"听着,琵瑞雅,我非常喜欢你。你让我们当上了爷爷奶奶,虽然只是孙女。不过我怎么能袖手旁观,眼睁睁看着自己的儿子后继无人呢?"

"您究竟想让我做什么?"

"什么也不用做!继续和你丈夫生活下去,享受你们共同的时光……但是,既然你无法给他生儿子,那就请允许我们找人代劳。当然,她不需要像你一样外表出众、受过高等教育。我们会在村里挑选一个女孩。就给海瑟姆生一个孩子……你甚至连她的面都不用见。一旦生下儿子,她的责任就完成了。孩子会交由你照顾,在这里长大,也登记在你的名下。你抚育他,视如己出,让他和迪济莱一起长大成人。"

天啊,这番话竟然出自拉米埃哈尼姆之口,这不仅贬低了我和海瑟姆,也羞辱了那个代孕女孩。拉米埃哈尼姆却一派云淡风轻的表情,似乎说的只是稀疏平常之事。

"想都别想!"我脱口而出。

"好好考虑考虑吧。"

"没什么好考虑的。我决不会同意这样的安排。"

"那恐怕你只得忍受这个结果了……"

"要我说……我宁愿回伊斯坦布尔。如果海瑟姆同意,我决不在这儿多留一天。你自便吧。"

"不,自便的人是你。抓紧时间考虑,我的耐心所剩不多了。你最好明白这一点。"

说完她站起身来,朝前门走去,一句道别都没有。毋庸置疑,她今天来只是为了宣布对基兹吉斯利的处置。

"显然我母亲今天找过你。"海瑟姆状似随意地说道。

"当然了,她找上门来,一番恫吓,最后愤然离开。"

我把她的话一字不差地告诉了他。

"别理她,等他们发现自己根本影响不了我时,自会改变想法。你会看到的……"

事情真的会像海瑟姆所说的那样吗?我熟悉的拉米埃哈尼姆可是一个不达目的决不罢休的人,为了达成所愿,不管付出怎样的代价,不管会有怎样的后果,在所不惜……

海瑟姆的保证很快让我稍稍安心。内心深处藏着一丝希望,但愿最坏的情况不会发生。然而希望却离我越来越远。

生命中黑暗的日子降临了。我漫无目的地四处游走,无精打采,心事重重。有时甚至涌起逃跑的冲动,真想扔下所有的问题,一走了之。但是海瑟姆百倍体贴,善解人意;心爱的迪济莱总是对我露出纯真的笑容;塞芮班给予我最大的支持:我怎舍得抛下他们?

"事已至此,等着瞧吧。你已经挑起了母子之战,惟有留下观战,才能知晓胜负。"我暗暗告诉自己。

二十

自从上一次拉米埃哈尼姆登门已经五个月了,我也有整整五个月没有见过她了。据我所知,她并没有将计划付诸实践。

显然,拉米埃哈尼姆五个月的疏于联系证明海瑟姆是对的。我心底有个小小的声音:但愿她看到了我们一家三口的甜蜜幸福,明白了顺其自然才是上策。

然后我却发现,自己错得有多么离谱。

这天晚上,海瑟姆下班回家,满脸余怒未消。

"怎么了?"我问道,"诊所里发生什么事了?"

"是我的母亲。"他说道,"她打来电话,让我治疗一个来自村庄的病人:两个妇女、一个女孩。女孩的牙齿上有两个小蛀洞,我给她补了牙。然后她们就走了。没过多久,母亲的电话又响了。你相信吗?她居然问我对那个女孩印象如何,是否喜欢她。"

他越说越火冒三丈,不自觉地提高音量。

"她究竟在想什么,琵瑞雅? 她把我看成什么人了? 难道我是一个十八岁的农村小伙子,需要母亲为自己找媳妇?"

与勃然大怒的丈夫相反,我则是出奇的平静。

"至少,她漂亮吗?"

"我知道什么? 她就是一个典型的农村女孩……"

"但愿你给她看病的时候戴了口罩。"

"拜托,琵瑞雅,别这样。"

"她叫什么?"

"忘了。在我眼中,她就是一个普普通通的病人。"

"对你家人来说,她可不只是一个病人。"

"谁在乎呢。"

他伸出双臂环住我。

"你才是我要的全部,现在是,将来也是。他们必须明白这一点。"

说着他退后一步,紧紧地盯着我。

"今年夏天别去伊斯坦布尔了,别让我一个人面对他们。你、我、迪济莱……我们要在一起。我们要坚强,要让他们看看,什么也不能把我们分开。"

第二部

"好的,我答应你。这个夏天我会留下来。"

"我们可以一起去南部海滩,伊斯肯德仑、默辛……一家三口共同享受假期,还有什么能比这更美好吗……"

然而,我食言了。

春末时节,我接到了从伊斯坦布尔打来的电话。正是这个电话,将我的计划全盘打乱。

"爸爸中风了,"姐姐说,"现在正在重病监护室。你最好马上赶回来。"

"你当然要去了,"海瑟姆坚持道,"别担心我。我没事的。"

当我带着迪济莱准备离开时,我扫了塞芮班一眼。在即将面对的伊斯坦布尔煎熬的日子里,如果有她帮忙,那再好不过……可是她却拒绝与我同行。

"我还是不去了,姐姐,别留海瑟姆阿迦一人在家。"

没错。她还是留下来的好。何况,我离开的这段时间,如果有什么风吹草动,她会给我通风报信。

我们匆匆赶往机场。

"感谢阿拉,给你订到机票了。"海瑟姆说道。

他看着我,眼神里溢满了悲伤,似乎在无声地诉说着心中的万般不舍:亲爱的妻子和孩子,真舍不得与你们分别。他抱了抱我,又抱了抱迪济莱……

好想把他这张苍白而憔悴的脸深深地印在记忆中,每一个毛孔、每一寸肌肤都牢牢地烙在脑海里,刻骨铭心。我必须记住,我哪能忘记,这次意外的分离对他是如此的艰难……

我转身走向飞机舷梯,一遍又一遍地向海瑟姆挥手,他的身影越来越小,终于消失在窗前。

海瑟姆,没有我的日子里,你要时时想念!

虽然远在千里之外,我却就在你身边。

此时对你说再见。我知道下一刻我们就会再见……

二十一

爸爸脑部大出血,病情不容乐观。

医生说如果他能挺过最初的七十二小时,活下来的几率将大大提高。

等待,此刻只有等待……

妈妈万分担忧,三十年风雨同行的伴侣如今却躺在玻璃墙后。她守在医院里,寸步不离,生怕一转身,她就会失去他。

这些日子,日托所帮了我大忙。我将迪济莱留在学校,姐姐和我轮流在夜里照顾孩子。

第三天晚上,医生带来了好消息,爸爸的病情有所好转,这让所有人都振奋不已。

两天后,他苏醒了;中风一周后,他转出了危重病房。简直太好了,我们很快就能探视了。

然而爸爸还是留下了后遗症:右侧身体瘫痪。

"没有表面上这么严重,"医生安慰道,"通过物理治疗,我们能将伤害降至最低。"

最糟糕的是他不能说话!大脑控制语言能力的部分受损。

他认得我们,对我们的话有所反应。却不能用语言回答!医生说这是失语症,或许是永久性的。

时间如流水般逝去。姐姐和我依然轮流探视爸爸、照顾孩子,从早上一直忙到夜里,两人都希望对方能有机会休息休息。

一个月后,爸爸出院了。终于,我们把他接回了家。

医生说,从临床上来讲,爸爸的病情好多了,可是看上去却比住院时更严重。他很清楚发生了什么,一切都写在他的眼里。

看着爸爸吃力地倚着妈妈的手臂,拖着无用的右腿,一步步辛苦地往前走,我内心满是苦涩。更痛苦的是,当他张开嘴唇,拼命想说什么时,说出的却是含糊不清、无人能懂的咿咿呀呀……他放弃了,封闭自己,只是静静地看着世界,眼里充满了疑惑、受伤的神色。

面对这样的情况,我怎能回迪亚巴克尔?

姐姐和我每隔一天便带爸爸去做物理治疗。妈妈的惟一任务是陪伴他左右,握住他的手,给他打气加油。我们还能希望她做什么呢。她遭受的打击已经够重了。

从日托所到家里、从医院到家里,我们来回奔波,共同承担起照顾迪济莱、戈克斯、克塞斯的责任。

此时,叫我如何离开,不,我绝不能离开。

海瑟姆和我常常通电话。

"我要去村庄,爸爸的血压升高了。我必须监督收割庄稼。别担心我,也别担心我们的家……我不在家。你需要在伊斯坦布尔待多久,就待多久。"

算一算,我在伊斯坦布尔已经待了三个月,这是我与海瑟姆分别时间最长的一次。

爸爸的情况与料想中一样。他完成了物理治疗。前一周,每天都有白大褂上门,为爸爸按摩依然瘫痪的腿部与手臂。

如今在妈妈的搀扶下,或拄着拐杖,爸爸能够下地行走,在房里活动。可惜有一点始终不见好转,也毫无好转的希望:他的语言能力。

在这里没什么能做的了,我准备回迪亚巴克尔。

就在离开的前一天,妈妈给了我一个大袋子,里面装满了布单。

"你爸爸现在这种情况不能再工作了,"她说道,"你去他的诊所一趟,把机器和家具都遮起来。"

我勉强地走进了诊所。这是爸爸一生的心血。曾几何时,他常常站在门口,等待我的出现。我动手干活,打算尽快搞定,然后逃离这里。

我把所有小型设备收拾起来,装进盒子,再放进玻璃橱柜里。接着用布单遮住牙医椅、橱柜、办公桌、候诊室的家具。

薄薄的大布单严严实实地盖住了物品,这些永远不会再被使用的物品。盖上它们,爸爸多年来苦心经营的事业也就此画上了休止符。突然之间,我感到一阵胆战心惊。

最后,我飞也似的逃离了这个可怕的地方。

用手背擦去滑落脸颊的眼泪,不,我不愿去想这间诊所的命运,这间我刚刚离开的诊所,这间被白色布单遮盖的诊所,这间笼罩着悲伤的诊所。

二十二

好几天没有听到海瑟姆的声音了。他在村庄,电话不好打。想和他通话,只有他打给我。

没办法,不能把回去的日子告诉他,不过我却打电话到诊所,给秘书留了口信。

"找人来接我们。"我说道,心里却暗暗希望海瑟姆能想出办法,做我口中的这个"人"。

事与愿违。来的人不是海瑟姆,而是他的助理雷杰普。

"海瑟姆贝伊还在农村,我来接你们回家。"

"今年的收割时间比往年长,是吗?"我试图掩饰没有见到丈夫的失落。

司机却似乎不愿开口。

他把行李拎进电梯,出了电梯又拎到公寓门口。任务完成后,没有告别,他就匆匆离开了。

我刚把钥匙插进锁孔,门就开了。

是塞芮班!天啊,我真想她。我们开心地拥抱在一起。

"听说你今天回来,我已经把家里打扫干净,还开窗透了气。"

隐约中我觉得有些不对劲,可具体是什么却说不上来。所有人都知道我们今天回来。有人轻松地接我们回家。可是海瑟姆呢?怎么不见他的影子……

"海瑟姆还在村里吗?"我问道。

"是的。"

她是在躲避我的眼睛,还是我多疑了?她拎起行李……

我一把抓住她的手臂,拉她坐在扶手椅上。

"到底出了什么事,塞芮班?"

"你说什么呢,姐姐?"她显得局促不安,心神不宁。

"看着我,"我牢牢盯着她的眼睛,逼她与我对视,"告诉我到底发生了什么。你想对我隐瞒什么吗?"

她满脸通红,嘴唇发抖,眼眶湿润。

"姐姐……"她的声音中有明显的颤抖。

"姐姐……"她结巴起来。

无奈地摇了摇头,她决定和盘托出。

"好吧,我把什么都告诉你。反正你很快也会知道的。"

"知道什么?"

"是海瑟姆阿迦……海瑟姆阿迦结婚了,姐姐。"

一切早已注定,谁也没有改写结局的能力……

直觉不是告诉我了吗?

我甚至没有对海瑟姆生气。他是可怜的,听凭他人摆布,如此软弱的他,如何能反抗家庭;如此胆怯的他,如何能捍卫自己,坚持自己的决定,即使事关重要,将会改变自己的人生,也将对自己的家庭产生举足轻重的影响。

看着无动于衷的我,塞芮班大感震惊。在她看来,我肯定会撕心裂肺地吼叫,哀叹自己的命运,痛哭流涕,撕扯头发。可是我什么都没做,只是一脸平静。

接下来该做什么,我内心一片清晰:回到来时的地方……我在这里的生活结束了。

但是有一件事绊住了我的脚步。

面对与迪亚巴克尔永别的女儿,刚从死亡线上挣扎出来的爸爸会作何反应?

加诸在我身上的一切,我毫不在乎。我已跌至人生最低谷,心头已插上一把利剑,但愿能挺过意外扇来的这一巴掌。

第二部

受到我看似平静的鼓励,塞芮班说起了自认我需要知道的细节。

正如我预料一般,这个女孩正是那天拉米埃哈尼姆叫去诊所的那个女孩,名叫祖赫尔。要么她确实不漂亮,要么塞芮班为了安慰我才这么说。

婚礼是两周前在农村举行的。婚房就安排在阿图格鲁家在村庄的宅子里。从今往后,祖赫尔将住在那里。

"迪亚巴克尔的房子她只来过一次,"塞芮班说道,"是为了亲吻长辈的手。她是个粗鲁的乡下女孩……在那种场合,她们竟然做了一条有褶的裙子。你知道她们打褶的针法吗?她竟然不知道把褶子展平,就那样来家里,站在所有人的面前,衣服上还带着针脚。要不是籁扬阿芭拉把她拽到一边,这个可怜的姑娘那一天都不好过。"

啊,塞芮班!她不漂亮,举止粗鲁,愚昧无知……你口中的话是否只是为了安慰我?

你的话对我毫无意义!

告诉我:我的丈夫是否躺在她的怀中?这才是我需要知道的……

整整一周,我没有迈出家门一步。

塞芮班担负起照顾迪济莱的全部责任。

在桌前,我一坐就是几个钟头,在纸上画着毫无意义的图案,喜欢的就裱起来,不喜欢的则草草涂掉。心中的道道伤痕,化作纸上的点点墨水。

我继续舔舐伤口,撼动婚姻基石的一连串打击令我身心俱疲,我却依然拼命维持这段摇摇欲坠的感情,这一切塞芮班看在眼里,急在心里。

胡乱的图案很快形成了一笔一画,一笔一画又变成了一字一句,没过多久,我笔下无谓的涂鸦变成了条理分明的语句和特殊的日期。

我在做什么？是的，我在草拟逃跑路线，我在描绘通往新生活的未来道路。

接连几天，我一直没有停笔，最后一个完整的计划出炉了，我决心付诸实践。从桌前站起来的是一个新的琵瑞雅，这么多年来第一次描绘未来蓝图的琵瑞雅。一个脱胎换骨的琵瑞雅，面对他人的打击，更加坚强、更加果断、更加自信……

二十三

电话铃响了，塞芮班却犹豫起来，到底接还是不接，无措的她只好向我投来询问的眼神。

"接吧。"我说道。

她拿起电话，听了一会儿，挂断后走到我面前。

"是海瑟姆贝伊打来的，"她轻声说道，"他今晚想过来，让我问问可以吗？"

"欢迎啊，跟他说，我们等他。"

这天晚上，海瑟姆果然出现在门口，手捧一大束玫瑰。

我们走进客厅，坐下。

迪济莱蹦蹦跳跳地走进房里，一下跳到了爸爸的腿上。海瑟姆一副思女心切的表情，我则静静地看着。

"塞芮班，迪济莱该睡觉了。请带她回房间。"

塞芮班将迪济莱抱走了，迪济莱还一直吵着要留下。

海瑟姆低垂着头，咬着嘴唇。

"琵瑞雅，"终于他还是开口说道，"你想说什么都可以。大声尖叫、揍我几拳、抓我的脸……我罪有应得。但我也别无选择。我无法再反抗母亲。我真的被他们逼疯了，日日夜夜，他们无时无刻不给我施压。那简直就是一种折磨。多希望那时你能陪在我身边……后来父亲发话了，我无能为力，只有依从。"

他停下来，却发现我出奇的平静。

"说话啊！我求你了。骂我几句也好，求求你让我听见你的声音。"

"我能说什么？祝你新婚快乐。真的，我发自肺腑地祝贺你。你用行动证明了自己是一个称职的好儿子。他们肯定以你为傲。"

"别这么说……你知道这段婚姻徒有其表，只是为了让他们抱孙子。她甚至永远不会出现在你面前，她就是个乡下女人，无足轻重……哪能与你相比。"

"住嘴，海瑟姆，"我冷冷一笑，"我不会拿自己与任何人作比较。如果我接受了第二个妻子，那我和楼上的女人有什么不同？"

"只要等到她怀孕，一切就结束了……这段婚姻的惟一目的就是孩子。"

"你怎么能如此狠心！"我咆哮道，"看吧，你终于露出了庐山真面目：恃强凌弱、残酷专断。在你眼里，她只不过是一块等待开垦的处女地。你真的打算撒种，夺走上床后的结晶，再将她抛弃，是这样吗？"

"难道你希望我做相反的事吗？你居然为你的对手辩护，天啊，我真是不明白。"

"她不是我的对手，海瑟姆贝伊。这一切与我无关。我绝不会让自己扮演大老婆的角色。我不再是以前那个软弱的琵瑞雅了，不会听凭摆布。如今我不会再为什么事而苦恼，你请自便。你将一个角色强加于我，我被迫穿上戏服，念起台词，陪你演戏。现在我受够了。"

他目不转睛地看着我，不理解我话中的含义，木已成舟，我如何想要倒回原点。从他的眼神中，我读出了他的疑惑，是的，他不明白我在说什么。

"那我就简单地说吧，你已经找到了为你生孩子的妻子，却也丢失了已为你生下孩子的原配夫人。这场三个人的戏，我演不下去，恕不奉陪，海瑟姆贝伊！"

他一脸茫然。

"你怎么能这么说？我怎么可能放你走？"

"在你迈出第一步之前，你就应该问我。可是你没有。你很清楚我会说什么。现在我要说的是：没有你，我完全有能力生活下去。"

"我不能失去你。"

"你之前就应该想到这一点。我说得还不够清楚吗，海瑟姆贝伊？结束了！我们完了！祝你好运。希望你和你的家人快乐地生活，希望你早日圆你的儿子梦。"

"琵瑞雅，求你了。我给你跪下了……"

"别这样，"我一把拦住他，"男人不能下跪。至少，他们不做会让自己下跪的事。"

"你是在羞辱我……"

"还有比被自己丈夫欺骗更大的耻辱吗？你知道所谓的库玛是什么吗？那是为通奸披上的合法外衣，仅此而已。"

"你不明白。"

"那你告诉我：假如不孕不育的人是你，你会准许我与其他男人仅仅因为孩子而发生关系吗？"

"休想！"

"这有什么区别呢。今晚当你睡在枕头上时,麻烦你想一想。我到底是对还是错?"

终于意识到了这一次我有多坚定,他认命般的瘫坐在沙发上。

"那现在我们该怎么办?"

"这房子每一寸都是我的,也是你的。对我而言,住在这里和住在伊斯坦布尔没什么区别。"

"你是说你不回伊斯坦布尔了……"

他唇边露出了一丝如释重负的微笑,却被我下面的话无情地抹去。

"暂时我会住在这里,不过与你无关,我的计划里没有你。"

"我能偶尔来看看你吗?"

"不能。"

"那来看我女儿呢?"

"想看女儿随时都行。塞芮班会带迪济莱去找你……"

我站起身来,暗示这场对话到此结束。

"我们之间没什么好谈的了。"

"你不会和我离婚,是吗?"

我笑了。

"我考虑过了。等时机成熟的时候……"

喂,琵瑞雅!

你的脑子里究竟装的是什么?

你是否想过会有这一天?

你应该想过!

你怎能如此冲动草率?你真的认为一个受过良好教育的伊斯坦布尔新娘能够挣脱无情的传统吗?

你以为只有安纳托利亚的农妇注定要做传统的妻子,却从未想过有一天自己也会落入这样的命运。

你错了,大错特错!

你凭什么不同?难道你不明白吗,你也是女人,只是个女人?

回想那些日子,你幻想自己是红发琵瑞雅,纳齐姆·希克梅特之妻的日子。

别叹息,别抱怨诗歌已死。现在该你睁开眼睛,看清痛苦的事实……

当这位伟大的诗人投向更加诱人的怀抱时,不是将为他带来创作灵感的缪斯抛在一边吗?另寻新欢的他不是欺骗了心爱的琵瑞雅吗?

海瑟姆凭什么与纳齐姆·希克梅特不同?

你和其他人一样,只是个女人!

同样,纳齐姆和海瑟姆也都是男人。

何时你才会发现,一直崇拜的偶像也是凡胎肉体,也有缺点,也会犯错?

当你回顾年轻时的自己,有一点应该高兴:

你如此渴望成为纳齐姆的琵瑞雅。如今,你梦想成真了。

恭喜。

你一语成谶,欧默尔。

琵瑞雅的水晶宫殿轰然倒塌。如今,她站在一片残砖破瓦之上。一切只是她的虚幻。怎能奢求奇迹?她只想从废墟中走出来。

支离破碎的水晶怎能还原,重建宫殿的基础已荡然无存。即使如此,她依然没有灰心。

当尘埃落定——此时此刻,似乎永远不会有这么一天——她是否会鼓足勇气,为某人建造一座简陋的屋棚,一处挡风遮雨的容身之所?

二十四

当一切跌至谷底,当你以为置身最黑暗的日子,记住寻找意外的力量与决心。

你用双手拼命挖土,全然不顾鲜血淋漓,不顾钻心疼痛,在围墙里不断刨地,直至挖出一条裂缝、一道沟渠——挖出一个出口、一条道路,打通一条逃生之路。你不知道自己能否成功,但是,只要坚信地平线上会浮现一缕最微弱的光亮,迫切、百折不挠的你就会毫不停歇,继续下去……

人生……可以是满坡的野草……也可以是常开不败的玫瑰花丛。但是在我的人生舞台上,演员只有一个,那就是我。继续或是止步,全由我决定。

惟一重要的是使他人活下去的承诺!迪济莱……我给了她生命,为了让她开心地活下去,我要坚强地活着……

计划的第一步是去迪济莱大学的牙医系。

我需要一份工作。我要知道自己能靠双手养活自己,即使这双手已伤痕累累。

我得到了意料中的回复。

"没有正式工的职位,不过如果你愿意接受临时工……"

为什么不呢?除了抓住第一缕微光,我还能做什么?

不,我不相信巧合。一扇扇门在我面前砰然关闭,如今有一扇窗正为我开启。

每天清晨,我为女儿准备早餐,将她交给能干的塞芮班,急匆匆赶去学校。紧锣密鼓地开始一天的工作,哪怕同事的病人,我也乐于诊疗。

晚上回到家,我将迪济莱搂在怀中,深深嗅着她的气息,白天的筋疲力尽一消而散。

从上次谈话之后,我没再见过海瑟姆。当他远远地在车里等塞芮班抱迪济莱下楼时,我连匆匆一瞥都没有。

看着塞芮班和迪济莱上了车,迪济莱投入如今不在家中的爸爸的怀抱,我压抑内心的起伏,不让这一幕影响到自己。

对于每周末上演的这一幕,我已经司空见惯。同样习惯的,还有塞芮班每次从阿图格鲁家回来后,滔滔不绝地讲述。

即使如此,面对最新的消息,我还是措手不及。

回到家中的塞芮班眼神中透着一丝怒气。

"这周新娘要进城。"她说道。

我在意什么呢?她是海瑟姆阿迦的妻子,登门拜访合情合理。

"她怀孕了!"

我不自主地加大了手上的力道,将迪济莱搂得更紧,似乎想汲取信心与保护。

我好不容易挡开了向自己挥来的拳头,逐渐恢复,而这次面对朝迪济莱脸上扇来的一巴掌,我该如何是好。

如今我明白了第二个妻子的全部含义。对我自己、对我女儿的含义……

再次让悲伤占据心头很容易,但是这一次,我默默告诉自己,一定要保持清醒。

难道这不是我们一直期盼的吗?海瑟姆为什么娶第二个妻子?信誓旦旦地宣布我是他的全世界,为什么还不惜一切地迎娶库玛?这一切是为什么?不就是为了孩子吗!如今他即将达成目的……既然我听凭自己接受了第二个妻子,为什么面对一个尚未出世的孩子,又乱了方寸呢?

事实上,我应该心怀感激,不是吗?感谢这一最新消息,是它逼我加快脚步,在这条已计划好的路上一路狂奔。

爸爸和妈妈还蒙在鼓里,不知道农村新娘,也不知道她即将来到阿图格鲁家。

不过我对姐姐毫无隐瞒。"你疯了吗?竟然还要待在那里。马上搭下一班飞机回来。"每次通话时她都如此说道。

等到暑假吧,那是最佳时机。

当我把消息告诉父母时,我必须慎之又慎,只能一点一点地透露。姐姐的离婚已经让他们遭受了严重的打击;面对小女儿的不幸,他们又将作何反应?我又该如何才能将他们受到的伤害降至最低?

二十五

春去夏至,我辞掉了工作。这份工作帮我熬过人生最黑暗的日子,让我有勇气独自走下去。但是从一开始我就知道,这份工作只是暂时性的。

该进行下一步计划了:带着女儿回到伊斯坦布尔。

为了让家人有机会适应我人生的种种变化,也为了给永远的离开打基础,最好将这次伊斯坦布尔之行当做两周的度假。

然后我会回来取东西,与迪亚巴克尔做最后的永别。

塞芮班和迪济莱准备去阿图格鲁家,让迪济莱对爸爸和他的家人说再见。

海瑟姆迟到了。塞芮班和迪济莱在人行道上等了很多。终于车停在了路边。我站在窗口,目送他们上车。是的,这是最后一次了,想到这里,我心中一阵苦涩。

继续收拾行李,为度假做准备。

一个小时不到,塞芮班便带着迪济莱回来了。她们头一次回来得这么早。

塞芮班双颊通红,异常激动。看来有什么事深深地刺激了她。

"祖赫尔生了!"

短短一句话,我却愣了半天才听明白。怎么这么快,这可不在计划之内。

"是早产。"她说道。

塞芮班仿佛会读心术,知道我等待的下文是什么。

"是个女孩,海瑟姆又有了一个女儿。"

我耸耸肩,装作无所谓的样子。

"所有人都去了医院。"塞芮班继续说道。

第一次,我有了疑问。

"孩子是在迪亚巴克尔生的吗?"

"不是。拉米埃哈尼姆本打算带她来城里待产。可是她在农村生了。还有……"

塞芮班从一踏入房子就滔滔不绝，急切地把所见所闻一股脑地告诉我。而此刻依然站在大门口的她却沉默了。

"还有……"她重复道，"脐带缠住了孩子的脖子……产婆赶到的时候已经太迟了……脐带缠得太紧，纠结在一起，孩子无法呼吸，他们束手无策……现在孩子的手脚都无法正常活动。"

对于与第二个妻子有关的一切，我都维持着一副无动于衷、冷漠无谓的表情。可是听到这一场不幸，我却惊讶得说不出话来，只是用手捂住嘴。

塞芮班接下来的话带给我更大的震撼。

"阿拉显灵了！他们罪有应得，没有抱怨的权利……这叫自食恶果。"

天啊，她说得太过分了！

"别说了！"我说道，"我会装作什么都不知道。孩子是无辜的。"

她不理会我。

"这才只是开始。你会看到的……他们哪知道暴风骤雨还在后头。记住我的话，渴望男孙继承香火的他们总有一天会追悔莫及，求孙心切的他们会付出代价。"

我的背脊突然窜过一阵冰冷的寒意。

"够了，"我大喝一声，"我不希望这种事发生在任何人身上。你怎么了？你是否想过海瑟姆阿迦的感受，这次的打击有多么可怕？"

"你真是天使心肠，竟然还为他们着想，"她挤出一丝苦笑，"你需要恶魔在身边……"

二十六

当飞机平稳降落在伊斯坦布尔机场时,我的大脑依然一片混乱。
"你最终还是做到了!"姐姐用这样的方式欢迎我。
她认为我应该首先告诉父母。
"慌什么,时间多得是。"

看见我和迪济莱,爸爸努力表达喜悦之情,声音忽高忽低,舌头却怎么也吐不出一个字。见他这般模样,我心如刀绞。
我们像以前一样围坐在餐桌旁,从孩子身上获得慰藉,即使他们的爸爸的缺席显得如此扎眼。
妈妈给爸爸喂饭,我将头偏到一边,不想看到这一幕。
晚饭后,我起身去泡咖啡,就像以前的琵瑞雅,那个恭顺的女儿琵瑞雅。还没走到厨房,腹股沟一阵强烈的绞痛让我停下脚步,疼痛一直蔓延至胃部。
"怎么了?"姐姐跑到我身边,关切地问道。
"一会儿就没事了。这种剧痛有段日子了……"
"你疯了吗?怎么不看医生?"
此刻疼痛难忍的我无力回答。妈妈和姐姐搀着我走到床边,让我躺下。
不一会儿,疼痛退去。
"瞧,"我挤出一丝虚弱的笑容,"没什么可担心的。"

"你和我明天一大早就去看医生。"姐姐说道。

"没必要去看教授或名医,"姐姐说道,"我带你去看我的医生。戈克斯和克塞斯都是他接生的。你可以相信他。"

就这么定了。

"伊尔马兹贝伊,这是我妹妹,"海蒂斯对她的医生介绍道,"我把她交给你了。"

伊尔马兹贝伊先详细询问了我的用药史和身体的各种不适。生产、流产——问过。

"我是基兹吉斯利。"

"这是什么意思?"他轻笑几声。

我作了解释。

"这么说你的输卵管堵塞了,我给你做个全面检查。"

检查完毕后,他又说道:"没什么大碍,只是轻微的感染,导致下腹部疼痛。服用一个疗程的抗生素就能痊愈。"

接下来是超声波检查。

"没错,你的输卵管堵塞。不过仅凭超声波,难以判断堵塞程度。应该采用更先进的检查手段,这是一种特殊的 X 光,叫做子宫输卵管碘油造影。"

他带我去了下一层的放射科。

伊尔马兹贝伊将一种液体输入注射器内,据他的解释,这是一种特殊的染料。

"这是放射照相造影剂,我们要将它注射到你的子宫内。做好准备,会很痛。"

我躺在 X 光台上。医生开始做检查,动作轻柔缓慢。

"开口有点窄,深呼吸。"

一种尖锐的疼痛穿过我的腹部。天啊,这无异于巨大的折磨,仿佛一把尖刀在其中搅动。比生孩子更难受。这种撕心裂肺的感觉前所未有!痛苦排山倒海,将我吞没!我咬紧牙关,眼泪滴落脸颊,手指甲深深地嵌入掌心,拼命忍住尖叫的冲动。

"坚持,快好了。必须再注入一些凝胶。"

我几近休克。这种滋味简直难以承受……我全心注意呼吸,呼气、吸气。

"好了,"伊尔马兹贝伊说道,"现在可以拍X光了。"

剩下的轻松多了,只是一次X光而已。此刻的我头晕目眩,身体发抖。

"你可以起来了。"

不,现在我站不起来,只觉得全身无力。

伊尔马兹贝伊走出房间,找来姐姐。几分钟后,在她的帮助下,我才坐了起来,又站起身来。

"一小时后就有结果了。"伊尔马兹贝伊说道。

"隔壁有家法式蛋糕店,你能去吗?"

"试试吧。"

找一个安静舒适的地方,离开医院,自然再好不过了。

很快,一杯浓咖啡稍稍缓解了我的难受。

"他为什么要让我做这种可怕的检查?"我说道,"如果只是感染,直接开点抗生素就好了。"

"别这么说,痛是痛,但至少能得到确切的诊断。再说……都过去了。你下定最后的决心了吗?"

"是的。"

"今晚你就该告诉爸爸妈妈。"

"不,只能对妈妈说!看看爸爸如今的健康状况,我怎么开得了口?"

"你觉得怎么样最好就做吧。你的计划是什么?"

"去迪亚巴克尔一趟,收拾东西,再尽快回伊斯坦布尔。我可以在这儿租一间公寓……"

"为什么不和我们同住?"

"还是算了。我、塞芮班、迪济莱就是一个小家,还是我们三人独自生活的好,就像在迪亚巴克尔那样。"

"我们可以重开爸爸的诊所,你直接去那儿工作……"

"绝对不行!想都别想。没有他我怎么能行?再说,我不想让他知道我永远地搬回了伊斯坦布尔。他不需要知道。我们会分开住,看他的时候,我就假装是从迪亚巴克尔回来。"

"成天待在家里,你不会闷吗?"

"一旦安顿妥当,我就会找工作。"

看着我把每个细节都盘算周到,姐姐露出满意的表情。

"很好,"她说道,"最难的就是做决定。你迈出了最难的一步,剩下的就容易多了。"

一个小时后,会诊室里,我们与伊尔马兹贝伊对面而坐。

他脸上带着微笑,仿佛预示着接下来的话会是好消息。

"结果出来了,"他说道,"你的输卵管并非完全堵塞。从 X 光片上可以看出,染料穿过了输卵管,所以才会引起剧痛。事实上,X 光检查就像一次小手术,而且这次手术非常成功。虽然这种情况不多见,但并非史无前例。祝贺你。"

"什么?"

"你完全可以再生孩子。"

什么?他在说什么?一个小时前,我的下腹部阵阵锥心的疼;如今这种强烈的疼痛钻进了我的大脑。天啊,我毫无准备,面对这个消息,我该如何是好。

"哦,还有一件事,希望你别介意。别再说什么荒唐的基兹吉斯利了。这可不是一个受过良好教育的年轻女子会说的话。"

姐姐和我走出了医院。

"马上和海瑟姆离婚,找一个正直的人嫁了。想想有那么一天,你手上抱着其他男人的孩子与海瑟姆相遇……实在是大快人心,这绝对是天底下最好的报复。"

还有一种更好的方法,姐姐。但是太迟了,最高明的报复方法已经消失了……

当天晚上,姐姐和我对妈妈说出了一切。

经历了太多的她此刻出奇的冷静,不见一丝难过的神色,反而为今后能常常见到女儿和外孙女而开心。

一切都打点好了,我可以去迪亚巴克尔了。

让我最后再看一眼这座城市,再道一声永别……

二十七

没等到周末,思女心切的海瑟姆就来接迪济莱。加上塞芮班,三人回到了阿图格鲁家。

我得收拾要带走的物品。绝大多数都留了下来,我要的只有私人物品和衣服……不过如果把迪济莱和塞芮班的行李算在内，却也不轻松。

我从衣柜顶上拿下行李箱。首先收拾冬天的衣物，我从壁橱里拿出用塑料袋包好、放上樟脑球的毛衣，塞进最大的行李箱里。

门口传来钥匙转动的声音。她们回来得很早……

塞芮班把迪济莱放下，径直走到我的房间。

"海瑟姆阿迦在楼下……他停好车就上来。"

"你说什么？"

"听我说，姐姐……你现在的做法是错的。祖赫尔带着孩子进了阿图格鲁家，他们把她安置在绿房间里。如今她和海瑟姆阿迦住在一起。"

"这与我有什么关系。"我耸耸肩。

"你这样做想得到什么？这正中他们的下怀，尤其是拉米埃哈尼姆。你退出了这场比赛，这不正是她想要的结果吗？当初如果你能多支持海瑟姆阿迦一些，拉米埃哈尼姆就会抓狂。"

"现在做这种猜测太迟了。"

"为什么？他们深深地伤害了你。你为什么不报复？"

门铃声打断了我们的谈话。

"我能进来吗？"海瑟姆胆怯地问道。

不等回答，他几步走到客厅。

我在他对面坐下。

从上次见他之后，他变了。肩膀无力地下垂，意志消沉，整个人仿佛老了十岁。

"我受不了了，琵瑞雅，"他脱口而出，"这远远超出了我的承受范围。雪上加霜的是，如今我要对一个残疾的孩子负责。"

"孩子的事我很难过。"

"这下你满意了吧!"

"我也不愿意看到这样的局面。你觉得我会诅咒一个孩子吗?"

"或许这是老天的惩罚吧……我们给她取名为'命运'。她是一段扭曲婚姻的不幸产物。这个名字恰如其分。"

我心中涌起阵阵难过,为了他而难过。接二连三的痛苦降临在他身上,这一切并非他一个人的错。

"我想和你说说话,你是我唯一的朋友。"

最后一句话给我的震撼远大于我的想象。这一点我从未想过。他与其他人同床而眠,同桌而坐,同屋而住,但是他的友谊,却只给了我一个人。

"这一次你并没有在伊斯坦布尔久留。"他说道。

"我去那儿不是为了度假。"

"度假……"他叹了口气,摇摇头,"我没有机会带你和迪济莱去度假……我做不到,算了,如今想这些还有什么意义。"

他将迪济莱搂在怀里。又像想起了什么似的,突然兴致高涨起来。

"不过我们可以一起吃晚饭,对吗?就我们三人?"

我扫了一眼正递给我茶的塞芮班。你不敢拒绝他吗?她眯起眼睛,无声地说道。

"迪亚巴克尔真是小,"我说道,"根本藏不住秘密。我不想别人在我背后说闲话。"

第一次,塞芮班在海瑟姆面前直言不讳。

"那些人有什么权利嚼舌根,姐姐?你可是海瑟姆阿迦的合法妻子,难道不是吗?"

就在这一刻,我迅速做了一个决定。

"那好吧,"我对塞芮班说道,"给迪济莱换件新衣服,穿得漂亮点。"

我们一起出去吃晚饭。"

海瑟姆抬起头，满眼的喜悦与惊讶，我则回房间换衣服。

我们选了塞兰特普草坪上的一间餐厅，面积不大，却透着几分优雅。

海瑟姆给我拉开椅子，又帮着安顿好迪济莱。然后他和塞芮班坐在我们对面。此时此刻，他依然不敢相信我竟然答应了他的请求，不停地向我投来感激的目光。

他的眼睛在我和迪济莱身上游移，一刻也不离开，竭尽所能地提醒我，不管发生了什么，我们还是一家人。

"这不是海瑟姆贝伊吗！"背后响起一个女人的声音。

转回头一看，原来是纳尔敏哈尼姆，拉米埃哈尼姆的邻居和好友。旁边是她的丈夫。

"第一次在这里见到你。你经常来吗？"她丈夫开口问道。

虽然话是对着海瑟姆说的，但是他们的眼光却落在我和迪济莱身上，显然正因当场撞见我们而激动不已。如此千载难逢的机会怎能错过，两人拼命地延长话题，没话找话，这样日后在朋友面前才有足够的谈资。

塞芮班似乎很开心看见他们，向我投来意味深长的一笑。

老实说，被人看见我们在一起，我也很高兴。我回了塞芮班一个微笑。我和她心知肚明，在海瑟姆回家之前，这个消息就会传到拉米埃哈尼姆的耳朵里。

那时的她会是什么表情？我暗自猜想……

塞芮班或许是对的。以前的我为什么没这么做呢？当我能够还击时，为什么只是默默退却？如今，在我即将离开迪亚巴克尔之时，是否太迟了？

纳尔敏哈尼姆终于念念不舍地离开了我们这一桌。她刚走,我便对海瑟姆说道:"度假的提议,现在还有效吗?"

一瞬间,他愣住了,不确定我在说什么;回过神来后,又一脸不可置信地看着我。

"琵瑞雅!"他情不自禁地喊道,"你知道吗?你让我重获新生。"

我将准备带回伊斯坦布尔的大行李箱放到一旁,转而收拾小小的度假包。

海瑟姆、迪济莱、我……当拉米埃哈尼姆得知我们三人一同度假时,她会作何感想?

我们选了一家位于伊斯肯德仑市艾塞兹区的海滨饭店。之前和埃米尔、努古尔度假时,也是住在这里。

每个角落都能唤起我的记忆,那些快乐的时光啊。不过和可爱的女儿一起度假,感觉也不错。

无法回避的是:每次与海瑟姆对视,我的心里都会泛起丝丝惋惜……如果能回到那些日子,如果能让时间停止,如果能剪断一切伤痛的导火索,如果能未卜先知……如果只是如果。

没用了,还是把这些无谓的想法统统甩掉吧,享受迪济莱的笑脸,暂时忘记计划和烦恼:做一次无忧无虑的琵瑞雅,一如曾经的我。

大海、沙滩、阳光施展着永恒的魔法,让我们的距离靠得更近。

甚至有那么一刻,我们迷醉在咸咸的海浪的怀抱中,所有的眼泪与痛苦都被蒸发在炙热的沙滩上。

在旁人看来,这是何其完美的一家三口,令人称羡不已,我和海瑟姆更是一对年轻的恩爱夫妻。即使深知真相的我,对于这副温馨画面背后的道道伤痕,竟也视而不见。

第二部

迪济莱累得筋疲力尽。从一大早开始,她就在大海与沙滩之间跑来跑去,更别提和爸爸做游戏,去游乐场玩滑梯。坐在晚餐桌前,她打起盹来……

她小手托着脸颊,脑袋不住地往下垂。可不能让她这么睡觉。我们匆匆喝完咖啡,抱她回了房间。

海瑟姆将她放在床上,又轻轻抚摸她……

她平静入睡的笑脸,披散在枕头上的发丝,我们不禁痴痴地看得入迷了。

迪济莱均匀的呼吸声将我们拉了回来,没错,我们正在度假,这是只属于我们的假期。

我走到阳台上,海瑟姆也跟着走了出来。

两人对面而坐。海上生明月,银光泛波间。海瑟姆伸手想拉我的手,我却站起身来,回到屋里。

我朝迪济莱走去,或许是要提醒自己,她才是我们在此的全部理由。看着她的双腿光溜溜地露在外面,我赶紧给她盖上一条薄毯。

海瑟姆看着我,一时间不知道如何是好,只得小心翼翼。他将手轻轻地放在我的腰间,同样轻柔地将我环住,靠近他的胸膛。动作充满了试探性,只要我稍有反抗,他就会放手。

我能感觉他的犹豫,自己何尝不是?是该挣脱他的怀抱,还是该依偎着他?我将头轻轻地靠在他的胸膛上……是的,我想他。

他温热的气息吐在我的脖颈间,让我猛地找回理智。你不是唯一感觉他呼吸的女人,琵瑞雅!这一天仿佛有某种魔力,一切都是如此完美。但是我回到了现实。究竟发生了什么?

我与丈夫分享大海、阳光、美食,这是另一个女人永远体会不到的快乐。但是他的呼吸、他的触摸,她与我一样了如指掌。在这个意义上,我们是平等的。

海瑟姆是否像抚摸我一样抚摸她？是否也把脸埋进她的发丝？

对于那些选择忍受男人不忠的女人——不管出于何种原因——我有了更深的了解……与丈夫耳鬓厮磨、亲密无间的感觉，她们再也找不回来。和我一样，当面对曾经如此自然之事，她们难免会迟疑，会犹豫。

我轻轻推开海瑟姆，把手放在他的肩上，仔细研究他的脸，仿若初见一般。

在他眼中还残留着往日的模样，那时的我还没有遭遇欺骗。昔日的海瑟姆和昔日的琵瑞雅还快乐地生活在一起……

我又依偎在他胸前。紧闭双眼，就让自己沦陷在他的臂弯之中吧。

在靠近之前，他察觉出了我的犹豫。然而他不知道，我骗了他。就在此刻，在我眼里，这个胸膛的主人不是他，而是昔日的海瑟姆。

一周的假期结束了，带着截然不同的回忆与期许，我们回到迪亚巴克尔。

看见爸爸妈妈在一起，迪济莱万分开心。海瑟姆做梦都没想到，能和妻子再次共度快乐的时光。

只有我明白，这是我们的最后一次假期，最后一次。

海瑟姆希望我们能重新一起生活，我却连连摆手。他必须学会知足，必须明白适可而止。

有时我们会一起吃饭，对此我没有异议，可是顺从的背后却是因为对他家人的挑衅心理。如果他和我待到很晚，就干脆睡在诊所里，我喜欢猜想他们的反应。

海瑟姆随时都能见迪济莱。她依然每周末去阿图格鲁家。他们有权见孙女……

至于那座房子里最新的一举一动,塞芮班就是我的千里眼与顺风耳。

"假如她无论如何都会见他,为什么还这么折磨我的儿子?"如今这是拉米埃哈尼姆常挂在嘴边的话,"她何不从一开始就干脆接受……"

从塞芮班的口中,我得知他们对这次度假、对海瑟姆频频光顾我家颇有怨言,即使极力隐藏,仍能感觉到他们的怒气。

他们的不悦令我生出一丝残忍的快感。他们将海瑟姆从我身边夺走,如今我只有以牙还牙,这样才算公平。谁说我不屑复仇;我没有理由欺骗自己。

二十八

带回伊斯坦布尔的行李依然静静地放在那里。没有打开箱子的理由。不管海瑟姆是否知道,我都准备离开。

然而,我必须承认,此刻的我不再那么匆忙。一开始我收拾大堆大堆的衣服,而现在每天整理几件就足够了。整个人似乎被一种莫名的懒散情绪所占据。

我反复告诉自己,迫切离开的心一如往昔,面对伊斯坦布尔的新生活,我依然翘首期待。

放慢脚步有何大碍? 好好享受在迪亚巴克尔最后的日子,按自己的意愿离开,不管需要多少时间。是的,就是这样。

谁知一个从伊斯坦布尔打来的电话却在瞬间击碎了我的从容,我必须马上执行计划。

电话那头的姐姐泣不成声。

"琵瑞雅,爸爸因心脏病发作去世了!妈妈得知消息后整个人都垮了,一下晕倒在我的怀里……"

我瘫坐在椅子上,一言不发,愣愣地看着,大脑乱作一团,天啊,到底发生了什么。塞芮班连忙通知了海瑟姆。

"太遗憾了,"海瑟姆说道,"节哀顺变。"

他抱住我。

"葬礼是什么时候?我陪你去。"

"用不着了。"

他没有坚持,或许看见我妈妈和姐姐,他也会感觉尴尬与不安。

"我们明天就走。"

"我给你订机票。"

"有些事你要知道……这一走我们就不回来了。我们要常住伊斯坦布尔。"

一时间,他哑口无言。

"这话是什么意思?"

"海瑟姆,我留在迪亚巴克尔,完全是为了爸爸。以前我不想让他看见失魂落魄、沮丧消沉的我,所以我留下了。可是如今他走了……"

他目不转睛地盯着我。

我拉着他的胳膊,带他走到已经半满的行李面前。

"瞧,我一直打算离开。只不过现在是提前了。"

"可是……我们的度假呢……这几周的相处呢……"

一丝苦笑浮现唇边,我以塞芮班的话回答:

"难道我不是你的合法妻子吗?"

海瑟姆不发一语,双手无力地垂下,呆呆地看着我收拾行李。

"你要是能把这几箱书寄给我,我会感激不尽,"我说道,"我们搬不动了。"

他难以置信地摇摇头,不肯接受,不愿面对。

"你也去吗?"他问塞芮班。

"是的。"她避开他的眼睛回答道。

哗的一声,行李的拉链拉上了。

我最后一次检查各个房间,环顾被我们留下的一切。不需要了,都不需要了。它们属于曾经的生活,属于这里。

我把钥匙交到海瑟姆手中。

"都是你的了。这座房子,房子里的一切,对我已无用处。"

迪亚巴克尔,请让我道一声再见……

在你眼中,我始终只是一缕过眼云烟。

你放开了手,看着我走过,从你身边,与你擦肩。

陌生的传统,我已厌倦。

但是,没有泪水模糊我的双眼。

你有你的底格里斯河,奔流直到永远;我有我的迪济莱,令我一生挂牵。

我要说一句感谢!

在我最后一次转身之前……

愿你幸福万年……

第三部

一

葬礼已经过去一个月了。

失去至亲的剧痛刻骨铭心,但是生活总要继续。撕心裂肺的嚎啕大哭逐渐变成低低的抽泣,最后归于沉默,化作心底无声的泪滴。

妈妈埋葬了相濡以沫的丈夫,也埋葬了丧夫之痛。死者安息,生者当坚强。她又振作精神,整理碗橱和抽屉,将爸爸的衣物捐给慈善机构……

"我订了洛克玛①,"她说道,"为了你爸爸的四十天纪念日。"

她把最重要的一件事留到最后。

将爸爸诊所的钥匙交到我手中,她说道:"去吧,重开你爸爸的诊所。让他永远与我们同在,活在我们心中。"

并肩工作是爸爸和我长久以来的梦想。可惜从未如愿。如今我必须实现这个梦想,我知道,这是我的责任。

诊所家具上的白布单是我盖上的,如今我将亲手掀开,让他的诊所重获生机。

---

① 一种油炸的甜面饼,通常在人死后四十天的特别仪式上食用。

我把布单扎成一捆,放在门外;又从架子上搬下装着各种设备的箱子,放回原位。

环顾四周,后背突然窜过一阵凉意。

爸爸!如今天人相隔,我们永远无法并肩工作,但是我在这里并不孤单,因为有你始终注视着我忙碌工作的身影。

这间诊所给了你生命的意义,将来也会成为我生命的意义。安息吧,爸爸……

每天马不停蹄的我无暇去想迪亚巴克尔,以及被我抛在那里的一切。

当务之急是让诊所重新开业,为此我付出了所有的时间。

然后是考虑房子的问题。妈妈和姐姐坚持要我与她们同住。

"我真是不明白,"妈妈说道,"你为什么就想搬出去呢?"

"妈妈,"我温和地笑着说,"当初我一个人离家,如今却是三个人回来。你的房子太窄了。迪济莱、塞芮班,还有我,我们三人就是一个家,应该独自生活。"

一连几天,塞芮班在附近仔细寻找。最后我们看中了一套有三间卧室的漂亮公寓,地址就在主干道上,离诊所也不远。

我们有新家了……我挽起袖子,干劲十足地打扫房间,搬家具,以便尽快入住。一旦布置妥当,我将重新穿上白大褂,为生活而忙碌……

二

转眼,从迪亚巴克尔回来已经五个月了。

第三部

从迪亚巴克尔倒塌的水晶宫殿中挽救出来的残骸足以在伊斯坦布尔重建，如今它们成为了新家牢固的基石。我的避风港简单朴素，却也温馨舒适，给人极大的安全感，这是我的家，为我挡风避雨的地方，诊所的工作非常顺利，我不需要水晶宫殿，也没有时间做不切实际的白日梦。

迪济莱进了幼儿园，每天和姨妈、新结识的小伙伴们快乐地玩耍。只是每次问起爸爸在哪里时，对妈妈躲闪的回答总是不满地撅起小嘴……

妈妈也适应了新生活。无微不至地照顾姐姐和孩子们，逐渐走出了那段最黑暗、最难熬的日子。

我们常常彼此探望，那些失去的人，那些失去的自己，慢慢地从我们的脑海中被抹去。

诊所是上天送给我的最好的礼物：投入工作，世界都被我遗忘。时间一天一天流逝，我的预约簿也越来越满。

塞芮班开始家里诊所两头跑，不愧是我得力的助手……

上午她在家里料理家务，午饭后来诊所接电话、接待病人，甚至学习牙医助理的初步知识。

经过一天紧张的工作，到了晚上，她陪着我喝杯茶，已足够让我恢复精神。

一天晚上，我正坐在桌前看报纸。

"琵瑞雅阿尔芭……"

顺着声音看去，塞芮班站在门口，后面隐约有个身影。

"有客人……是海瑟姆阿迦！"

"欢迎。"我摆出平常欢迎客人的姿态。

"谢谢。"

我没有站起身,只是伸出了手,与他相握。

我指了指对面的椅子,请他坐下。

"恭喜你开了自己的诊所。"

"谢谢。"

还是下垂的肩膀,还是忧郁的表情……

"琵瑞雅!"他说道,"我不能没有你。真的做不到。失去你,一切都失去了意义。"

我眼里不见一丝波澜,平静地看着他的脸。

"想喝杯茶吗?"

没等他回答,我叫来了塞芮班。

"塞芮班,请给客人泡杯茶吧。"

"别这样,琵瑞雅,别把我当作陌生人。我无法忍受……有时我真想一死了之,我发誓,这绝不是玩笑。"

"那我能做些什么吗?"

"只要你愿意,你可以做的事有很多。"

"比如?"

"我现在基本上不回家,绝大多数时间都睡在诊所,远离那个与我无半点共同之处的女人,远离那个残疾的孩子……我没有勇气再这样下去了。"

"然后呢?"

"只要你答应,我就搬到伊斯坦布尔来。"

海瑟姆的话着实令我大吃一惊。没想到他居然能做到这一点。

"难道你不觉得有些晚了吗?"

"你说得对。你一直都是对的。从最开始我就应该听你的。不过现在还不算太晚,对吗? 你、我,还有我们的女儿……我们可以重新开始。"

"你以为我会同意吗?难道你没发现如今我已经重新开始了吗?不过很抱歉,我的新生活里没有你。难道破镜重圆真的这么容易吗?我拼了命才开始了新生活,实在承担不起再次失去的风险。"

"别马上拒绝,琵瑞雅。如果你还爱我,哪怕只有一点点……你就会考虑考虑。"

"没什么可考虑的,海瑟姆。该说的我都说了。我们之间没什么好谈的了。"

他垂下头,随即又抬起头。

"迪济莱呢?我想见她。"

"她在幼儿园。想看你就去吧。"

迪济莱,是啊,原来海瑟姆与我之间还有一条割不断的纽带。

"你得看看我给她拍的照片。她长得可快了,你肯定不会相信。"说着我站起身来。

就在这时他看见了……

"琵瑞雅,"海瑟姆惊呼,"你怀孕了!"

我没打算告诉他,不是以这种方式,一时竟无言以对。

"没错,"我说,一只手放在肚子上,"六个月了,是个男孩!"

"太好了!"他一蹦三尺高,绕过桌子直冲向我。

"离我远点,"我后退一步,"你和他毫无关系!"

他愣住了,睁大眼睛看着我。

"你是说孩子的父亲不是我?"

"你这句话实在太可恶了……"我愤怒地说道,"你不配做父亲,不过可惜了,孩子是你的。"

"原谅我吧,琵瑞雅,"他一把握住我的双手,"我不知道该说什么。"

"我说过了,海瑟姆,这个孩子只有一个家长,那就是我!除了姓氏,你什么也给不了他。"

终于意识到自己不会再有机会,他只是呆呆地站着,心灰意冷。

"某一天你抱着其他男人的孩子出现在他面前,还有比这更大快人心的报复吗?"姐姐的话闪过脑海,没错,有的,的确还有更好的报复,而我找到了:他的亲身孩子。海瑟姆的第一个和第二个孩子带给我的是无尽的伤痕,而海瑟姆的第三个孩子将化作一把最锋利的钢刀,直刺他的心脏。这下我们扯平了,互不相欠。

"替我向拉米埃哈尼姆问好。她说过赐予我们女儿的阿拉也会赐予我们儿子。她说对了。不过有一点她却错了。基兹吉斯利也能再生孩子,这就是证据!请务必转告她……"

他的沉默促使我一股脑地说下去:

"现在你应该为自己寻找新的道路,就像我一样。你的第二个妻子会为你生很多孩子。想想,连基兹吉斯利都能再次怀孕……回到她身边吧,回到那个与你同床共枕的女人身边,她才是你现在值得拥有的,试着在她怀里寻找幸福吧。"

"你真的相信我能与她共度余生……"

我不再听他的话。这些年来压抑已久的恨意此刻在心中沸腾翻滚,欲罢不能。

今天,我才是掌权的人……一切任由我决定!

"我儿子出生那天,就是我与你离婚之日。"

面对最后一击,他身形不稳,几步趔趄。

"别这样,琵瑞雅,我赶到这里来找你。我甚至不知道孩子的事。你、我、迪济莱,还有我们的儿子,我们一家四口可以重新来过。只要你愿意。"

"我心意已决。我们之间结束了。"

我忽然尖叫起来,用尽全身力气:

"你为什么还不明白?难道你看不见自己干的好事吗?"

泪流满面的我泣不成声,深呼吸,坚持把话说完。

"海瑟姆,你碰过别的女人的双手怎么能再碰我?我受不了,我决不允许……你必须明白。"

他瘫坐在椅子上。

"那就这样了?"

"就是这样!"

"我能提最后一个请求吗?"

"什么请求?"

"我们的儿子能取我的名字吗?你能叫他海瑟姆·阿图格鲁吗?"

"不行,是你说孩子的名字该由怀胎十月的人说了算。我要用爸爸的名字给他命名。"

他的脸上写满了绝望与悲伤,我仿佛听见了他心碎的声音。此刻,我甚至想意气用事地走过去,让他的头靠在我的胸前,抚平他的伤口,将他从痛苦的泥潭中拉出来。然而,我终究还是忍住了,紧握拳头,让指甲深深嵌入掌心。不,你怎能心软,你不能动摇,琵瑞雅。

别无选择,唯有硬着头皮走下去,我告诉自己,一遍又一遍。

我不敢看他的脸,看他眼睛里深刻的悲伤,更不敢看这双眼里一直保留的昔日海瑟姆的影子。

"一切都由你。"说完这句话,他紧闭双唇。

他伸出手,这是我们最后一次握手。

你的仇报了,琵瑞雅。

骄傲如你，一颗心被复仇蒙蔽，
可是问问你自己：
当你不再陶醉于胜利之中，嘴角还能保留微笑吗？
你早应知道，这场战争没有赢家。
数数你心底的伤痕，难道不是与他同样深重，同样触目惊心？

三

我一直算着日子，直到孩子出世……

每天我还是去诊所，不过从下周起，在姐姐的劝说下，我决定待在家里，等待小宝贝的出世。

从早到晚，塞芮班不离我左右，盯着我的一举一动，对我无微不至。

"就一个小时，"我哀求道，"最后一次出去买东西……我在橱窗里看见一条漂亮至极的连衣裤。我想买给宝宝……"

我的购物袋里自然不只是这件连衣裤。几个小时后，满载而归的我回到诊所。

"塞芮班？"

没人回应。

"塞芮班……"我又喊了一声。

只见她坐在候诊室的椅子上，身体颤抖，茫然地看着我。

我放下袋子，朝她走过去。

"出什么事了？"

她没有回答。我摇晃着她的肩膀。

"到底怎么了,塞芮班?快说呀。"

"是海瑟姆阿迦……"

"他怎么了?"我尖叫起来。

"他中弹了!"

天啊,我一下瘫坐在她旁边的椅子上。

"他还活着吗?怎么会这样?快告诉我。"

"在村里……你记得那场土地纷争……他决定与对方做个了断。他们让他停住脚步,他不肯,还要往前走。"

"然后……"

"然后他们就开枪了。他被团团围住,身上连一把枪都没有。然后他们开枪,将他击倒在地。"

接下来她的话令人难以置信,也是我最害怕的。

"他迎着弹雨往前走。他知道自己在做什么……"

  他们开枪,将他击倒在地。

  他没有反抗。

  子弹穿过身体的疼痛,我感觉得到。

  布满弹孔、血肉模糊的身体,我看得到。

  天啊,我如何承受得住……

"喂,醒醒啊,姐姐。"

是塞芮班的声音,微弱而遥远。

我挣扎着坐起来,四肢沉重,这具身体仿佛不属于我。

"塞芮班,求求你……让我一个人静一静……就一分钟。"

"你这个样子,我怎么能放心走开。"

"求你了。照我说的做吧。"

她几乎踮着脚尖走进了隔壁房间。

我需要静一静,只有我自己,还有我的思绪。

"有时候我真想一死了之,我发誓,这绝不是玩笑。"

这是海瑟姆的话。我没有听。我捂住耳朵;我拒绝细想。

我是罪人。

你始终比我快一步,始终如此!我原以为我们之间扯平了,但是你又迈出了一步。

"一切都由你。"你的言下之意:"你会后悔的。"

没错,我后悔了。对不起!

失去我的你无法生活;如今,我独自一人,生活又该如何继续?

我才是射穿你心脏的那颗子弹;我的人生还有什么意义?

你结束了你的生命,海瑟姆,也切断了我的脉搏……

"姐姐。"塞芮班握住我的肩头,来回摇晃着。

我说得太大声了吗?她听见了吗?

"你的人生还没有结束,姐姐。想想孩子……"

她在我的手腕上滴了几滴古龙水,又轻轻地拍打我的脸颊,想让我喝点水。

"别管我,我很好。再让我一个人静一会儿。"

颤抖的双手抚上肚子,这是我们的孩子。

你听见了吗,宝宝? 你的父亲走了……

这是个丑陋的世界;当你呱呱坠地时,必须鼓起所有的勇气。

"我能提最后一个请求吗? 我们的儿子能取我的名字吗?"

你该来到这个世界了,我的宝贝……来吧!

我无法再等待。

我们都在等你,你的父亲,还有我。

来吧,海瑟姆·阿图格鲁! 你是你父亲的儿子。

我需要你……